なぎさ

山本文緒

角川文庫
19795

1

生まれ育った土地には海がなかった。四方を山々に囲まれて、山よりも高いものはやはり山だった。その間を縫うようにしてのんびりと走る鉄道で、県庁所在地である街に出ると見上げるようなビルが沢山建ってはいたが、駅前デパートの屋上から見渡す風景はやっぱり雄大なる山脈だった。

どこまでも続く深緑と青の隆起。その向こうに突然白い氷の壁がそびえている。北アルプスは山というよりは切り立った氷の崖（がけ）に見えた。幼い頃、あの氷壁は世界の果てであり、行き止まりだと思っていた。人間がこの世からうっかりこぼれ落ちないように、あの巨大な壁がせき止めている、というふうに感じていた。氷の山の外側は奈落（ならく）である。底なしの真っ暗な落とし穴だ。誰に言われたわけでもないのになんとなくそう思っていた。

学校に上がればもちろん地理を習うわけで、自分の住む国が地球儀上のどこなのか、自分の住む県が日本地図のどのあたりにあるのか明らかになった。長野県須坂（すざか）市。それが私の生まれ育った土地だ。家の子供部屋から見えるひときわ高い頂は飯縄（いいづな）山と戸隠（とがくし）山。街にゆくときに渡る川は千曲（ちくま）川。池を抱く臥竜（がりゅう）公園は桜の名所で、公園のまわりを細長い動物園がぐるりと囲んでいる。後に全国的に有名になったアカカンガルーのハッチはここにいた。昔は製糸業が盛んで生糸の生産地だったが今は廃れ、農家の多くは林檎と葡萄を作っている。そんな知識が身についても、実感はいまひとつわいてこなかった。地球が丸いだなんて、丸い地球の七割が海で、陸よりも圧倒的に海の方が広いだなんて。日本が海に囲まれた島国で、海に面していない県の方が少ないだなんてまったく腑に落ちない。歴史の教科書に載っている天動説を唱えた人々の気持ちの方がよほどわかった。

海に行ってみたいと父に頼んだのは十歳のときだった。熱烈に海を見たいと願っていたわけではない。両親は商売をやっていたので長い休みが取れず、家族で旅行へ出ることは稀で、行っても近場の温泉だった。

ところがその夏の日、急に父が「行きたいところへどこへでも連れて行く」と言い出した。そうは言ってもまたどうせ温泉なのだろうと思いながら、海、と呟いた。言ってしまってから、それより遊園地と言えばよかったと後悔したくらいだ。翌日の夕方、父はぴかぴかなワンボックスカーにどこかから乗って家に戻ってきて、いまから海へ行くと宣言した。風呂上がりでパジャマ姿の妹とふたり、唖然としたまま車に乗せられた。父は新しく自家用車を買って相当はしゃいでいたらしい。今から急に出かけるなんてと母は小言を呟きながらも、夕飯の残りをおにぎりにしたりして嬉しそうだった。

生まれて初めて見た海は日本海だった。車の後部座席で眠っていたのを起こされて、外を見てみると明け方の海があった。興奮して妹を揺すったが起きなかったので置いていった。

八月なのに風は冷たく、羽織ったパーカーを前でかきあわせる。空を覆う雲は低かった。母に言われてスニーカーを脱ぎ渚に向かう。浜には海藻や木片や古いペットボトルなどが散乱していて、素足で歩くのは気持ちが悪かった。ぴょんぴょん跳ぶようにして、急いで波打ち際に走った。足の裏に濡れた砂を踏む奇妙な感触がし、思わず立ち止まると、波がやってきて脛を濡らした。水の冷たさにびっくりし、後ろにいるはずの両親を振り返る。彼らの姿はそこにはなくて、自分が脱ぎ捨てた靴だけがぽつんと見えた。不安になってあたりを見回すと、離れたところで両親は手をつなぎ、同じように波打ち際に立って、自分たちの足元で寄せては引く波を見つめていた。大人でも海は珍しいのだとわかって少しほっとした。

　本物の海は、テレビや映画で見たものとはずいぶん違うと思った。なにしろ水が青くないし、砂が白くない。海と空の色が同じような鈍色でその境目はぼやけている。

　急に足元がぐらついて転びそうになり慌てて両足を踏んばった。寄せる波よりも、引く波の力が強い。足裏の下の砂がすごい力でさらわれる。なんだか恐いと思って足元から目が離せなくなった。少しでも気を抜くと海にさらわれる。波がこないところへ逃れなくてはと思うのだが、引っ張られることも何故だかちょっと気持ちがよくて、恐怖と誘惑が寄せては引いていく。だんだん体がだるくなってきて、座り込んでしまいたくなった。そのとき腕を摑まれて名を呼ばれた。母が心配そうな顔でこちらを覗き込んでいた。

　そのまま一家は海沿いの町にあった温泉に寄り、夜を徹して運転してきた父は休憩所の畳でいびきをかいていた。体のだるさが取れなくて父の隣で丸くなっていると、母が額に手を触れてきた。ひんやりしていて気持ちがよい。母は眉間(みけん)に皺(しわ)を寄せると、波打ち際で腕を掴んだときと同じような強さで私を立たせた。そして知らない町の小さな医院で注射を打たれた。せっかく来たのにと文句を言いながら、父はひと眠りしただけでまた長時間運転をし、山麓(さんろく)の町へ戻った。

高熱は二晩続き、やっと起き上がることができた朝、自宅の庭に出て見なれた山の景色をしみじみ眺めた。

憧(あこが)れていた海はなんだか想像したものと違っていた。もっと晴れやかな気持ちになるに違いないと思っていたのに、大きな心もとなさを寄越しただけだった。引っ張られて連れ去られることは恐い。恐いけれども行ってみたい気にもなる。自分が住んでいるこの土地は、そういう人間の弱くてやわい気持ちが流れ出していかないように、かっちりせき止めているのかもしれない。高いところにできた水たまりのような故郷に、確固たる安心感を持ったのはそのときが初めてだった。どこへでも行けるという可能性の雲に乗るよりも、ここで生きると両足を踏みしめる幸福を知った瞬間だった。

だから生まれ育った故郷を出ることを決断するには勇気が要った。出て行くことを告げると、両親は私をなじった。知り合いという知り合いは山々にがっちりと根ざす樹木のようになっていて、表面上は「遊びに行くね」と笑顔を見せても、眼の底は冷ややかだった。

森をつくる一本の樹だった私たちは、せっかく張った根を引き千切るようにして長野県を出た。縁もゆかりもない海辺の町へゆくために。

ＪＲ久里浜(くりはま)駅の改札口を見つめ、私はもうずいぶんと長く立っていた。妹との待ち合わせの時間は三十分前に過ぎている。携帯電話は何度かけてもつながらなかった。約束の時間の十五分も前からここに立っているので彼女の姿を見逃したとは思えない。さらに二本ほど電車を待ってみたがそれでも妹は現れず、苛立(いらだ)ちは心配へとすっかり取って代わっていた。

意を決して窓口の奥にいた駅員に声をかけ、待ち合わせの人が来ないので、どこかの駅で病人が出ていないか問い合わせてくれないかと聞いてみた。駅員は当惑の表情を浮かべ、京急の改札と勘違いされているということはないでしょうか、と答えた。

久里浜にはＪＲと私鉄である京浜急行のふたつの駅があり、その駅舎は連絡していなくて少し離れている。立派な駅ビルを有しているのは京急久里浜駅の方で、バスターミナルも商店街もそちら側にあり、昔ながらの木造駅舎のＪＲ久里浜駅は、駅ビルの背中についている巨大駐輪場だけを眺める恰好(かっこう)になっている。

地元の人にとっては京急久里浜の方が表玄関で、待ち合わせもそちらの方にするのが自然である。けれど、私が妹に久里浜というところは横須賀(よこすか)線の終着駅だと説明したとき、いやに彼女は感心して「それじゃあ横須賀線で行ってみるよ」と笑ったのだ。だから間違えるはずはない。それでも、もしかしたらと思い、京浜急行の改札まで行ってみることにした。改札口はビルの二階部分にあり、海側と山側をつなぐ連絡通路には人が大勢行き来していた。人待ち風な顔をして立っている人をひとりひとり確認するようにして彼女の姿を探した。

切符売り場の横にミニスカートの女の子のふたり連れ、その隣にスーツ姿で携帯電話を片手に話している男性がひとり、壁に寄りかかり文庫本に目を落としている背の高い男の子がひとり、その向こうにはベビーカーを傍らに置いた若いお母さんがひとり、と思いながら歩いていき、ふと足を止めた。壁の前の男の子が顔を上げてこちらを見ている。

「冬乃(ふゆの)ちゃん」

笑顔でその子は私を呼んだ。妹だ。片手を挙げて合図する彼女のシャツの袖口(そでぐち)から白い包帯が見えた。斜めがけしたバッグに文庫本を入れる様子を私は凝視する。

「菫(すみれ)？」

「久しぶり。冬乃ちゃん、変わらないね」

「菫はなんだか、男らしくなって」

「そうかなあ。髪のばしてるのになあ」

確かに髪は肩に届くくらいに伸びている。背丈があって肩が張っていて、胸もお尻(しり)も平たい彼女はもともと中性的ではあったが、無造作に伸ばした髪はさらに彼女の少年っぽさを増幅させている。でもこうして向かい合えば懐かしい妹だった。

「JRの方で待ってるって言ったのに」

「横浜(よこはま)駅で降りてみたらわかんなくなっちゃってさ、ごめんね」

「いいよ。会えてよかった。携帯に何度もかけたんだよ」

「バッテリー切れちゃってて」

「そう。疲れたでしょう？　とりあえず帰ろう」

何故だかにやにや笑って妹は私のあとを付いてきた。階段を下りていると、後ろから「久里浜すごいね都会だね」とはしゃぎ気味に話しかけてくる。妹の元気な様子にここ数日続いていた緊張が少し解ける気がした。駅前のバスターミナルに降り立つと、彼女は首を回してあちこち見渡し「海は？」と尋ねた。


荷物を置いてから案内すると言っているのに、バスの中でも妹は「海は？　海は？」と繰り返すので、自宅近くの停留所で降りずにそのまま海辺まで行くことにした。

「おー海、おーフェリー」

海岸沿いの道路から桟橋にフェリーが停泊しているのが見えて、妹は声を上げた。

「へええ。なんだかびっくりする。すごい不思議な感じ」

私がここに越してきたとき感じたことをそっくりそのまま妹が口にした。この海岸の奇妙さの理由を、私はなかなかうまく摑めなかった。海に慣れないだけかと思っていたが、何度もこの浜へ来てフェリーを眺めているうちに突然気がついた。

間違いなくここは海で砂浜に波が打ち寄せているのだが、左からは薄っぺらい岬が、右からはフェリー桟橋と堤防が弧を描いて海岸を囲んでいて水平線が見えないのだ。巨人が両腕で丸く囲んだような小さな入り江は湖のようですらある。海辺の道路から波打ち際までの距離が短く、砂浜が海へと落ちる角度が急で、すぐそこに巨大なフェリーが浮かんでいることを考えると、その位置は相当水深があることになる。波打ち際からほんの少しゆくと、ずどんと底が深くなっているのだろう。妙な感じは、普通の住宅地を抜けると突然そこに海があって、住宅地の続きみたいな距離にフェリーが停泊しているからだった。

鞄(かばん)を私に預けると、菫はリードを放された犬のように海岸沿いを行ったり来たりしていた。ちょっと奇妙なくらい元気だ。駅で見たとき、物憂げな感じがしたのは気のせいか。息を弾ませて妹は私のところに戻り、気持ちいいフリスビーしたい、と笑った。

「あんまり綺麗(きれい)な海じゃないね。ちょっと泳ぐ気はしないな」

「遊泳禁止だと思うよ」

「へえ、なんで？」

「さあ。すぐそこからフェリーが出てるからじゃないのかな。京急でもう少し行けばいい海水浴場いっぱいあるみたいだけど」

梅雨入り前の生暖かい風に妹のウインドブレーカーがはたはたとたなびく。私は見えない水平線を指差した。

「ほら、フェリーが出るよ。あの岬と堤防の間を抜けて海に出るの」

重い船体をゆらりと持ち上げるようにして、フェリーが動き出す。子供がはじめて象を見るような顔で、彼女はフェリーが堤防の向こうに姿を消すまで見送っていた。薄曇りの空からかすかな雨が落ちてくる。

もう行こうと急かしても、菫は生返事をするだけでなかなか動こうとはしない。明日またゆっくり来ればいいじゃないと言うと、彼女は黙ったままこくんと首をたれた。


海岸から歩いて十分ほど駅方向へ戻ったところに、私が住む部屋はある。アパートよりは立派だがマンションというには気が引ける古い集合住宅だ。妹は建物を見上げて一言「シャビーだ」と言った。シャビーって？　と問い返しても彼女はにやけるだけだった。ごとごと振動する玩具のようなエレベーターに乗って三階へ上がる。短い外廊下の一番奥。重い鉄のドアを開けて妹を招き入れる。

「こっちが洗面とかお風呂場でね、この玄関脇の部屋は今使ってなくて物置になってて、日当たりは悪いんだけど菫がここの方が良ければ片づけるからね。そっちがリビングで、リビングの隣が和室。とりあえず、和室使ってね。えっと、お茶淹れるね。コーヒー？　紅茶？　煎茶とか番茶とかもあるよ。おなかはすいてる？　ていうか疲れたでしょ？　お布団敷くから少し横になったら」

私がどぎまぎして早口になるのを気にする様子もなく、菫はリビングのカーテンを開いてベランダに面した窓を開けた。

「なんだ、海は見えないのかあ」

「まあね。海が見える物件は高いのよ。でも、あんまり海が近いと洗濯物が潮でべたべたするらしいよ。コーヒーでいい？」

薬缶を火にかけながら私は言った。本当は洗濯物がべたべたしても海に面した家に住みたかった。入り江の先に張り出すようにして建っている南欧風の大きなマンションを、部屋を探しているときに見に行った。素敵だったが我々には手の届く代物ではなかった。

台所の食卓で妹と向かい合ってお茶を飲んだ。あ、このコーヒーおいしいね、と意外な感じで彼女が言う。うん、挽きたて買ったばっかりだから。

買ったばかりなのはコーヒー豆だけではなくて、今妹が手に持っているマグカップも、履いているスリッパも、彼女の背後にある食器棚の中の妹専用の茶碗も椀も箸も、和室の隅にさりげない感じで積んだバスタオルもフェイスタオルもパジャマも、客用布団一式も、全部急いで新品を揃えたのだった。今回、私と夫は相談して定期預金の一部を解約した。

妹はマグカップを置くと、大きくあくびをした。遠慮しないで昼寝をしたら、と勧めたら「じゃあお言葉に甘えて」と間延びした声で彼女は答えた。

「お風呂入る？　すぐ沸くし」

「ありがとう。でもいいや。歯だけ磨かせて」

急いで隣の和室に布団を延べた。妹は鞄から歯ブラシを取り出す。鞄はそれほど大きくない。あとから荷物を持ってくる気なのだろうか。

「ここにTシャツとかパジャマとか置いてあるからね。適当に着替えてね」

戻ってきた妹に私はことさら明るく言った。

「ふすま閉めるね。夕飯の買い物に出てくるからゆっくりして。冷蔵庫の中のものとか、そのへんにあるもの何でも食べたり使ったりしていいからね。佐々井君は夜八時頃にならないと帰ってこないから大丈夫だよ。買ってきてほしいものがあったらメールしてね」

畳の上にあぐらをかいて、菫は無言で私を見上げている。

「出かけたかったら出かけていいよ。コンビニもすぐそこにあるし。あ、合鍵渡しておいたらいいよね。ちょっと待って、えっと合鍵合鍵」

「おねえちゃん」

どんどんテンションが変になる私をたしなめるように、彼女は落ち着いた声で言った。

「本当にしばらく泊まっていいの？　迷惑じゃない？」

「迷惑なわけないじゃない」

「でも佐々井君に悪いし」

「悪いなんてことない。こんなとき身内をないがしろにする人じゃないよ。知ってるでしょう？」

菫はうつむき、独り言のように呟く。

「なんでもいいから早く部屋を借りればいいってわかってるんだけどさ。なんかこう、ぐったりしちゃって決められなくて」

「だからうちでゆっくりしていってよ。急いで変な部屋借りるよりは、じっくり探した方がいいって」

弱々しく妹は笑った。伸ばしっぱなしの髪が頬に影を作る。私はそっと襖を閉めた。

あの包帯の手では風呂に入るにも苦労したに違いない。彼女が嫌がらなかったら髪を洗ってあげようと思った。

妹が突然電話してきたのは三日前だった。しばらく会いたくないし声も聞きたくないから連絡しないでくれ、とはっきり言われたのは、ここに越して来る前のことなので何年も前だ。仕方ないことだと納得した私は、それから転居通知をポストに入れただけでまったく連絡を取っていなかった。

その妹が突然電話をしてきて、部屋でボヤを起こして困ったことになったと言うので息を呑んだ。故郷を離れて大人になった姉妹にはそれぞれ別の生活があって、元気でいてくれればそれでいいと思っていた。電話から聞こえる妹の声には疲労が滲んでいて「いまちょっと住むとこなくて」と聞いて、心臓が潰れそうになった。

菫は子供の頃から友達が多く、東京に移り住んでから中央線沿線の空気が肌にあったらしくさらに友人を増やして楽しくやっているようだった。だから助けてくれる人はきっとまわりに沢山いるはずなのに、私のことを頼ってくれたことが嬉しかった。

ボヤ自体は大したことはなかったらしいが、少し火傷をしたのと、あわてて部屋中に消火器を振り回して家財道具をずいぶん駄目にしてしまったそうだ。電話で聞いたのはそれだけだ。詳しい顚末はまだ聞いていない。

自分で探して借りたはずの部屋の何が気に入らないのか、菫は東京の西側を転々と引っ越していた。私が最後に訪ねた住まいは古い平屋の一軒家で、何を好んでこんなボロ家にと思ったが、畳の上に直接置いた革のソファに座ると妙に落ち着いた。天井から下がった安旅館のような電灯は実家を思わせた。そこには落ち着いて長く住んでいたようなのに、あそこでボヤを出したのかと思うと胸が痛む。

考え事をしながら歩いていたら、いつの間にかイオンの入り口まで来ていて私は立ち止まった。彼女は好き嫌いはあっただろうか。思い出そうとしても何も浮かんでこない。妹に「食べたいものある？」とメールを打った。

目玉商品のトマトを見てトマトソースを作りたくなったが、今日のところはやめておこうと自分を諌めた。あまり張り切ると妹が引くかもしれない。ビールと日本酒はきのう買った。野菜は朝から炊いた。鶏肉もたれに浸け込んである。あとは酒の肴になるようなものを見繕おう。

バッグの中で携帯がメールを受信する音がした。急いで開いてみるとタイトルが「食べたいもの思いついた」で、本文は「パピコのチョココーヒー味」だった。それを読んで微笑んでから、そういえば携帯電話はバッテリー切れしてるのじゃなかったかと気がついた。

家に戻ると妹は眠っていた。そっと襖を開けると、敷き布団から上半身を乗り出すような恰好でうつぶせになっている。和室の端にある電源に、持参したのであろうACアダプタが取り付けられ、携帯がつながっていた。電話に左腕を伸ばすようにして彼女は横たわっていて、充電したとたんにこと切れたような恰好だった。

彼女の携帯電話は最新のスマートフォンだった。手にとって見てみたい衝動にかられたが、それよりも左腕の包帯がほどかれて、むきだしの火傷の痕が見えておりその方が気になった。そっと顔を近づけて観察する。電話では火傷の程度は二度で、もう水ぶくれも消えて、通院もしなくてよくなったと言っていたが、肘から手首の間に褐色の痛々しい痕が残っていた。

その日、妹は夫が帰って来るまで眠り続けていた。あまり昼寝をすると夜眠れなくなるだろうと思って夕方に起こしたのだが、寝言みたいな声で返事をするだけで目を覚まそうとはしなかった。そういえば子供のころから妹は一度眠るとなかなか起きなかった。

八時過ぎに夫が帰宅し、このまま朝まで寝かしておこうかと相談していると、ぼさぼさの頭のまま菫はリビングに出てきた。「おじゃましてますー」と間延びした声で夫に向かって言う。

「久しぶり。寝てていいんだぞ、菫ちゃん」

「あー、まー、でもおなか減ったし」

「じゃあ食べてからまた寝なよ」

「悪いね旦那」

背広から部屋着に着替えた夫と、Tシャツにパジャマのズボンをはいた妹が食卓につく。テーブルの上に煮物の鉢や刺身や、葱と一緒に炒めた烏賊を並べた。グラスに注いだビールが琥珀色に輝いて食卓が華やいだ。お疲れ様と言い合ってグラスを合わせる。妹は最初旺盛な食欲をみせていたが、唐突に「おなかいっぱいになった」と言って箸を置いた。

「え？　もういっぱいなの？」

「急にガーッと食べるからだよ」

「鶏の竜田揚げと炊き込みご飯もあるんだよ？　それとも果物でも食べる？」

「ビールやめて日本酒にするか？　それともアイスクリームかなんか」

私と夫が交互に話しかけると、菫は下を向いて笑った。

「なんだか、ばあちゃんちに来たみたい」

夫は気を悪くするでもなく「ああ」と言って笑った。

「あのうち、果てしなく食べ物が出てきたな。結婚して初めて挨拶に行った時、死ぬ思いで食べたなあ」

「ばあちゃんの葬式、何年前だっけ。あのとき私、まだ週刊誌の〆切があって、仕事道具持って行ったの覚えてる」

「そうそう、夜中、仏様の横で線香たきながら漫画描いてて、本家の伯父さんに怒られてたよな」

「そうだったそうだった。年寄りが一晩中起きてるのは大変だろうから、通夜の番、私が買って出たのに怒られてさあ」

昔話をするふたりと一緒に私は笑った。冷酒と漬物を出すと、ふたりは酒を注ぎあって、田舎の古い作法について思い出しては笑っている。私の祖父の家は新潟との県境の山村にあった。祖父も祖母も素朴で人柄が良かったが、人柄と村の古いしきたりはまた別のもので、母親も私達もいろいろ面食らったり苦労したりしたものだった。それでもその頃まで、法事だの何だの、親に呼ばれれば妹は万障繰り合わせて帰省していたのだ。

「佐々井君はさ、いま仕事どうなの？」

妹は夫のことを昔から君づけで呼ぶ。子供の頃から顔見知りなのと、先輩風を吹かさない彼の雰囲気がそうさせているのかもしれない。私達は全員同じ中学と高校を出ている。夫の一学年下が私で、私の二学年下が妹だ。

「いやもう、しょぼいね。会社明日つぶれても不思議じゃないね」

「そのわりにはなんか、元気っていうか、日に焼けてるっていうか」

「営業で一日外回りだから」

「へええ。雪山のテンみたく真っ白だったのにねえ」

「菫ちゃんはどうなの。ぼちぼちやってるの？」

「まあねえ。ひとりで生活していく分には、東京ならなんとかなるよ」

寛いで和やかに話しているように見えても、ふたりは肝心な部分には切り込まないように気をつけているのがわかった。私は合いの手を入れたり声をあわせて笑ったりはしたが、ほとんど何も言わずにふたりのやりとりを聞いていた。大人になった我々が気を遣いあって作りだした今夜の和気あいあいとした空気を壊したくなかった。

いつしか私の目は妹のしぐさばかり追いかけていた。椅子の上に足を片方上げてそこに顎を乗せたり、髪をかきあげたり、人の話を聞くとき唇を尖らせたり。その一挙手一投足に目が奪われた。厚みのない体。小さな顎。長い手足。骨っぽい裸足のくるぶし。少年のような少女だった彼女は、大人になって青年のような女になった。彼女を愛しみ、彼女に憧れる気持ちがこみ上げる。懐かしい感情だった。懐かしい、と思えることに安堵した。それがもう過去のことだからそうと思えるのだ。

私はずっと長い間、妹のことをとてもうらやんでいた。父親譲りで尻が小さく、ひょろ長い体に色素の薄い猫っ毛の妹。ほとんど同じ背丈なのに、妹は背の高い人と認識され、私は図体の大きい女と言われた。私は母親譲りで尻と太ももがどっしりしている。髪も真っ黒で癖毛だ。成績は私の方が良かったけれど、それ以外のことは何でも妹の方が優っていた。数学の方程式を早く解くよりも、教師の似顔絵を面白おかしく描けたり、学祭の垂れ幕をデザインしたりしてみせる彼女の方が人から必要とされている気がした。

私達はとても仲が良かった。外で遊ぶよりも、ふたり揃って家の中でごろごろして、漫画を読んだりゲームをしたりするのが好きだった。家が狭かったので子供部屋は一部屋で、ずっと一緒に寝起きしていた。私は妹が好きだった。妹が選ぶ本やゲームや友達や、テレビ番組や文房具や袋菓子や、そんなものにまで妹のセンスがゆきわたっている気がして、彼女の好むものはなんだって良く見えた。

妹は子供の頃、大人になったら漫画家になるのが夢だと言っていた。菫なら絶対なれるだろうと聞いた瞬間思った。だが学年が上がるにつれて彼女はそのことを口にしなくなったし、漫画は読む専門で描いている様子はなかったので、すっかりそのことを忘れていた。だから彼女が高校を卒業する寸前に漫画雑誌の新人賞をとったと聞いてとても驚いた。いつの間に応募原稿を描いていたのだろう。

彼女の描いたものはストーリー漫画ではなく四コマ漫画だった。たった八枚の漫画が妹の人生を変えた。地元のデザイン専門学校へ進学することはしたが、ほとんど通わなかった。

菫の描いた四コマ漫画は山里に住む動物と農家の人たちをコミカルに描いたもので、私達にとっては身近な当たり前の話ばかりだった。なのにまるで初めて知った世界のようにきらきらしていた。隔週で発売される漫画雑誌に最初は不定期に掲載され、一年後にはレギュラーの連載となり、賞をとった二年後にはそれがコミックスとなって発売された。妹は本当に漫画家になった。彼女だったら望めば何にだってなれると思っていたが、現実にそうなると私は何故か心から驚いたのだった。

妹の描くものはアシスタントが必要な緻密な絵柄ではなかったけれど、それでも〆切が近付くと毎回バタバタして、母と私は消しゴムをかけたり指定されたところをインクで黒く塗ったりした。父親は家事を引き受け、母親のエプロンをかけて甲斐甲斐しく夜食を作ったりしていた。妹が漫画を描いていることはあっという間に近所に知れ渡り、買い物へ行った先で「菫ちゃんは昔から何か違ってたけど、さすがね」と言われたりもした。

妹のことを誇りに思い、また反面うらやんでしまう気持ちは、私の中でこの頃が頂点だったように思う。両親も親戚も知り合いも、赤ん坊が生まれたかのように彼女と彼女の仕事のことで頭がいっぱいではしゃいでいた。しかし妹は淡々としていた。決して驕ったことを言ったりせず、ほとんど遊びにも出かけなかった。用事で東京へ出かけても、一泊で、どうかすると日帰りだった。しかし妹は東京へ出かけるたびに少しずつ確実に何かを吸収して帰ってきた。着るものも、言葉づかいも、顔つきも、あっという間に垢ぬけていった。

家で仕事をしている妹と、部屋を共有するのに限界を感じた私は、家を出ることを考えた。学校と実家の中間地点にアパートを借りようかと親に相談すると、母親は顔を曇らせ、娘が家を出るのはお嫁にいくときだと思っていたんだけどと呟いた。父親は庭を潰して家を増築するかと真面目な顔で言った。誰も「収入のある菫が近所にアパートを借りればいい」とは言わなかった。私は自分で学費も払っていたので、本当は実家を出るのは金銭的に苦しかった。けれど、私の学費も出せない両親が家の増築費を捻出できるはずもない。

結局私はアルバイトを増やして安い部屋を借りた。大学をちゃんと卒業して、きちんと就職活動をして、私くらいは安定した職に就かなければとその頃思いつめていた。数年後、菫も家を出て東京に移り住んだ。しかし彼女の漫画家としてのキャリアは、ある日突然終わることになった。もうやめる、と妹が思いつめた顔で私に打ち明けたとき、やめないで済む方法もあるはずだと私は説得したが、これ以上やりたくないと彼女は頑なだった。

しかし、頑なだった妹が姉の私を頼って訪ねて来てくれ、何事もなかったように笑顔をみせて、夫と世間話をしている。目の前で談笑しているふたりにはぎくしゃくしたところはかけらもない。みんな大人になったのだ。

「あー、なんかまた眠くなってきた。なんでこんなに眠いんだろう」

とろんとした顔で菫がそう言い、夫は壁の時計を見上げた。もうすぐ十一時になる。

「寝た方がいいよ。菫ちゃん、いろいろ疲れてるんだろう」

「菫、お風呂は？　シャワーくらい浴びる？」

「ううん、明日でいいや。寝る」

和室に向かう妹の足元がおぼつかなくてよろけそうになる。それを助けようと急いで歩み寄ると、背後で夫が立ちあがり、ふいと廊下へ出て行くのが目の端に見えた。妹に布団をかけてやり、リビングに戻ってテーブルの上を片づけていると、廊下の向こうからトイレの水を流す音がした。夫はこちらには戻って来ず、そのまま寝室のドアを開けて入って行く気配がした。

洗い物を済ませ、明日の朝食と弁当の下ごしらえをした。簡単にシャワーを浴びて、パジャマに着替える。

寝室のドアの前に立ち、開けるのをしばらく躊躇(ためら)った。部屋の中の音に耳を澄ますと、夫の軽いいびきが聞こえてくる。ドアノブを回すと、廊下の灯(あか)りが寝室に射し込みベッドの形が浮かび上がった。ダブルベッドの右端で夫は横を向いて眠っていた。

足音をたてないように近づいて、私は布団の左端をめくる。ぎくしゃくと足を差しこんで、彼の隣に体を横たえた。ベッドの中は夫の体温で暑いくらいだ。私は喉元(のどもと)まで布団をかぶって目をつむった。深呼吸を繰り返して、眠りがやってくるのを辛抱強く待った。一緒に眠るつもりでダブルサイズのベッドを買ったのに、数えるほどしか私はここで眠ったことがなかった。

菫はいつまでうちにいるのだろう。来てくれたことは心から嬉(うれ)しいのに、毎日和室でひとり、のびのび眠っていたことがもう懐かしかった。

2

たどりつくといつもそこには川が横たわっている。それはいつか幼い頃どこかで見たことのある川なのさ。夕べ彼女は傷ついた小鳥のようにここへ訪れた。そして同じ夜明けを迎えたのさ、まるで昔のように。

　鼻歌にしては大きすぎる声で佐々井は歌い続けている。最初は驚いたけれど、あまりに頻繁なのでもう慣れた。とにかく尋常ではない頻度で鼻歌を歌う人なのだ。それも古い歌謡曲ばかり。おれは年上の人たちとカラオケに行く機会が多かったので、わりと古い歌は知っている。しかし佐々井は音痴というか、音程そのものがなく、ただ歌詞を大声で諳(そら)んじているようなものなので、知っている歌でもなんだかわからない時が多い。

たったひとつの夢が今この街の影に横たわる。でも今夜は思いっきりルーズにみじめに、汚れた世界の窓の外で、全てのギヴ&テイクのゲームにさよならするのさ、ロックンロールナイト！

　そこまで聞いてどうやら佐野元春(さのもとはる)の歌だと思い当たった。といっても佐野元春本人が歌っているのは聞いたことも見たこともない。どこかで誰かが歌っていたのをなんとなく覚えているだけだ。ギヴ&テイクのゲームにさよならするのさって、なんだかなあ。

　上司の鼻歌などどうでもいいはずなのに、胸の内であれこれつっこんでしまうのは、毎日暇だからだ。入社してから数カ月、仕事らしい仕事をしていない。おれは朝からずっと携帯で就職サイトを巡っていた。上司のすぐ近くに座って、就職サイトを検索し続けるのはどうかと思うが、そういう上司はその間ずっと海に向かって釣り糸を垂れ、鼻歌を歌っている。

平日の午前中だというのに、我々は磯で釣りをしているところだ。ワイシャツ姿のまま、岩場で釣竿（つりざお）を持っているのは異様なのだろう、他の釣り人は我々を見るとぎょっとする。一度初老の男が、そんな恰好（かっこう）で釣りをしたら駄目だと言ってきた。革靴は滑るから危ないだろうと叱られて、佐々井はホームセンターで長靴を購入した。先月あまりの日射しの強さに音をあげて、長靴を買った店で麦わら帽子も買った。おれ達は今、スーツの上着だけ脱いで長靴をはき、麦わらが飛ばないようにタオルでほっかむりをしている。長靴も麦わら帽子も、当然のような顔をして手渡されて断れなかった。

朝は曇天だったのだが、昼近くなってきてだんだんと雲の間から太陽が顔を出しはじめていた。真上から日射しが照りつけると携帯の画面が見にくくなって、あきらめてポケットにしまった。

このあたりは東京湾の出入り口で、房総（ぼうそう）半島と三浦半島のでっぱりが向き合って、海が一番狭くなっているところだ。見えない線路でもあるかのように大小様々な船がすれすれな感じで行き交うのが見える。まるで無人島に置き去りにされた気分になってきて、巨大タンカーに向かって「助けてくれえ！」と叫びたくなる。苛々（いらいら）している気持ちを宥（なだ）めようと煙草を尻ポケットから出してくわえた。

煙草を吸ってしまうと、とたんにやることがなくなった。岩場に寄せては返す波を見ていると眠くなってくる。神奈川県で生まれ育ったけれど、これほど頻繁に、しかも長時間、海と向き合ったことはなかった。ガキのときは海に来たら遊ぶのに夢中だったし、大きくなってからは女の子の水着の線に見とれていて海なんかじっくり見たことはなかった。だいたい浜辺ならまだしも岩場というのは居心地がいい場所ではない。よく見るとフジツボがぎっしり張り付いていたり、船虫がざわざわと動いていたりしてぞっとする。

先に車に戻ろうかと考えはじめたとき、波の音にまぎれて電話の着信音がした。顔を上げると佐々井が自分の携帯を取り出して何か話していた。仕事だろうか。右手に釣竿、左手で携帯を持った上司がこちらを振り返る。

「川崎（かわさき）くーん、そろそろ戻ろうかー」

「あーい」

道具をたたんで並んで岩場をつたい、営業車を停めてある駐車場まで歩いた。その間も何やら佐々井は鼻歌を歌っている。この人本当に頭おかしいんじゃないだろうか。あるいは明日にも辞めそうな新人なんかには興味がないというところなのか。

車に戻ってトランクに釣道具をしまい、長靴を革靴に履き換えていると「先に昼飯食おうよ」と佐々井が言った。

「え？　納品行くんじゃないんですか？」

「夕方までていいって。どこで食うか。クジラちゃん公園？」

「あー、はい」

　その公園は海岸線の道路脇にあるちょっとした空き地に、クジラの形をした滑り台を配置しただけの小さな公園だ。目の前は寂れた漁港だし、交差点の角なのでかなり埃っぽく人の姿をほとんど見ない。もちろんクジラちゃん公園なんて名前ではない。佐々井が勝手にそう呼んでいるだけだ。

　運転は大抵おれがする。まだ免許を取ったばかりなので運転に慣れる必要があるのと、営業先のルートを覚えるためだ。入社したときマネージャーは、一通り店を覚えたらひとりで回ってもらうと言っていた。一ヵ月もしたら上司と同じ車に乗らなくてよくなるだろうと踏んでいたのに、延々と佐々井とドライブの毎日だ。

　クジラちゃん公園の駐車場に車を入れると、佐々井は後部座席から青いクーラーボックスを取り出し、肩にかけて海に面した東屋に向かって行った。そのあとをおれもとぼとぼ続く。大きいプラスティックのクーラーボックスをはじめて見たときは、仕事をサボって釣った魚を家に持って帰る気かと驚いたが、そうではなくてあの中には愛妻弁当が入っているのだ。車のトランクは暑くなるので弁当がいたまないように入れているんだそうだ。海を望む東屋でクーラーボックスを開けると、いつもの弁当箱に加えて重箱とタッパーウェアが出てきてぎょっとした。タッパーの中身は切り分けたメロンだった。

「今日はずいぶん豪勢ですね」

「まあな。きのう家にお客が来て、嫁さん、はりきって色々作ってたからその残り」

「はあ、いい奥さんですね」

「まあな」

無感動な顔で佐々井は言い、そのあとはただ黙々とふたりで飯を食った。

本当は昼飯くらい別々に食いたいのだが、それを言いだすきっかけが摑めずにいた。入社してしばらくは、弁当持参の佐々井とは別に営業所近くの定食屋で食ったり、出先でコンビニを見つけて適当なものを買ったりしていた。それについて佐々井は特に何も言わなかったので、おれはそのまま黙っていればよかったのだ。ある日つい、お世辞半分の世間話のつもりで、「いつも美味そうな愛妻弁当でうらやましいです」みたいなことを言ってしまったのがいけなかった。翌日、佐々井はおれに大きな握り飯をひとつ「嫁さんが作ってくれたから」と言ってくれた。そのとき確かにやばい空気を感じたのに、おれの口から出たのは「すっげー、感動っす」という心にもない台詞だった。

おれはそのとき、いろいろ焦っていたのだと思う。アルバイトを転々としているうちに二十五にもなってしまって、やっと正社員として勤めることができたはいいが、とにかく勝手がわからなくて日々緊張していた。直の上司はひとまわりも年上で、悪い人ではなさそうだが何を考えているのかいまひとつ摑めない。だがとにかくこの仕事とこの上司しか選択肢がない状況ならば、なんとしても馴染むしかないと危機感を募らせていたのだ。

おれが大袈裟に喜んでみせたものだから、佐々井はどうやらそれをそのまま嫁に伝えたらしく、最初はひとつだった握り飯がやがてふたつになり、やばいやばいと思っているうちにおかずがつき、今ではおれ専用の弁当箱まであって、そこにぎっちり飯と惣菜が詰められてくる。

佐々井の嫁は明らかにおれの母親より料理がうまく、時間がたっても不味くならないような惣菜が毎日あれこれ入っている。だからといって、コンビニ弁当よりうまい昼飯が毎日一銭も払わず食えてラッキー、なんて思うほどおれは間抜けではない。上司の妻が夫の部下のために毎日弁当を作るなんて話は聞いたことがないし、気味が悪い。

花見のお重のような豪勢な弁当を見て、おれはやっと今日こそ言うべきことを言おうと決心がついた。

「あの、佐々井さん、おれずっと言えなかったんですけど」

楊枝を刺したメロンを口にくわえて「ん？」と佐々井がこちらを見る。

「こんな手の込んだ昼飯、いつもただで作ってもらうのは、やっぱりおれ心苦しいです」

「僕の分を作るついでだからいいって言ってたよ」

「えーと、でもやっぱり」

「いま暇みたいだから、することほしいんじゃないの？」

ないの？　っておれに疑問形で言われても、会ったこともないおばさんの事情がおれにわかるわけがない。

食費くらい払います、と言おうとして、その台詞を呑みこんだ。それじゃこれからも作ってほしいみたいじゃないかよ、そうじゃなくてもう作ってほしくない場合はどう言えばいいんだ。あれこれ言葉を選んでいるうちに、食事を終えた佐々井は空の弁当箱を持って立ちあがった。

「あ！　おれが行きます。洗ってきます」

「まだ食っていいよ。ほらメロン残ってるし」

「いやもう、せめて洗わせてください」

ひったくるようにして彼の手から弁当箱を奪った。佐々井はいつも昼食のあとにきちんと弁当箱を洗った。妻の尻にしかれているのか、ものすごく人間ができているのかどちらなのだろう。もしかすると両方なのかもしれない。

公園の隅に設置してある、銀色の水道のコックをひねって水を出した。頭上を覆う緑の枝から木漏れ日がもれ、流れ出る水が手に当たる感触が心地いい。洗い物をするのもこんなものなら悪くない。ざっと容器を洗ってから体を起こす。ベンチに座ってペットボトルの茶を飲む佐々井の横顔を、埃まみれのクジラちゃん越しに眺めてみた。

佐々井一弘、推定三十七歳、背丈はやや足りないがまあまあ男前だ。どちらかというと童顔で、額にぱらりと落ちた前髪が青年っぽさを残している。腹も出ていないし、声もソフトだ。メロンに刺さっていた楊枝を使って歯の間の掃除をしている。そういうしぐさはおっさんくさいが、安物のスーツや革靴をなんとかすれば、もっと若く見えるだろう。こういうタイプの普通の男と、どうやって接したらいいかおれはまだうまく把握できないでいる。年上の人にかわいがってもらうのはどちらかというと得意分野だと思っていたのだが、自信を喪失しつつある。

洗った容器を持って佐々井に近づいて行くと、彼はまた歌を歌っていた。

たったひとつの夢が今この街の影に横たわる。ずっとさきから街路樹に車を止めて、そして静まりかえった闇の中に息をひそめてると、世界中でたったひとりだけ取り残された気がして、楽しかった思い出が心を通り過ぎてゆく。

おれが後ろに立っているのに気がつくと、佐々井はこちらを振り返って「ありがとう、助かるよ」といやに爽やかな笑顔で言った。

この人頭おかしいべ、としょっちゅう思うけれど、頭はおかしくても彼は善い人間だった。頭の良さと善良さはまったく違う。どちらかというと反比例する、というのが少ない人生経験で掴んだおれの実感だった。

駅のホームに立っていると、耳をつんざくような警笛が響き渡った。轟音をたてて特急が鼻先を通り過ぎる。夜の中へどんどん遠ざかっていく赤い車体を見送った。見慣れた赤い京浜急行。あれは品川を越え東京の地下に潜って千葉県まで走って行く。

仕事が終わって駅のホームに立ったら、まっすぐ家に帰る気がせず、かといって行き先も特に閃かず、もう十五分以上馬鹿みたいに動けずにいた。どこへ行って誰に会いたいのか自分の中ではっきりしなかった。

地元の飲み屋、後輩の家、誰かがたむろしていそうなファミレス、ネットカフェ、レンタルビデオ屋、バイトしていた焼き肉屋。どれを思い描いても気持ちが上がらない。携帯を取り出して登録サイトを端から順番に見、自分へのメッセージがないか確認する。さっきから何度も何度も携帯ばかりいじっていた。返していないメールも着信もいくつかあって、それに返事をすればおのずと行き先が決まってくるのだろうが、気が進まなかった。

そうこうしているうちにアナウンスと共に次の電車が滑り込んでくる。羽田(はねだ)空港行きの急行だ。羽田という文字に吸い寄せられるのはいつものことだが、誘われるまま空港まで行って、この場限りの思い切りで飛行機に乗ってもその先が続きはしないだろう。金はないし、ちみちみと積み上げてきた人間関係を捨てられやしない。もしも全部のしがらみを捨てて旅立ったとしても、生きていれば行き先でまた人間関係の蟻塚はできる。逃げたって同じことだ。

ホームに立っていた人々が、開いた電車の扉の中へ無言で乗り込んでゆく。ふわりと髪を揺らして知らない女が動かないおれを追い越して電車に乗った。腰が張っていてちょっとエロい。ナンパしてみようかと阿呆面(あほづら)で眺めている間に扉はぴしゃりと閉まり、電車は加速して行ってしまった。

ひとりホームに残されると、再び鬱々(うつうつ)とした気分に戻った。いろんなことが鬱陶しい。なのに人恋しい。決心して諦(あきら)めたはずのものが大きな間違いで、今更諦めきれないような、いてもたってもいられない気持ちになる。じりじりするのに足が動かない。

おれはどうしたいのか。どうしたら気持ちが晴れるのか。誰かに相談したいような気がするのだが、適当な相手が思いつかなかった。携帯にはみっちり友達や知り合いの連絡先が登録してあるというのに。

　おれはホームに立っている。乗るべき電車はもうそこまで来ている。

　百花は笑顔で迎えてくれた。散々悩んだ末、おれは上り電車に乗るのを諦め、下り電車で久里浜までやって来て彼女に電話をしたのだった。駅から五分ほどの場所にある彼女のアパートまで、コンビニに寄って買い物をしたり立ち読みをしたり、なるべくゆっくり着くようにして行った。

「急に来て悪い」

「いいよいいよ、テレビ観てただけだから」

「これ適当に買ってきた」

　ビニール袋を差し出すと、わーどうもありがとう、と少々大袈裟に百花は礼を言った。

　彼女のアパートは玄関を入ったところがすぐ小ぶりのダイニングで、その奥の和室にはベッドや本棚やクローゼットがぎゅうぎゅうに置いてある。彼女が子供の頃から使っているという勉強机もそこにあって、ノートと何かのテキストが広げてあるのが半分閉じた襖の向こうに見えた。

「あ、甘夏ソーダだ。これ好きなの、覚えてててくれたんだ」

「ほんとごめん、急に来て」

「もー、何回謝ってるの。駄目なときは駄目って言ってるじゃん」
ふにゃりとしたいつもの笑顔で百花は言う。つられて笑っておれは食卓を挟んで彼女と向かい合った。

自分用に買ってきた缶ビールを開ける。彼女は甘ったるい果実風味のサワーに口をつけた。おれが買ってきた袋菓子の封を開け、つまんで口に入れる。これ新しいやつだよね、山葵醤油味、ぴりっとしておいしいよねと言ってまた笑った。

こいつがこんなに可愛くなるなんて中学のときはわかんなかったなあ、と今まで何度も思ったことをまた思った。ぱつんと水平に切った前髪とゆるくかけたパーマ、やや舌足らずなしゃべり方、部屋着はジャージなんかじゃなくて、ダブルガーゼの柔らかそうなワンピースだ。駅ビルとかカフェとかで、この手の女の子が働いているのをよく見るので、個性があるようでもひとつのよくあるタイプなのだろうが、これが中学のときの同級生だとなると話が違ってくる。

おれは中学時代の百花のことを、ほとんど覚えていない。二年と三年の時、続けて同じクラスだったので顔と名前は記憶にあったがその程度だ。

彼女はクラスの中で一番地味なグループにいて、制服の群れの中に埋もれていた。迷彩服を着込み顔に泥を塗って武装する、ジャングルに潜んで動かない兵士みたいだったと彼女に言ったら、意味わかんないと苦笑いしていたが、いやあれは、攻撃してくる人間がいたら撃つか逃げるかしようと一時も気を抜かないで構えている人間の体だったと思う。

だがそれは今を知っているから思うことで、実際は目立とうにも目立てないただの地味な女の子だったのかもしれない。顔も体型も平凡、勉強も運動も普通、派手なグループを刺激することも、苛められたり苛めたりの不毛な関係を築いているなめくじみたいな奴らの注意を引いたりすることもなかった。おれは一応男の中では目立つグループの中にいた。兄貴が地元では有名なヤンキーだったため、強面の上級生からもかわいがってもらえたし、逆に言えば紛れておとなしくしていることができなかった。なので、百花とは同じ教室にいてもまるで接点がなかった。

「いやなことでもあった？」

こちらを覗き込むようにして彼女が聞いてくる。顔の作りが平たいというか、彫りが浅い。目の大きさもよく見ると左右非対称でやや唇にしまりがない。美人ではない。でもアルコールが入ったせいで上気した頰には桃のような産毛がふわふわしていて、思わず手を伸ばして触ってみたくなる。

「おれ、へこんでる？」

「いやにおとなしいよ」

「おれはいつでもおとなしいよ」

ふうんと百花は首を傾げた。白い首筋。体は小さいのに、二の腕と太ももには量感がある。色気がないようである。そんなつもりではなかったが、やらせてくれるならやりたいような気がしてきた。

「来週は休めるの？」

「火曜日ね、百花は？」

「休める休める。どっか行く？」

「休みの日は休んだほうがいいんじゃないの？」

　何気なく言ったのに、彼女は気に障ったような顔をした。

「なんか引っかかる言い方だなあ」

「いや、百花ちゃんもいろいろ用事があるんじゃないかと思ってさ。朝寝坊とか買い物とか勉強とか脱毛とか」

「脱毛ね。もうすぐ夏だしね」

　それ以上言うのはやめたというふうに、彼女は立ちあがる。ちょっとだけおれの肩先に触れて狭い台所を抜けて行く。トイレの戸を開ける気配がしたので、おれは「ベランダ借りるねー」と姿を消した百花に言った。

　煙草を持って奥の暗い和室へ入り、サッシに手をかける前に勉強机の上のテキストをめくってみた。どうやら中国語のようだ。古めかしいデッキにヘッドフォンが繋いである。テレビを観てたなんて嘘で勉強していたのだろう。

　去年は韓国語の勉強をしていた。百花は鎌倉にある土産物屋に勤めている。土産物屋と言っても女の子の好きそうな雑貨が中心で、付き合いはじめた頃は、単にその店で売り子をやっているだけなのかと思ったら、ちゃんとした正社員で仕入れや在庫の管理もするし、今ではアルバイトの教育係のようなこともしているそうだ。以前ハングルのテキストをこの部屋で見つけておれが驚くと、だっていまアジアからのお客さんがすごく多いんだよ、とまるで恥ずかしいことを告白するような声で呟いた。習ったはずの英語もおぼつかないようなおれは、なんだかじわりといやな汗をかいたのだった。彼女は決して自分からはその手の努力をしていることを口にしない。

ベランダと言ってもエアコンの室外機を置くためだけに作ったような半畳ほどのスペースだが、おれは彼女の小さなビニールサンダルをひっかけてそこへ立った。煙草に火を点ける。頭の上でぶらぶら揺れる物干し用ピンチを見つつ、結局また百花のところに来てしまったと思いながら煙を吐いた。彼女とはいずれ結婚するのだから、別に来たっていいのだが何かがすっきりしなかった。

百花とは三年前に同窓会で再会して付き合うようになった。再会と言っても中学時代何も接点がなかったのだから、再び仲良くなったというのとは違った。まだ二十代前半なのに「懐かしい」だの「あの頃は楽しかった」だの連発する同級生達は鬱陶しかったが、酒を飲みたいとか淋しいとか暇だとか婚活したいとか、いろいろ人には集まりたい理由があるのだろう。おれだってチケットを買ってもらいたいがために、さして興味のない同窓会なんかに顔を出したのだ。

「お笑いやってるなんてすごいね」と百花は自分から話しかけてきた。誰だっけ、とおれが彼女の顔をきょとんと見ると、あ、小田です、覚えてないよね、と彼女は顔を赤らめた。

小田さん、小田さんね、あんまり覚えてないね、でもずいぶん可愛いね、もっとブスだったよね小田さん、整形してないよね、あ、しててもいいよ可愛いんだからとおれは思った。あとで聞いたら酔っぱらっていたおれは思ったことが全部口に出ていたそうだ。

携帯のアドレスを交換して、その翌日からメールのやり取りをして、あっという間に百花はやらせてくれた。おれの中では「やらせてくれた」という解釈だったが、彼女の中では「付き合うことになった」ということだったようだ。

最初そんな感情の食い違いはあったのだが、意外におれ達は続いた。その一番の要因は、百花がしつこくなかったことだ。会おうよ会おうよと言ってこないし、メールを返信しなくても不機嫌にならなかった。実際おれは忙しかったので、ちょっと仲良くなっても大抵女の子はいつの間にか離れていくものだった。女の子が嫌いなわけではなかったが、恋愛ごっこがおれは苦手だった。誕生日とか記念日とか覚えていられないし、それほど重要だとは思えない。百花は女の子女の子した見かけと違ってそういう点が淡泊だった。ライブには友達を連れて来てくれて、打ち上げの飲み会に誘うと三回に一回くらい来た。毎回来られると正直うざったいので、その回数は絶妙な感じだった。打ち上げの席でまわりから「哲生（てつお）の彼女なの？」と尋ねられ、いえいえそんなんじゃないです、と控えめに笑ったりするところが逆にむちゃくちゃ彼女っぽくて、なんとなく外堀を埋められるような感じでおれ達は普通に付き合ってるカップルになった。まさかその後、百花のために「お笑い」をやめることになるとはそのとき思いもしなかった。

携帯灰皿を開いてそこへ煙草を押し付けて消した。アパートの向かいには大きなマンションがあって、薄いカーテン越しに蛍光灯が白く明るく部屋を照らすのがいくつも見えた。あのマンションは家賃いくらくらいだろうといつも思う。百花と結婚したら、あのくらいのところには引っ越したいがおれに払っていけるのだろうか。

「なにやってるんだろう、おれ」

自然と独り言が漏れ出た。それは兄貴の台詞だった。最近よくあの時のことを思い出す。

なにやってるんだろう俺。膝の上に置いた両手、その両手に掛けられた手錠に目を落としたまま、兄・裕一郎は茫然と言った。いつでも自信たっぷりだった兄の、そんな気弱な声を聞いたのははじめてだった。

母親が不安そうだったので、小学生だったおれは一緒に行くよと自分から言ったのだ。実の息子でもない、荒くれ者の裕一郎の面会になど行きたいわけがない母の胸の内はわかっていた。父親は自分で行けばいいのに行こうとしなかった。何か差し入れに行った方がいいわよね？　という母の呟きに、父は憮然と、でもしっかりと頷いた。あんたが行け、あんたが裕一郎を甘やかしたからこんなことになったのだと喉元まで出かかったが、これ以上家の中を不穏な空気にしてはいけないと思い、おれは「わー、ぼく刑務所行ってみたーい。面会してみたーい」と無邪気を装ってはしゃいでみせたのだ。

刑務所は想像していたより近代的だった。面会のための待合室は、大きな病院のように電光掲示板で番号を呼ばれる仕組みになっていたし、面会を待つ人々も意外に大勢いて、しかも騒々しかった。案内された面会室はがっしりと灰色の壁に囲まれて狭く、ドラマで見たことがある通りの透明な仕切りで、こちら側とあちら側を隔てていた。母とふたり落ち着かない感じで座っていると、向こうの世界の扉が開いて、刑務官に連れられた兄が現れた。手錠よりも腰縄に、子供だったおれは衝撃を受けた。

頭を坊主に刈られた兄が目の前に腰を下ろす。色あせた薄い緑色のシャツはなんだか現実離れした衣服だった。兄を見つめようと思うのだけれど、壁際とドアの前で直立不動している職員が、蠟人形のようにまったくの無表情をしていて、彼らの方に目が吸い寄せられた。あの人達だって一歩仕事を離れたら笑ったりするのだろうが、きっと今ここでおれが渾身の一発ギャグをかまそうが、泣き叫んで床を転がりまくろうが、一ミリも表情を変えないだろうという確信が迫ってきてそれが恐かった。

なにやってるんだろう、なんでこんなところにいるんだろう、なんでなんでなんでなんで。兄は頭がおかしくなったように繰り返しつぶやいた。隣に座った母は最初面食らっていたがそのうち涙声で慰めはじめた。大丈夫よ大丈夫、あと少しで出られるから大丈夫。みんな待ってるから大丈夫。

ざまあないね、おれはふたりのやりとりを見て思った。本当は声に出して言いたかった。

椅子の上に飛び乗って頭と両腕をくねくねさせて踊り「なにやってんねん、なんでやね～ん」と大声を張り上げ笑いたかった。

あとで聞いた話によると、裕一郎は刑務所での暮らしを相当なめていたようで、不眠と大量の口内炎とイボ痔の悪化で苦しんでいたところに、顔見知りのヤクザの舎弟が入ってきて、あんた出所したら間違いなく浦賀水道に沈められるねと囁かれ、本気でちびるほど怯えたそうだ。裕一郎が捕まったのは無免許で接触事故を起こしたからだったが、鑑別経験者の兄は警察に目をつけられていて、誰から命令されて何をしたか洗いざらい悪事を白状させられた。つまり仲間を売ったのだ。

中学一年の時からスカジャンにダブダブのズボンで闊歩して、趣味は喧嘩とカツアゲと爆走だなんて、いつの時代のセンスなんだかと兄のことは思っていた。後妻といえども小さい頃から優しく育ててくれた母親を泣かせ、機嫌が悪ければ理由もなく家に来ていた後輩やおれをぼこぼこに殴った。父親は警察でも裕一郎が怪我させた親の前でも地面に額を擦りつけて土下座した。それでも兄は王様気どりだった。その裕一郎が自由を奪われ、肩を震わせて打ちひしがれている。

おれはこいつのようにはならない。そのときおれはそう強く思った。

今、裕一郎は北関東で暮らしているらしい。結婚もして子供も生まれたという。刑期を終えて出所したあと、自ら親戚を頼って家を出て行った。裕一郎は二度と地元には戻って来ないだろう。

「そろそろ帰らないと」

ベランダから部屋に戻って、おれはそのまま腰を下ろさず椅子の背に掛けてあったスーツの上着を羽織った。

「え？　もう？」

「電車あるうちに帰るわ」

百花の表情には隠しきれない安堵があった。

彼女のアパートを出て腕時計を見ると、終電の時間が迫ってきていた。早足で駅に向かい、シャッターの下りた駅ビル横の階段を駆け上がり、上がった分だけホームへの階段を駆け降りる。ちょうど電車が入ってきたところだった。終電の一本前だ。

上り電車はがらがらにすいていた。シートに体を投げ出すように座り、切れた息を整える。地元駅に着いたら、とっくにバスは終わっているので、そこからまた二十分強歩かないとならない。しんどいがタクシーに乗ると千円と少しかかる。なんだかひどく体力が落ちているような気がした。体力だけには自信があったはずなのに。寝ないでも、腹が減っていても、テンションを上げるのは簡単だった。そんなに前の話じゃない。いつから体と気持ちが気だるくなった？

轟音(ごうおん)とともにすれ違った下り電車の中、白い車内にぎっちりと人が詰まっているのをぼんやりと目で追う。音と光が去って行ったそのあと、自分の姿が暗い夜の窓に映っているのが目に入った。

量販店で買ったよれよれのスーツ姿で、むくんだ顔のおれがそこにいた。

疲れなかったのは、好きなことをしていたからだ。疲れても平気だったのは、前進している手応(てごた)えがあったからだ。すっと閃(ひらめ)くように思った。そんな簡単なことがなんでわからなかったんだ。

セルフイメージからは程遠い、車両の窓に映った情けない自分の姿を食い入るように見ていたら、どんどん頭の中がクリアになっていくような気がした。

会社だ、あの会社。会社を辞めよう。おれは百花と結婚して所帯を持つ、そう決めたのに、いまの会社を辞めたら台無しになるような気がしていたが、駄目なら駄目でいい。彼女と結婚する気ではいるが、あの会社に勤め続けるのは、また違う話だ。マシな仕事が他にあるはずだ。まだおれは二十五なんだ。

辞めると決めたら、急に力が湧き上がってきて、おれは意味もなく立ちあがった。車両の端のシルバーシートにちょこんと座っていた老人が、無表情にこちらを見ていたが平気だった。

「さらばギヴアンドテイク！　ロックンロール！」

右手を突き上げておれはひとり、夜の電車の中で力強く言い放った。

3

妹がうちで暮らすようになって一ヵ月がたった。やっと自分の家の中に、夫婦以外の人間が住んでいることに少し慣れてきた。最初の数日は私も妹もお互い気を遣って、一緒に出かけてみたり、同じ時間に食事をして一緒にテレビを観たりしていたが、長年の生活習慣をどちらも手放すのは難しかった。

玄関脇の小さな部屋は、窓が外廊下に面し曇りガラスで格子も嵌まっているため物置にしていたのだが、寝起きの時間が異なる菫に明け渡すことにした。そこで妹は明け方まで起きているようだ。彼女が起きだす頃には私は一通りの家事を終えて出掛けることが常で、夕方帰宅すると今度は妹が出掛けていて家にいない。いいことなのか悪いことなのか、すれ違って生活している。

早朝、シンクの横では炊飯器が白い湯気を勢いよく吹き出している。最近私は毎朝四つ弁当を作る。お握りとちょっとした惣菜だけの小ぶりのものがふたつ、大人の男の人が満腹になるような大きめのものがふたつ。小さいのが私と妹で、大きいのが夫と夫の部下の川崎君の分だ。なので毎朝三合米を炊く。米櫃の中身が減るスピードは驚くほどだ。二、三日中にまた買い足さねばならないだろう。

里芋のコロッケを揚げて塩鮭も焼いた。煮物は夕飯に作ったものを詰めればいいし、あとは小松菜を湯がいて胡麻あえにすればいい。なるべく音をたてないように気をつけてはいるが、シンクで水を使ったり冷蔵庫を開け閉めする音が、眠っている夫と妹の耳に届いているだろう。何しろ狭い家だ。夜中にリビングで妹が何かしている気配も伝わってくるし、佐々井君が風呂に入れば和室で洗濯物を畳んでいても鼻歌が聞こえてくる。

一段落して時計を見上げる。夫が起きてくるまでもう少し時間があった。私はコーヒーを淹れてベランダに出た。夫が起きてくるまでの束の間、朝のコーヒーを飲むのが日課になっている。

六月の早朝の空はうすぼんやりと白かった。連なる様々な屋根の向こうには、ここからは見えなくても海が広がっている。

「川崎君が会社を辞める？」

思わず振り向くと、佐々井君が一心不乱に納豆を掻きまぜているのが目に入り、別に驚いて振り返るほどの話でもなかったかと思いなおした。会ったこともない夫の部下だ。

「いや、でもなんだかんだ言って辞めないと思うよ」

「辞表持ってきたわけじゃないの？」

「そんな段階じゃなくてさ。まだ相談って感じ。辞めたいって言われて、ああそうですかどうぞって言うのも悪いじゃない。一応引きとめたら、あいつまた悩んじゃって」

「でも付き合ってる子と結婚するために就職したんでしょう」

「うん。でも相手の女の子、しっかりしてて川崎より稼いでるみたいだよ」

「しっかりしてる子なら、川崎君、仕事辞めたりしたら見離されちゃうんじゃない?」

「なるほどね。そういうこともあるかもね」

私と佐々井君が話をするのはだいたい朝食の時で、話をするといっても、どうでもいいこと、罪のないことを選んで喋(しゃべ)るだけだ。相手の受け取りやすいところにしか球を投げてはいけないルールのキャッチボール。それでも何もないよりはいい。

長野にいた頃もたまに、佐々井君は会社にいる面白い人の話をしてくれたが、川崎君の話は今までで一番興味深い。顔がカバに似ていて、やや太めで、よく食べて、調子いいことを言う川崎君。なのに自分のことを渋いと思っている節がある。芸人になろうとしてなれなかった。

夫は朝のニュースを横目で見ながらみそ汁をすすっている。テレビの画面は天気予報に変わった。今日は今年一番の暑さになるらしい。


久里浜には生活に必要なもので足りないものはない。着るものも、食べるものも、ちょっとした家具も雑貨も本も文房具も、私が生まれ育ったところに比べると何倍も気が利いたものを売っている。しかし、ここは首都圏という文化のへりにあるような町なのかもしれない。菫の住んでいた中央線の沿線には独特でセンスのいい小さな店がいっぱいあった。しかしこのあたりでちょっと目を引く洒落(しゃれ)た店は少ない。

久里浜にないものを手に入れるには、電車に乗らねばならない。私が育った須坂では、車に乗るより電車に乗るほうが大袈裟(おおげさ)な感じがしたが、ここではそうではない。早朝から夜半までひっきりなしに赤い電車はやって来るので、時刻表も見ないでいい。

久里浜駅から昼前の空(す)いている電車に乗って約十分。横須賀中央駅で私は降りた。よそ見をせず、まっすぐ目的地に向かって歩く。空気が湿気を含んでまとわりついてくる。暑さで顔が火照ってくるのがわかった。また苦手な、関東の長い夏がやってくる。

居酒屋やスナックが建ち並ぶ通りは昼間閑散としていて、ヤニの臭いがかすかに漂っていた。私は目当ての雑居ビルに足早に入った。エレベーターの中の大きな鏡を見ないようにして目的の階で降りる。カウンターには髪を脱色して唇にピアスをつけた、あばた顔の店員が眠そうに立っていた。受付の店員がなにか個人的に言ったりやったりしないことも、客の女に対して感想やら興味やらを持ったりしないことも頭ではわかっているのに、私はいつも怯(おび)えてしまう。会員証を出して「三時間パック、禁煙席」と小声で言うと、受付の男の子はだるそうな動きで端末を叩(たた)いた。

インターネットカフェの一畳ほどの狭いブースは、デスクトップのパソコンと安楽椅子と呼ぶにはお粗末な、だがそれなりに大きな椅子でぎゅうぎゅうだ。モニターと壁に囲まれたコックピットのような空間にうずくまって息を吐く。巨大地震でもきたらあっけなく崩れそうな雑居ビルの、ただパーティションで区切られただけの空間は、安全どころか危険な領域に入るのに何故だか守られているような錯覚を起こす。深い森の奥の奥の、枯れ葉で覆われた洞窟にいるような感じがする。

ネットカフェに来るようになったのは、ここ半年ほどだ。越して来てから勤めていた会社を一年たたないうちに辞め、その後パートに出ていたがそれも数ヵ月で辞め、ちゃんと就職しなければと思って、働き口を検索するために来たのが最初だった。

三十分ほどたつと汗をかいた背中のあたりがひんやり冷えてくるのがわかった。冷房対策で持って来ているカーディガンと熱いお茶を入れたポットを鞄から取り出す。椅子の上で膝を抱えてお茶をすすった。体があたたまると眠気が額のあたりを覆った。ここのところ熟睡できていなくて、疲れが取れない感じがする。

夫と同じベッドで眠るようになって一ヵ月。妹のために玄関横の部屋から使っていない荷物を出してほとんど処分し、残ったものは和室に移した。だが布団が敷けるくらいのスペースはまだ十分あって、以前のようにひとりで眠ることも考えたのだが、私はそのまま夫と一緒にダブルベッドで眠っている。それは菫に「姉は夫と寝室を別にしている」と思われたくないというつまらない見栄からだった。夫は昔からどこでも眠れる人なので、私が隣に来てベッドが狭くなろうがなんだろうが、いつも通りぐうぐう眠っている。

ポータルサイトのニュースなどを見ているうちに、ずいぶんと時間がたってしまっていたことに気が付いて、しぶしぶ就職サイトを開いた。

希望条件を登録しておけばそれに合う仕事が表示される仕組みになっているのだが、今日も新しい求人はひとつも表示されていなかった。そのサイトには刻一刻と新しい求人が新着情報としてアップされているのだが、私のわがままな希望に沿った仕事は、これからもたぶんないだろう。

トップページに戻り、地域を横須賀市に絞って新着の求人を見てみた。職種が営業や接客ならば少しはある。しかし同じような会社が同じような求人をいつも載せている。きっと採用しても採用しても人が辞めていくのだろう。経験不問ということはきっと安い給料で使うだけ使ってくたびれたら捨てるのだ。しかしそんな仕事でもあるだけましと有り難がらねばならないのだろう。

パートやアルバイトならば、私にできそうな仕事がないこともなかった。たとえばファミレスの調理場、たとえばコンビニの弁当作り、たとえばビルの清掃。

私は横浜にある小さな貿易会社に勤めていた。越してきてからの就職活動だったので案外あっさり採用が決まったときは本当に嬉しかった。なのにあっという間に過労で倒れて辞めることになった。そのあとせめて日銭を稼ごうとパートに出た。そこは人間関係にどうしても耐えられなくて辞めた。

探せばどこかに自分の体と心に丁度いい仕事があるに違いない、というのは幻想なのかもしれない。働きたくないわけではない。ほどほどに働きたい。ほどほど、なんて思うこと自体がもう甘くて間違っているのかもしれない。

夫の会社はたぶんかなり危ない状態になっているのだと思う。夫が勤めているのは、美容院にシャンプーやパーマ液剤などを卸す会社で、最初から胡散臭くはあったが、なかなか仕事が決まらない夫に長野時代の先輩が紹介してくれたもので仕方がなかった。去年までは毎日終電で帰って来て朝早く出掛けなくてはならないほどの忙しさだったのが、今年に入って急に暇になっている様子だ。詳しいことは聞いていないが、会社が大事な取引先を失ったようだ。

多少は貯金があるのだが、もちろんそれは夫婦ふたりが何年も遊んで暮らせるような額ではない。佐々井君が解雇される前に仕事を決めなくては生活が立ち行かなくなる。でもどこで何をして働けばいいのか。ほどほどの仕事で食べていけるわけがない。私は倒れないで働けるのか。うまくやっていけるのか。仕事のことを考えると、空気が薄くなるような感じがした。抱きしめるものがないので自分の膝を強く抱いた。喉がきゅううっと狭くなって息がうまくできなくなる。

誰も助けてはくれない。誰も私を必要としていない。こんなところにいたら、誰にも見つけてはもらえない。

生まれ育った土地で暮らしていたとき、私は必要とされて生きていた。それは言いかえればしがらみであり束縛であった。逃げられるものだとは思っていなかった。逃げようと思ったこともなかった。

　実家の家業はどんな町にもある電器屋で、私が中学生くらいまでは、商売はそれなりにうまくいっていたのだと思う。なんだかんだと町の人は家電をうちに注文してくれていた。街道沿いにある量販店で安く家電を買えるようになってお客さんは徐々に減ってはきたけれど、古くから付き合いのある家ではテレビやエアコンが壊れればうちに修理を依頼してきた。修理のついでに父が新商品のパンフレットを置いていけば、値段を量販店と比較することもせず買い換えてくれる家がずいぶんとあった。

　しかし私が高校二年のとき、父が足を怪我して脚立に乗ることが難しくなった。他にもいくつか不運なことが重なって、あっという間に店先に埃がかぶった。母が突如太ったのもこの頃だ。きっと不安だったのだろう。いつ見ても何か菓子をもぐもぐと食べていた。

　しかし両親は妹が高校を出るまではなんとか粘りをみせた。父は昔からの得意先をまめに御用聞きに回り電球一個でも面倒がらずに届けに行ったし、母は知り合いの林檎農家に手伝いに行った。私が大学を自力で卒業して地元で就職したとき、これでやっと家計を助けることができると心の底から安堵したのだった。

　佐々井君との結婚も両親はとても喜んでくれた。もしかしたら私が嫁にゆくことを彼らは喜ばないかもしれないという危惧があったのだが、ふたりは目に涙を浮かべて祝ってくれた。

家族は何があってもずっと家族だと父は酔っぱらうと口癖のように言っていた。そのたびに私はチームの一員であることを再認識できて幸福が胸にあふれたものだった。助けあうことは生きる喜びだと思っていた。

親は神で、家は世界の全てだった。私は世界に必要とされていた。


帰りの電車の中で鞄に入れた携帯が震えた気がした。急いで取り出して開く。いま私にメールをしてくるのは夫と妹だけだ。「今どこ?」とそれだけ書いてある。

「電車の中、あと二駅で久里浜」と打って返信すると、すぐ返事がきた。

「駅ビルでお茶しよう。どっか入って待ってて」

私は妹からのメールを食い入るように見つめる。一気に気分が華やいだ。出先で人からお茶に誘われるなんてもうずいぶんと長いことなかった。友達付き合いみたいなものに本当に飢えているんだなと改めて思った。しかし妹は妹であって友達ではない。親が友達ではないように、夫が友達ではないように。そう自分に言い聞かせた。言い聞かせないとすぐ私は勘違いしてしまう。

電車を降りると駅ビルの二階にあるコーヒースタンドに向かった。飲み物を買って窓際の席に腰を下ろす。まだ夕方というには早い時間なので店内は空いていた。

少し離れた席で四十代半ばくらいに見える女性三人が、なにやら顔を寄せ合って話している。私もかつてはあんなふうに、誰かと愚痴を言い合ってお茶を飲んで笑っていたような気がする。友達とも呼べないような、ちょっとした知り合いと、深刻だったり深刻でなかったり、毎日のように話をしていたような気がする。いつしか私は思ったことをあまり言葉にしなくなっていた。話したくないわけではなく、話すのに最適な相手がいないからだ。深刻に受け止めない人でないと深刻な話はできないものだ。

「冬乃ちゃん」

声をかけられて顔を上げる。妹が飲み物を片手に笑顔でこちらに向かってくるのが目に入った。おしゃべりをしていた三人組の主婦が、何気ない顔をして、でも菫にちらりと視線を向けた。

この眩しい肉親がずっとそばにいて、こうやって私の孤独を薄めてくれればいいのに。ふいにそう強く思ってしまって、慌ててその考えを頭から追い出した。感情は強すぎると必ず顔に出る。敏感な妹に察知される。

菫は氷が沢山入った飲み物を置き、私に言った。

「どこ行ってたの？　ていうか冬乃ちゃん、でかい鞄持って毎日どこに」

全部言い終わる前に彼女の携帯が鳴りだした。子供の頃実家にあった黒電話のような、そんな古めかしい呼び鈴の音だった。面倒くさそうに彼女は電話を持ち上げる。

はいよーお疲れさんちょっと待って、と電話の相手に言って、座ったばかりなのに菫は立ち上がる。手振りだけで私に謝ると店の出口へ向かって行った。Tシャツの背中にはスヌーピーが犬小屋の上で寝ている絵が描いてある。私が貸したTシャツだ。スタイルのいい菫が着ると着古したやぼったい服も恰好良く見える。

携帯の着信画面には「モリ」と表示されているのが見えた。その人からはよく電話がかかってくる。気をつけて見ているわけではないが、菫は携帯をテーブルや床に放り出して置いておくので、着信があるとどうしても目が行ってしまうのだ。

一緒に暮らしていれば自然にわかることは多かった。ほとんど毎晩どこかでお酒を飲んで帰ってくる。夫は飲んで帰ってくることは少ないので、アルコールと酒場でついた煙草の匂いが家の中に持ち込まれればすぐわかる。そしてアルコールが入ると、菫の電話の声はややトーンが大きくなって、耳を澄まさなくてもベッドの中で眠れずにいる私にその断片が届く。ボヤを起こして住めなくなった部屋はその後どうしたのか彼女は話そうとしなかったけれど、耳に入った電話のやりとりから、火災保険が下りるとか下りないとか、修繕費について大家さんから法外な金額を請求されているとか、あれこれ面倒なことになっているようだ。

「そういえばさ、おねえちゃんこのへんで美容院どこ行ってるの？」

戻ってきて座ったとたん、彼女はそんなことを聞いてきた。

「このへんでは行ってない」

「あ、そうなんだ。東京まで切りに行ってるの?」

「ううん。自分で切ってる」

　菫は大きく瞬きした。

「ええ?　鋏で?」

「散髪用の鋏。このくらいの長さだと自分で切れるよ。美容院好きじゃないし」

「好きとか嫌いとかの問題?」

　妹はあきれた顔で笑ったが、かすかに嫌悪が混ざっているのがわかった。私は急いで取り繕う。

「菫くらいの長さだと、カットは重要だよね。私だって勤めてたときはさすがに美容院でちゃんと切ってたよ。それは横浜。横浜の駅ビル」

「そっかー、横浜かあ」

「でもそこ、わりと安い店だったから、菫はもっといい店行った方がいいよ。佐々井君に聞いてあげる。サロンにシャンプーとか卸す会社だから、いろいろ詳しいと思う」

「へええ。そんな仕事してたんだ、佐々井君」

　微妙に硬化した空気がなかなか拭えず、口の中が一気に乾いた気がして紅茶をすすった。すっかり冷めていて舌に苦い。そこでまた菫の携帯に着信があった。今度はメールのようだ。ふいと横を向いて妹は携帯に目を落としている。

　私の髪はいま胸を覆うくらいの長さに伸びている。大人になってから後ろで結わえられない長さに切ったことは一度もないが、ここまで伸ばしたのは初めてだ。美容院にまめに行きたくないという理由からショートカットにしたことがない。

日野(ひの)さん、とふいに近くで声がして、それぞれ違う方を見ていた私と妹は顔を上げた。すぐ目の前にスーツを着て黒く重そうな鞄を持った男の人が立っていた。日野は私の旧姓なので、菫の名字でもある。どこにでもいそうな普通の容貌(ようぼう)の中年男性は全然知らない人だった。

「あ、こんにちは」

しかし菫は立ちあがってその人に挨拶(あいさつ)したので、さらに私は驚いた。

「すみません、お待たせしてしまって」

「こっちが早く来てただけで大丈夫ですよ。飲み物は？」

「いえ。もしよろしかったらすぐに現地に参りましょう。日が暮れる前の方がいいと思いますので」

ふたりのやりとりを私は口を開けたまま見つめた。この人はなんだろう。菫はまだ久里浜に住んで一ヵ月なのに、どうして知り合いがいるのだろう。

「あ、これは姉です。一緒に見てもらおうと思って」

「お姉様ですか。お世話になっております。よろしくお願いいたします」

男の人は私にも愛想よく頭を下げると、背広の内ポケットから名刺入れを取り出して、流れるようなしぐさで私に一枚名刺をくれた。混乱したまま受け取って目を落とす。会社名からそれが不動産会社であることが分かるまで五秒くらいかかった。分かったときにはもうふたりはそれぞれ鞄を持って歩き出していて、私は慌てて彼らを追いかける。

駅ビルの階段を下り、駅前ロータリーを抜けて商店街を突っ切って歩く彼らの背中を追う。ふたりは何事か話しながらどんどん歩いて行って、私にはその会話は聞こえなかった。

彼らが足を止めたのは、マンションやアパートの前ではなく、細い路地の四つ角のところにあったのは古い造りのスナックだった。右手には駐車場、左手にはやっているのかどうかわからない蕎麦屋があった。

外壁のモルタルが派手にひび割れている。ドアは赤黒いガラスで店内が見えるようで見えない。ガムテープで割れたところが補強してあるがそのガムテープも変色している。不動産屋は鞄から鍵を出すと店のドアを開けた。ふたりは躊躇なく中へ入って行く。私もおそるおそるそこへ足を踏み入れた。

店の中は案外広かったが、内装は外から見て想像した通りの感じだった。カウンターの前に背の高いスツールが並んでいる。くすんだ赤いビロードのソファ席がいくつかあった。カラオケの機械やビールなどを入れる透明の業務用冷蔵庫もある。壁も床も天井からつり下がっている電灯の笠も、埃と油でねっとりと黒ずんでいる。

「昭和って感じでいいでしょう」

菫は腰に手を当てて店の真ん中に立ち、私の方を振り返った。ジーンズに包まれた長い足と小さなお尻をそんなときでも私は羨望の目で見てしまった。

「ここでカフェをやろうと思ってさ。おねえちゃん、暇なら手伝ってくれないかな？」

「カフェ？」

「昭和レトロのカフェ。ね、いいでしょ」

不動産屋は、この物件は角地でこれだけの広さがあるのに賃料が安いことや、設備もこのまま居抜きで使えば開店資金も格安で済むことを滔々と話しだした。

「なに浮ついたこと言ってんの」

自分でも驚くような声が出た。目をむいて菫と不動産屋が振り向いた。

「ただの汚いスナックじゃないの。思いつきで昭和レトロとかいって馬鹿みたい」

もうそれ以上何か言ってはいけない。そう頭の隅で思ったけれど、噴出した感情が止まらなかった。

「働きたいのならコンビニのアルバイトでも新聞配達でも、体使って真面目にやれば？」

自覚していなかった本心が口から溢れ出た。それは臆病な自分へと向けられた言葉でもあった。

4

アパートから運び出された荷物が思ったより少なくておれは驚いていた。六畳に小さな台所がついただけの部屋なのだから少なくて当たり前なのだが、手をつける前のその部屋は魔窟と呼ぶにふさわしい惨状で、床には布団だの服だのスポーツ新聞だのが堆く積まれていた。台所には一通り鍋釜があったが、そこからは強烈な異臭がしていたので、誰も蓋を開けてみようとはしなかった。

　最初はこんなゴミ屋敷をおれ達ふたりで片づけられるのかと途方に暮れたが、朝十時からはじめて日が傾きはじめる頃にはアパートの中はからっぽに近い状態になった。引っ越し屋がよこした段ボールにどんどん物を突っ込んでいくと、故郷に持って帰る物よりも圧倒的に捨てる物の方が多かった。この部屋の主はここに住んでいる数年の間に捨てたくないものは何も獲得しなかったということか。その事実から目をそむけるように、おれは終始明るくしていた。

　紅シャケ君は段ボール箱と少しの家財道具を積んだ引っ越し会社のトラックを、アパートの前で大きく手を振って見送った。さよーならー、達者でなー、さよーならー、元気でいろよー、と半径五百メートルくらいには聞こえそうな大声で手を振り続けた。

「なんで涙目なんだよ。あれ、自分ちに送ったんだろ」

「うん、そうなんだけど」

「明日には北海道で荷物と再会だろ。元気だせよ」

「明後日だよ。一晩じゃトラック着かないって」

急に現実的なことを紅シャケ君は言って、目尻に滲んだものを手の甲で拭った。

「とにかくさっさと掃除してさ、飲みに行こうぜ」

彼の肩を強めに叩いておれは先にアパートの部屋に戻った。物がなくなってがらんとした部屋はがらくたで溢れていた時より何故か狭く感じた。

この部屋におれは何度泊めてもらったかわからない。田舎から送ってもらったという布団がいつも部屋の隅に畳んで積み上げてあって、その一度も干されたことがないであろう煎餅蒲団を、酔っぱらって押しかけてきた仲間たちで台所の床やどうかすると玄関のドアを開けて半分外廊下にまで広げて雑魚寝をした。

紅シャケ君は同じ芸能事務所の同期の芸人だった。北海道の小さな町の出身だが、おれには札幌以外の北海道の地名は何度聞いても覚えられない。おれの脳はおれの意志とは関係なく、ちょっとでもどうでもいいと感じたことはあっけなく弾いていく。

紅シャケ君は芸人を辞めて故郷の北海道へ帰る。おれが事務所を辞めたとき、彼は「僕は普通に社会に出ても出来ることがないからこの道で頑張る」と言っていた。それから一年もたっていない。彼の父親が体調を崩し、母親がそろそろ田舎に帰ってきてまともに働けと強く言ってきたのだそうだ。彼が家族について話したことで印象に残っているのは、家にいるときはなるべく叱られないように何も喋らないので、家族は自分のことを無口だと思っているということだけだ。でも帰って来いと言われるということは、少なくとも彼は必要とされているのだろう。

確かに紅シャケ君と話していると、何を言ってるのかよくわからなくて正直いらっとすることはある。彼はとても痩せていて、目だけがぎょろりと大きく、笑うと乱杙歯が目立つ。声が甲高くて、舞台の上ではよく通っていいかもしれなくても、普通の生活をしていく上ではやや耳障りだった。言いたいことを簡潔にまとめられなくて、緊張すると派手に舌がもつれる。

若い芸人の卵には、何人かにひとりは紅シャケ君のような子が交じっている。落ち着きがなくて、脈絡のないことを急に言ったり、反応が極端に鈍かったりする。場の空気が読めないので、学校でも家庭でも苛められたり無視されたりして育ってきている。そういう子がこの世界に入ってくるのはネガをポジに反転させるためだ。生きにくさを武器に笑いを取る。非凡を売りに食っていく。

しかし、そういう子が日の目を見るには、誰かがその子を面白がる必要があった。テレビの中には突拍子のない芸風の先輩がいくらでもいるが、そこには必ず彼をサポートしている相方やスタッフがいた。それにどんなに舞台の上で奇抜な芸をしてみせる人も、実生活では普通にちゃんと落ち着いた人だったりして、変人のまま芸人の世界で成功するのはレアケースだった。おれがこの世界に入ってすぐに気がついたのは、人を笑わす芸の世界には、実は常識的な人の方が向いているということだ。特に今のお笑いは「そういうことってあるある」という共感系のネタが一番笑いを取れてかつ人に好かれやすい。紅シャケ君は舞台の上で奇妙な声と踊りを披露するだけの芸だった。それはそれで笑ってしまう部分はあるのだけれど、うまくお客の心を摑むことができなかった。

「なんかね、なんかね、エノモトっちとラッキーちゃんがね、あとで飲みにくるって電話かかってきた。んでね、猫沢さんが、ライブ終わりに打ち上げあるから十時くらいからきたらいいべって言ってくれたんだけど、哲生君はどうする?」

雑巾を洗って絞っていると、外から戻ってきた紅シャケ君が勢い込んでそう言った。手には携帯を握っている。猫沢さんというのは最近少しずつテレビに出はじめている先輩で、とにかく面倒見がいい。おれもずいぶん世話になった。

「いいけど、おれ終電には帰らないとなあ。明日仕事だし」

「したらさ、布団ないけどどうち泊まったらいいっしょ」

「始発で横浜まで帰って、そこからスーツに着替えて出かけるのはつらいわ」

「なんかね、ジョージ君も来るかもって」

精一杯声をひそめて紅シャケ君はそう付け加えた。ジョージというのはおれとコンビを組んでいた男だ。

「別に構わないけど」

そう答えた瞬間に、いやこちらが構わなくてもあっちが構うだろうと気がついた。少し飲んで誰か来たら帰ることにしよう。おれはもう辞めた人間なのだ。

一通り部屋の掃除を終えて、ふたりで駅の裏手にあるチェーン店の居酒屋に入った。座敷に上がって生ビールを頼む。指の腹が張り付きそうなほど冷えたジョッキを紅シャケ君とぶつけあって一気に半分ほど飲み干す。

「哲生君はどうなの、仕事」

「まあまあかな」

「偉いよね哲生君は」

「なんも偉かないよ」

「赤ちゃん、男の子だったの？　女の子だったの？」

おれと紅シャケ君はしばし見つめ合う。紅シャケ君の口の端から炙った烏賊の足がちょろんと飛び出していた。

「誰の赤ちゃん？」

「子供生まれたんでしょ？　めんこいべ？」

「おれ、産んでねえよ」

「そらそうでしょ。アハハハハ」

全然可笑しくないことで紅シャケ君はテーブルをばんばん叩いて大笑いしている。おれは形だけ合わせて笑いながら首を傾げる。いつそんな話になったのだろう。まだ結婚すらしていないのに。

「いいよね子供。僕ね、子供だーい好き。子供たくさん産んでくれる女の人と結婚するんだ。そんで英才教育して、からだぐんにゃぐにゃに鍛えて玉乗りとか空中ブランコとか火の輪くぐりとかさしてさ、北海道中を回るっていうのどう？」

「いいんじゃない楽しそうで。世界中回りなよ」

「外国はいいや、洋食好きじゃないし、まず見合いからだよな。子供いくらでも産んでいいですって言ったら女の人感激すると思わない？　僕、子育て大好きですって言ったら好感度上がるよね。あーむしろ僕が産みたい。そんで男らしい女の人に働きに行ってもらいたい」

　紅シャケ君が独り言を呟(つぶや)いている間、おれはなんでそんな噂がたったか考えた。結婚するかもしれないとは辞めるときに言った。それが伝言ゲームのように、子供ができたから就職する、みたいに伝わったのかもしれない。

　そのあと次々と仲間が現れ、四人がけのテーブルを六人で囲む状態になった。みんな速いピッチでビールのジョッキを空けてゆく。最初は紅シャケ君の今後のことや、おれの近況についても気を遣って話を振ってくれていたが、すぐに仕事の話になった。売れていないとはいえみんな現役で芸人をやっているのだから当たり前だ。

　折りをみて、おれは手洗いに立った。時間は九時半を回ったところだ。そろそろ潮時だ。ジョージが現れる前に帰った方がいい。ちょうど仲間のひとりとトイレの入り口で出くわしたので、適当に金を払った。

　後ろ手に店の戸を閉めると急にしんとして、ひとりだけ遠足の列からはぐれてしまった子供のような心細さを感じた。短い路地を出ると、すぐに中央線の高架が見えた。ここから横浜の屏風浦(びょうぶがうら)まで電車を乗り継いで二時間近くかかるだろう。以前はそれほどのこととは思わなかったのに、ものすごく遠い道のりに思えた。

　だから正面から知った顔の女が歩いて来るのを見つけた時、理性や理屈のストッパーがかかる前に、彼女の部屋に泊めてもらって明日(あした)の昼までぬくぬく眠っている自分の図が浮かんでしまっておれは自分に絶望した。その間たった三秒だが、慌てて思ってしまったことを頭から追い出しても、彼女はきっとおれの感じたことを目があったとき瞬時に察したに違いない。

「哲生君、久しぶり」

　ふわふわした足取りで近づいてきて、屈託なく彼女は笑った。首を傾げて、面白くて仕方ないという顔で下から覗(のぞ)き込んでくる。

「また髪型変わったんすね」

「唐突だね。ちょっと短くしただけだよ」

「紅シャケ君の送別会ですか？」

「うん？　まあそう」

「じゃ、おれは帰りますから」

目を見ないようにして彼女の脇をすり抜けようとしたら、ほとんど体当たりみたいな感じで行く手を阻まれる。

「なによう。哲生君が来てるって聞いたからわざわざ来たのに」

おれは返答せずにまじまじと彼女の顔を見下ろした。あいかわらず人にいやに接近して喋る人だ。背が小さいというよりは、大人の女をきゅっと縮小コピーしたようなおかしな小ささがある。美人というには少し目の焦点のあっていないというか、微妙に顔の配置が歪んでいた。

「杏子さん、おれさ、もう会わないって言ったよね」

「私は会わないなんて言ってないもん。それにもう時効でしょ。芸人やめて結婚して子供も生まれたんでしょ。もう世間話くらいしてもいいじゃない」

「おれ子供が生まれるとか言いましたっけ」

「急に結婚なんてそれしかなくない？」

含み笑いをしつつ杏子は答えた。そうか、この人があることないこと言いふらしたのか。

「終電なくなっちゃうから帰ります」

「うち泊まっていけばいいじゃない。久しぶりに会ったんだからさ、ちょっと飲みに行こうよ。私ね、近所だけど引っ越したんだよ。まだ部屋に誰もよんだことないの。新築できれいなんだよ。見にきてよ」

手に持ったバッグを振り回し、おれのまわりをゆっくり一周歩きながら彼女は言った。

試すような口調が気に障る。他の男が来たりはしないから安心して来いという意味なのだろうが、信用できるわけがなかった。今更おれなんかに甘える意味がわからない。

「行かない。おれ絶対行かない」

「じゃあ一時間だけそのへんで飲もう？　三十分でもいいから」

杏子がのばしてきた細い手を振り払い、おれは駅に向かって走り出した、つもりが、彼女に足をひっかけられ、激しく地面に叩きつけられた。

翌日、おれはまた海に向かって釣り糸を垂れていた。

寄せては返す波の音に包まれて、浮が波間に揺れるのをぼんやり見ているうちに自分の体も揺れてくるのがわかった。激しく眠かった。午前中から釣りだとわかっていれば、律儀に定時に出てこなければよかった。

昨日の夜、最終の東横線に間に合うように慌てて彼女の部屋を出て、横浜駅からはもう電車がなかったのでタクシーで家に戻った。杏子が帰り際にくれた一万円札で支払いはできたが、安堵よりも敗北感でいっぱいで、疲労を抱えたまま着替えもせず自室の床で気を失うように眠ってしまった。

ハローサンチャイルド、リトルサンチャイルド、目を覚ますまで夢の中、ひとりぼっちのサンチャイルド。こんなに素敵な一日の光を誰かの為に捧げるなんて、こんなに暖かい一日の光を誰かに奪われてしまうなんて。

佐々井は絶好調で鼻歌中だ。今日は磯の岩場ではなく堤防に並んで座っているので、真横で歌を聞かされている。佐々井の尻の下にはアイスボックス、おれには折り畳み式の小さな椅子が与えられた。

浦賀水道の向こう側に横たわる房総半島が白く霞んでいる。薄雲の浮かんだ空も水色というよりは白に近い。絶えもせず行き交うタンカーと漁船と船外機をお尻に載っけた木の葉のような小舟。時折かもめやとんびが羽を広げて旋回してゆく。色彩のない単調な景色が目の前に広がっていた。おれはただただ眠かった。

「それでその杏子さんって人はいくつなの？」

「三十二か三だと思います」

「へえ、川崎君、そんな年上と付き合ってたんだ。じゃあ今の彼女と二股だったわけ」

「二股とか言わないでくださいよ。付き合ってないです。振り回されてただけっすよ」

「でもすることはしてたんだろ？」

「まあそれは、なんというか、あんまり彼女がさせてくれないっていうか、風俗いく金もないっていうか」

「別に僕に言い訳しなくてもいいよ」

佐々井は乾いた笑い声をたてた。おれは今朝、髭を剃っていないことと目が赤いことを指摘され、つい昨日のことを喋ってしまった。大した仕事もなく毎日一緒にいるせいなのか、おれは自分のことを聞かれるまま彼に話してしまうことが多い。どこか彼のことを、自分の人生に関係のない人間と思っているから話しやすいのかもしれない。

この前会社を辞めたいと告げた時、佐々井は意外にも引きとめてきた。おれなんか引きとめられるわけがないと思っていたから少し驚いた。厳密には、辞めてもいいけれど次の仕事を決めてからにした方がいい、今なら黙認できるから就職活動をしたらどうかと言われたのだ。

「昨日、杏子さんに、あなたは放送作家の方が向いてるんじゃないって言われて」

「へええ。作家なんてすごいじゃない」

「いや作家って言っても本書く人とはまた違って番組の構成とかなんすけど。作家になりたいならテレビ局の人を紹介するよ、企画ぐらい見てもらえると思うよなんて言われて、ついおれ馬鹿だからぐらついちゃって、飲みに行っちゃって」

杏子は人のことを褒めるのが上手(うま)かった。今思えばそれはただの褒め殺しというか、適当なことを言っていただけだったのかもしれないが、あまり人を悪く言わなかった。実際おれは彼女にアドバイスしてもらってずいぶん助かったのだ。しかし子供だったおれは、おれだけが褒められているのだと、おれだけが贔屓(ひいき)されているのだと勘違いしてしまっていた。

おれは子供の頃から勉強ができなくて、地元の公立中学を出たあと、自分の名前が書けて金さえ払えば誰でも入れるような男子校に入学し、そこで不良にさえなれずに腐っていた。大学へ行くのもたるいし、適当な専門学校に行って適当に就職する気でいた。その先のことは何も考えていなかった。

しかし高校三年の夏休みに、短期バイトで行った伊豆のペンションで、おれのたるみきった人生設計を変える人物に出会った。あまりにぱっとしない高校時代の最後に、せめてそこそこの女の子と知り合って、つきあうまでいかなくても一度か二度セックスさせてくれればいいという気持ちで行ったのだ。そこでおれを芸人の道に誘った相方のジョージに出会った。

彼は同い年だったが地方の高校を中退して、芸人になることを夢見て上京し、ある芸能事務所の研修生になったところだった。吉本なんかに入ったら倍率が高すぎて一生テレビに出られないからな、と訳知り顔で言っていた。コンビを組んでお笑いで天下を取らないか、とジョージはバイトが寝起きするための狭い和室でおれを勧誘した。天下取るってなんなの、笑うとこなの、笑えないシャレなの、と最初おれはまったく相手にしなかったが、毎日いやに熱心に誘ってくるし、とにかく試しにちょっとやってみようよ、どうせ親が専門学校行かせてくれるならそれが少し遅れたって何でもないだろ、そう言われて確かにそうかと最終的には思ってしまった。

その芸能事務所の研修生には、金を払えばすぐなれた。お笑いをやるから金を出してくれとはさすがに親に言いづらく、俳優の養成所に入ると言った。父親は眉をひそめていたが、母親はおれが積極的に何かしたいと言うのは珍しいことだと喜んでいた。反対されたたらされたでむかついたのだろうが、てっちゃんは背丈があって男前だからアイドルみたいになっちゃうかもね、と母親に無邪気に言われて、兄貴みたいにテーブルだの椅子だの蹴り倒したい気持ちになった。もちろんそんなことはせずおれはにこにこしていたが。

研修生になると、平日の夜に二回と土日は終日授業があった。都内のリハーサルスタジオのような所に集められ、放送作家やフリーのテレビディレクターが講師としてやってきて授業をした。おれはその時生まれて初めて授業というものを真面目に聞いた。

人が笑うからくりや人を笑わせるセオリーというものを習ってみると、なるほどと目から鱗が落ちるようだった。基本通りに漫才やコントを作ってみてそこから応用する実践の授業、ストレッチや発声練習、基本的なダンスレッスンは学校でのたるい授業とは大違いだった。ネタの披露会が月に一度あり、最初はジョージが漫才でもコントでもネタを書いてきたが、途中からはおれも書いて見せあった。一方的に言われるだけではなくてひとつの作品を一緒に作った。客といっても生徒と講師だけだったが、笑ってもらえると素直な喜びがつきあげた。

何もかもがかったるくて、何をするのも意味がよくわからなかったおれが、大袈裟に言えば初めて生きる意味と理由を見つけることができたのだった。

眠くても朝起きる。ニュースに目を通す。漫画以外のものも読む。漫画だって時間潰しじゃなくてどうして面白いのかどうして人気があるのか考えて読む。東京まで電車に乗って行く。アルバイトをする。終電で家に帰る。また朝になったら眠くても起きて家を出る。

億劫だったこと全てに「芸能を生業にする」という意味と動機が与えられ、つらいこと全てが「今は来たる日のための下積みである」と思えば耐えられた。

研修期間が終わると、事務所はとたんに冷たくなった。それはそうだ、研修生の間はギャラを払うどころかこちらが安くない金を払っていたのだから、おれたちは事務所にとって客だったのだ。

この事務所では毎月ライブが行われていて、稼げる芸人になるにはまずはそこに出る権利を勝ち取らねばならなかった。毎週末に行われるゴングショー。そのお客を調達するのも自分達だ。無料とはいえ毎週毎週知人に頼むわけにもいかないので、道行く女の子に頭を下げて面白いことを言って笑わせて、安っぽいスタジオに来てもらう。そこで三分ほどの短いネタを次々やって、面白くないと感じた瞬間に手を挙げてもらう。三分のネタを最後まで出来た組が月イチのライブに出ることができるのだ。

ライブと言ってもテレビカメラなどもちろん来ないし、チケットぴあでチケットを売っているわけでもない。事務所にはテレビ番組のレギュラーを持っているような先輩芸人もいたけれど、彼らは彼らで別のちゃんとしたライブを行う。事務所の定期ライブにくるのは出演者の友達や家族や、お笑いのマニアやオタク、仕事だから見に来ている事務所の人とほんの少しの業界の人だけだった。

高校を出たあと、おれの生活はそのゴングショーを中心に回った。バイトをして、ネタ作りをして、稽古をして、週末のゴングショーに出る。一分もネタをしないうちに退場の鐘が鳴る。落ち込んで飲みに行って暴れて、二日酔いのままバイトに行く。再びネタを作って稽古してまたゴングショーに出て落ちる。

　そんな繰り返しを二年ほど続けた。事務所は何も仕事を紹介してくれなかったので、伝手を辿ってテレビドラマのエキストラもやらせてもらったことがあったが、待ち時間ばかり長くてあまりにも時間がもったいなくてやめた。まだ二十歳そこそこだったし、焦るには早いとは思っていたが、相方の方は焦りを募らせていた。哲生は実家住まいだからいいよな、住むところも食べるものも親がかりでお笑いなんて遊びみたいなもんだもんな、人生かかってねえんだもんな、と酔っぱらうと愚痴るようになった。

　そんなふうに感情的にこじれはじめ、まだ何もスタートしていないのに早くもコンビ仲が煮詰まってきたときに現れたのが杏子だった。

　ゴングショーで勝ち残れるようになり、月イチのライブに安定して出られるようになり、バラエティー番組の新人ネタ見せコーナーのようなところに初めて出ることができたのも杏子のおかげだった。


「あっ！　なんか引いてる！」

　そこまで一気に話したときに、手に持っていた釣竿が急に引っ張られるように震えた。

　ずっしりと重みがする。

「佐々井さん、なんかきてる、なんかでかいのきてます」

「あ、そう」

「いやいや見て見て。なにこれ重いっす」

「リールね、そんなに急いで巻いたら駄目だって。ゆっくり一定の速さで巻くの」

「はあ」

海面を見ながらおれは言われた通りにリールを巻いた。釣り糸がきしんで音をたて、海面にうっすら魚の影が見えてきた。佐々井が網を波間に差し入れて魚を掬う。なんだかわからないがでかい。魚の種類なんておれはまったく知らなかった。

「すげえ。なんか釣れた」

「ベラだな。ほら」

針を外してひょいと渡されおれは慌てた。カラフルな魚がうろこを光らせ力強く震えている。魚の表面はぬめっていて手から落としそうになり慌てて掴み直す。ストライプと水玉の、自然の中にいるにしては冗談みたいにキッチュでクリアな模様だった。

「おお、生きてる。すごい筋肉。どうしますか、これ」

「持って帰りたい?」

「いや別に」

「じゃあ帰してやれば?」

そう言われて、やや心残りながらも堤防から放ると、すぐに魚の姿は見えなくなった。佐々井の方を見ると既に関心を失くした様子で、海面を眺めている。

おれはしゃがみこんで仕掛けを付け直し、餌箱の中でうねうね動くミミズを捕まえて針に刺した。うつむいて細かい作業をしていたら、頭痛がひどくなってくるのが分かった。足元に置いてあったペットボトルを開けて水を飲む。生ぬるい、と思った瞬間、食道の奥から吐き気がせり上がってきた。堤防の端に手をついてえずく。胃の中がからっぽのせいか唾液しか出てこない。目の前がちかちかし、頭が割れるように痛んできた。

おい、どうした、と佐々井の声がして腕を引っ張られる。横になれと言われて横たわった。力が入らなかった。真上で太陽が雲の間から顔を出すのが見えた。どうしました、と知らない人の声がする。人が集まってくる気配がしたが視界が狭まってよくわからない。

おれは何人かの手で支えられて車に戻ったようだった。後部座席に寝かされて、誰かに冷えたペットボトルの水を差しだされた。むさぼるように飲もうとして、ゆっくり飲めと叱られた。一口飲むと再び気が遠くなってきた。

ハローサンチャイルド、リトルサンチャイルド、目を覚ますまで君のそばに。ひとりぼっちのサンチャイルド。誰にも何も言わせない。

次に気がついたとき車は走り出していた。佐々井の鼻歌が聞こえてくる。冷房の送風が額に当たって気持ちがよかった。意識が浮かんだり沈んだりするのを感じながら、おれは佐々井の声をぼんやり聞いていた。

繰り返し佐々井はご機嫌な様子で歌っていた。

誰にも何も言わせない。何も言わせない。

5

今年一番の暑さだと朝の天気予報で聞いたその日、私はスニーカーを履いて家を出た。

くりはま花の国は、小高い丘を丸ごとひとつ公園にしているため、買い物に出る時に履いているサンダルでぶらりと立ち寄るには隆起がありすぎる。鬱蒼（うっそう）とした林の間に庭園が点在していて、花の国というより緑の国だ。

私はいつも裏門から坂を上ることにしている。木立に覆われた小道を十五分ほど上ってゆくと、レストハウスが建つささやかな見晴らし台に着く。

そこからは久里浜の町と東京湾が見渡せる。最初の頃は物珍しさもあって、ぶつからないのだろうかと危惧（きぐ）するほど行き交う船や、その合間を器用に渡ってゆくフェリーを眺めたものだが、最近では立ち止まって海を眺めたりすることもなくなった。

私が散歩で訪れるのはもっぱらハーブ園だ。そこは公園というよりは植物園のような趣で、広い敷地に様々なハーブが整然と植わっている。色彩が薄くけぶるような美しさだ。ここへ来るとむっとする草いきれで肺が満たされる。その空気は生まれ育った山麓（さんろく）のものに似ている。

ハーブ園の小道を辿っていくと、その一番奥に小奇麗な東屋（あずまや）があって、何故かそこは足湯になっている。わりと大きな湯殿で大人が十人くらい余裕で座れそうだ。私はここで足を湯に浸けるのが好きだ。長野にいた頃は予定のない休日、よく日帰り温泉へ行ったものだ。今はそれができないので、この足湯が私にとってのささやかな温泉だった。

足湯の前はミント畑になっていて、スペアミントやアップルミント、日本薄荷が涼しげな匂いを漂わせていた。薄紫の飴玉が縦に連なったようなペニーロイヤルミントや、きゅっと黒いブラックベリーの実。その向こうには人の背丈よりも大きい紫陽花の木が植わっていて、ハーブとは対照的に大きく荒々しい花をつけていた。

人影はどこにもなかった。輪郭の薄い草花の世界。ここでは潮の匂いもしないし、車の音も、子供の声も聞こえない。

七月に入って一気に暑さは勢いを増していた。強い日射しを受けて、木々の間や草むらからむっと熱気がたち上っていた。東屋の上には茂った枝葉がせり出し木陰になっていてひんやりしていた。家にいるより何倍も涼しい。

あまり長く浸かっているとのぼせてしまうので、私は足を湯から出して膝を抱えた。ぼんやりと景色をながめる。ハーブ園の向こうには、気温の上昇でかげろうが揺れはじめている。蟬の鳴き声もだんだん大きくなってきた。

突然、子供の甲高い声が響いて私は我に返った。ハーブ園の入り口に子供がひとり走ってきて、ほどなくその子の母親が追いかけてきた。子供は小学校の低学年に見える。若い母親は子供に追いついて大きな声で笑い、そのあとから赤ん坊を抱いた父親らしき男性も姿を見せた。ここから花火見るの？　と子供が大きな声で両親に聞く。夜になったら海で見るのよ、と母親が答えた。今日は久里浜港で花火大会があるのだ。

　親子連れに気を取られていたら「こんにちは」と真後ろから声をかけられぎくりとした。振り向くと所さんが立っていた。顔中を皺だらけにして笑っている。レモン色のポロシャツに白っぽいズボン、頭にはメッシュ素材の野球帽をかぶっていた。

「あ、こんにちは。お久しぶりです」

「いやいや毎日暑いですね」

　そう言いながら所さんは靴と靴下を脱いでズボンの裾をめくった。日に焼けた足首と意外に大きな足。間隔を少し開けて腰かけると、湯にそろそろと足を入れ「はー」と心地よさそうな息を吐いた。

「いい匂いだね。今日のハーブはええと」

「ラベンダーですね」

　足湯にはその季節にちなんだいい匂いのハーブがいつも入れてある。あまり人がいないわりにはサービスがいい。

「ああ、向こう側にすごい咲いてたね。ミニ富良野みたいだよね。富良野に行ったことある？」

「ないです。北海道自体に行ったことないです」

「じゃあ、これから行くといいよ。九州は？」

「ないです」

「四国は？」

「四国は修学旅行で行きました」

「旦那さんと旅行しないの？」

「新婚旅行でボラボラ島に行きましたよ」

ぼらぼらあ？　と彼は素っ頓狂な声を出して笑った。

「いいね、ボラボラって響き。僕も行ってみたいなあ。ボラボラ島ってどんなところ？」

目をきらきらさせて所さんがこちらを覗き込んでいる。

「ポリネシアにある小さい島なんです。島のまわりをぐるっとリーフが囲んでいて、その中は海が浅くて翡翠みたいな色でこの世とは思えないくらい綺麗で。ホテルはみんな水上コテージでした。私も夫も海のない県で生まれて育ったから、そういうところに憧れがあって、一生に一度の新婚旅行だから思い切って行ってみようってことになって」

まだあの時私は二十代前半だった。考えてみれば水着になったのはあれが最後だったかもしれない。

「毎日海で遊びました。釣りをしたりシュノーケリングをしたり体験ダイビングをしたり。一番驚いたのは、野良エイを撫でたことで」

「野良エイ？」

「あ、私達がそう呼んだだけでそういうエイがいるわけじゃないんです。浅い海でシュノーケリングをしてたら、私達の前にすうって小さいエイが泳いできたんです。小ぶりの座布団くらいかな。近くにいた白人のカップルが大喜びしてそのエイに触って。野良猫が寄ってきたから頭を撫でるみたいにエイの背中をさすったり裏返してみたりして、そんなこと本当はしちゃいけないのかもしれないんですけど、私と夫は驚いちゃって、一緒にエイを触らせてもらったんです。座布団をひっくり返すみたいにこうやったりして。エイのおなかは真っ白で、何故だか逃げないんですよ」

「へええ。それは面白いね」

「でしょう？　エイに触ることが自分の人生であるなんて思いませんでした」

声を合わせて笑いながら、私は不思議な気持ちになっていた。このおじいさんはなんでこんなに話しやすいのだろう。

所さんというのは彼の本名ではない。ボラボラ島のエイを勝手に野良エイと呼んだように、私と夫で密やかに彼を「所さん」と呼んでいるだけだ。初めて見たとき誰かに外見が似ているような気がして、後日テレビを見ている時に「あ、所ジョージに似てるんだ」と気がついた。タレントの所ジョージから眼鏡を外しておじいさんにした感じ。あっけらかんとした明るい雰囲気もよく似ている。

初めて彼と口をきいたのはやはりこの足湯で、久里浜に越してきたばかりの時だった。私は夫と一緒で、所さんは小学生の孫を連れていた。夫と所さんはどちらからともなく世間話をしていて、私は黙ってそれを聞いていた。彼の孫の女の子は足湯に浸かりながら携帯のゲーム機に熱中していた。

それからひとりでこのハーブ園に来るようになって、何度か顔をあわせた。何度会っても彼は屈託なく話しかけてくるので、だんだん私も慣れてきたのだ。孫の女の子を連れている時もあるし、私にだけではなく花壇の手入れをしている職員の人にも話しかけているので、だんだん私は所さんに対する警戒心を解いていった。

彼はもう仕事を引退していて、足腰が弱らないよう、週に二度ほど花の国へ散歩に来ているそうだ。時々平日にも孫の女の子を連れていることがあって、彼女は不登校とまではいかないけれど学校があまり好きでないらしく、休んで所さんとぶらぶらしていることがあるらしい。

「お孫さんは最近どうしてますか？」

「うん、最近ずいぶん元気だよ。中学に入って新しい友達ができたみたいでね」

「そうですか、よかったです」

「うん。僕に似たのか、くよくよしちゃうとこがあったからね」

私は所さんの顔を見た。

「くよくよされるときがあるんですか？」

「僕？　そうだね、歳をとったらもうくよくよ悩まないですむのかと思ったら、そうでもなかったね」

口ではそう言っても所さんの顔は晴れやかで、本当に悔やんでいるようには見えなかった。

「あなたもちょっと、くよくよしているみたいだね」

「そう見えますか？」

「若い人がこんな所にひとりで来るのは、何か考え事があるときなんじゃないの？」

そう言われて私は曖昧に笑った。私は若いのだろうか。確かに年齢的には所さんの半分くらいなのかもしれない。

「旦那さんと喧嘩でもした？」

「いいえ、夫じゃなくて妹と。喧嘩というほどでもないんですけど」

「漫画家の妹さん？」

「あ、はい。覚えていましたか」

「あなたの話は面白いからね」

自分の顔が赤くなるのがわかった。話が面白いなんて言われたのは初めてだ。

「妹が久里浜でカフェをやろうとしているんです」

「ほう、カフェ」

「暇なら手伝ってくれって言われて。でも私、自分の気持ちがわからなくて」

所さんは扇子を取り出し、ゆっくりと顔を扇ぎはじめた。

おねえちゃんは反対なんだ、という妹の台詞を聞いたのは、これで何度目だかわからなかった。

近所の子供だけで自転車に乗って隣町まで行こうと計画していたのはあの子が五年生のときだった。何年もお年玉を一銭も使わずに貯めたお金を叩いてパソコンを買おうとしたのは中学三年のときで、評判のよくない男の子と付き合いはじめたあのときは高校二年生だった。菫は私に向かって「冬乃ちゃんは反対なんだ？」とうっすら笑って尋ねたのだった。

物件を見に行ったあの日、思わず語気を荒らげてしまった私に菫は軽く肩をすくめただけだった。特に気を悪くした様子もなく、驚いて対処に困った様子の不動産屋を、また連絡しますと愛想よく言って帰し、そして普通に「なんか食べに行こうよ」と私を誘った。あまりにも何とも思っていないようなので、私が怒ることは彼女の予想の範疇だったのだろうと察した。

焼き鳥なんかどう？　それとも刺身っぽい店がいい？　と歌うように言いながら菫は軽い足取りで歩きだす。きっと彼女は、ずっと住んでいる私より久里浜中の店に明るいのだろう。「イオンに行こう」と菫のTシャツの背中に言った。彼女は振り向いて真意を測るように私の顔を見た。

「これから買い物して何か作るのは大変でしょ。奢るから食べていこうよ」

「そういう意味じゃなくて、見せたいところがあるから行こう」

私がきっぱり言って早足で歩きだしたので、菫は首を傾げながらもついてきた。巨大スーパーマーケットの一階は夕方の買い物客でごった返していて、私は人をかきわけて進みフロアの一角にあるスペースに菫を連れて行った。

「なにここ、カフェ？　フードコート？」

「無料の休憩スペース」

「え？」

　菫はあっけにとられた様子であたりを見回した。そこはよくあるフードコートのように広い場所ではなく、ほどよく狭く落ち着いた空間に、カフェと見紛うばかりのテーブルと椅子が配置してある。座り心地のよさそうなこげ茶のベンチシートと白いテーブル。明かりとりの細長い窓には観葉植物がさりげなく置いてあり、壁にかけられた写真はアートっぽい色味だ。

「ずいぶんお洒落な休憩所だね」

「スーパーで買ったものをここで食べていいの。でも無料の休憩所だから何も買わなくてもいいし、どこで買ってきたものを食べてもいいみたい。おなかが空いてるならお弁当でも買って食べよう」

　休憩スペースの横には持ち帰りの弁当屋があって、私はそのカウンターを指差した。菫は首筋を掻いて弁当の見本を眺めた。

「さすがに酒飲んだらいけないんだろうな」

「いけないとは書いてないけど、お行儀は良くないよね」

　それぞれ弁当を買って私達は奥まった席に向かい合って座った。反対側の角では何かの集まりの帰りなのか五十代くらいの主婦が数人で話し込んでおり、その向こうでは年配の夫婦がふたり、買ったばかりの惣菜を開けて食べている。入り口付近には制服姿の女の子が三人賑やかに喋っていた。

「なるほどねえ」

音を立てて割り箸を割り、菫が息を漏らす。

「知らなかった。こんなところがあったんだ」

「そうだよ」

「四百円も五百円も出してコーヒー飲みに、わざわざカフェには行かないか」

「行かないとは言ってないけど」

「まあ難しいだろうね。だいたいこの弁当が四百五十円だもんなあ。こら敵わないや」

言っていることとは裏腹に菫は大して落ち込んだ様子もなく、大きな唐揚げに豪快にかじりついた。しばらく私達は無言で弁当を食べた。旺盛な食欲を見せる菫の口元を、私はじっと見てしまう。ウサギの口元のようにもぐもぐ動く。

「唐揚げ、おいしい？」

「普通にうまいよ。値段なりってところ。そのシャケ弁は？」

「まあ普通ね。シャケが辛いからご飯は進む」

「それでさ、カフェ、おねえちゃんは反対なんだ？」

さらりと聞かれて、私は言葉に詰まった。賛成か反対か、返事は二種類しか求められていないのだろうか。

「だって相談されてないし」

「それは悪かったよ。今から相談する。カフェ、手伝ってくれない？」

塩辛すぎるシャケと、私には味の濃すぎるきんぴらごぼうを完食するのを諦めて箸を置いた。弁当と一緒に買った缶のお茶を一口飲む。

「冬乃ちゃん、ちょうどいま無職じゃん」

いま無職だからこそ、近い将来きちんと安定収入を得るべく働かなければならないのだと言いかけたが、本気でそう自分が思っているのかどうか、にわかに自信がなくなって私は視線を泳がせた。

「冬乃ちゃんの作るものって、なんでもすごく美味しいよ。普通の材料で普通のもの作ってるのに、なんでうまいのか不思議なんだよなあ。結構雑に作ってあるのにさ」

「そうかな。雑かな。気をつける」

「ざっくりしてていいって褒めてるんだって。カフェ飯も作ってみない？」

まったく深刻でない顔で菫はこちらを覗き込む。

店をやろうというのは思いつきじゃないんだよ、漠然と前から考えてたことなんだなと菫は話し出した。最初は中央線沿線でやろうと思っていたこと、でも勉強のために知り合いの店をいくつか手伝ってみて、東京には掃いて捨てるほど同じようなカフェがあってつまらないと思っていたこと、久里浜に来て、ここはまだそういう居心地よさげなカフェが進出していないからいけるんじゃないかと思ったことなどを菫は話した。私は妹のことを相当贔屓目に見ているが、なんでもかんでも彼女の言うことやることが抜群にいいこと、失敗のないことだとまでは思っていない。今の時点ではどう聞いても菫の話には本気のようなものが感じられなかった。

「だいたい資金は？　うちはかつかつなんだからお金なんか出せないよ」

「資金は大丈夫。ちょうど漫画文庫が一斉に出るところでさ。まとまった印税が入るから。公庫からもある程度借りられるし」

「そんな、菫。大事なお金なんだからちゃんと取っておかないと」

「お金は自分で使うためにあるんじゃん。それとも親孝行とか老後のために貯金しておくべきだと思うの？　それで楽しいこと何もやらないうちに死んじゃったらどうするのさ。あ、それとも、おねえちゃんが自分の町で、私が店やったりするのが不愉快だっていうなら諦めるよ。先に住んでたのは冬乃ちゃんなんだから」

「不愉快って、そんなことを言ってるわけじゃ……」

菫はテーブルから乗り出してきて、ねえねえ奥さん、と笑いかけてくる。

「奥さんの手料理、旦那さんのためだけじゃもったいないよう？」

私が作るものをおいしいと言ってもらえるのは嬉しいけれど、だからといってそれを商売にしたらと提案されても全然ぴんとこなかった。

「……佐々井君がなんて言うか」

そこで会話は途切れた。居心地がいいカフェとは菫にとって具体的にどんな店なのかと質問しようとしたが、彼女は携帯をいじりはじめていたので、なんだか聞くことができなかった。

所さんと別れて、花の国から家へと向かった。今日はペリー祭というお祭りの日で、一年に一度普段は静かな久里浜の町に人が溢れかえる日だ。沿道にはカラフルな出店が立ち並び、信号で立ち止まると人をぎゅうぎゅうに詰めたバスが海の方へと走って行くのが見えた。

この喧騒から逃れたくて今日私は花の国へ出掛けたのだが、所さんと話せたおかげで、祭りで浮かれる町を多少楽しい気持ちで眺めることができた。

海浜公園とペリー公園に挟まれた道路沿いには色とりどりの露店が立ち並んでいる。たこ焼きや林檎飴など、どこの祭りでも見かける屋台が並んでいるのだが、外れの方にホットドッグとコーヒーを売るワゴン車を見つけて私は立ち止まった。古いワーゲンのワゴン車に帆布のひさし、手書き風の看板が可愛かった。菫が好きそうだなと思って近寄ってみるとコーヒーの香ばしい匂いがした。ワゴン車の前にはプラスティックの椅子が二脚置いてある。喉も渇いていたことだし思いきってコーヒーを頼んでみた。暑いのでアイスコーヒーと迷ったのだが、豆のいい匂いをかいだら何だかホットが飲みたくなった。

「地元の方ですか？」

コーヒーを手渡してくれながら店の女性が話しかけてきた。紺色の無地のTシャツで化粧気もないのにとても垢ぬけている。私はどぎまぎと頷いた。

「ここで営業するの初めてなんですよ。週末はしばらくここでやろうと思うので、よかったらまた寄っていらして下さい」

屈託なく笑うその女性に見とれて、私はちょっとぼんやりしてしまった。もし私が菫のカフェを手伝ったら、こんなふうにお客さんに笑いかけたりできるのだろうか。その人が反応のない私に不思議そうに首を傾げたのを見て、慌てて会釈をした。

妹がカフェをやると言い出した顚末を黙って聞いていた所さんは、そうかそうか、と頷いたあとゆっくりとこう言った。

若い人は何でも挑戦してみたらいいんじゃないの、って言いたいところだけどね。でも今は、失敗したあと、やり直しが簡単にできる社会じゃあないんだろうね。

私はどう答えたらいいかわからなかった。話を聞いて頂けただけで楽になりました、とでも言えばよかったのに、そんなふうな感謝の言葉もその時は思い浮かばなかった。ただただ言葉を失ったのだ。社会のせいにしたつもりなどなかったけれど、私はどこかでそういうふうに思っていたかもしれない。

家への道を歩きながら、カフェってそんな簡単に開業できるものなのかな、と考えた。

一日にどのくらいお客さんが入ったらやっていけるのかな、そんな簡単には儲かるわけがないだろう。でも、世の中にはそれほど流行っていなさそうな喫茶店は山のようにあって、それなりにやっているように見える。コーヒーは原価が安いから儲かると聞き齧ったこともある。

私は何も大金を儲けたいわけじゃない。贅沢したいわけじゃない。夫とふたり、普通に食べていけるだけのお金になればいい。今の私では時給でしか働けない。例えば時給八百円で一日七時間働いたとして五千六百円。月に二十日働いて十一万円強。自分を殺して時間を切り売りして十一万円。それよりは菫のカフェを手伝ったほうがストレスなく働けるだろうか。時間を切り売りしてストレスに蓋をして、ぎりぎり家賃と食費を捻出していくよりもいいのかもしれない。でも失敗したらどうなるのだろう。

家の鍵を開けてドアを開ける。額の汗を腕で拭いながらスニーカーを脱ぎ、とにかく窓を開けて風を通してと思ったら、廊下の向こうでレースのカーテンがふわりと膨らんで揺れているのが目に入った。閉めて行くのを忘れたのだろうか。

「菫？　いるの？」

声をかけたが返事はなかった。首を傾げながら廊下からリビングに入ると、天井のエアコンが点いていることに気がついた。部屋の冷気と共に背筋もひんやりする。ごご、と低い唸り声のようなものが和室の方から聞こえて、私はもう少しで悲鳴を上げそうになった。

リビングの横の和室に、大きな男が転がっていた。はだけた白いワイシャツと、グレーのズボン、ベルトとウエストのホックはゆるめて外してある。腿のあたりに私のタオルケットがかけてあり、頭には私の枕が当ててあった。枕元には水とポカリスエットのペットボトルが何本か置いてある。男はいびきをかいて眠っていた。誰だかわからない。全然知らない人だった。

　目の前の現実が処理できなくて、私は廊下を後ずさった。音をたてないようにして玄関の外に出る。ドアに背中を預けてへなへなと床に座り込んだ。震える手でバッグから携帯を取り出す。夫に電話をしようとして、メールがきていることに気がついた。

『川崎が熱中症で倒れたから、ちょっと家で寝かしておきます。よろしく』

　私は何度も夫からのメールを読み返した。よろしくって言われても、と私は小声で何度も呟いた。

6

土下座をしたのは考えてみれば生まれて初めてだった。おれにはヤンキー兄貴のせいで子供の頃から身近に柄の悪い人間が大勢いて、強面(こわもて)の年長者を本気で怒らせない技術だけは知らないうちに身についていた。お笑いの世界も上下関係が厳しく封建的だったけれど、大手事務所でもなかったし、業界の底辺にいただけなので先輩に怒鳴ってもらう機会すらなかった。

なのにここへきて、おれは初対面の男の前で、理由もよくわからず二時間以上正座し頭を下げていた。革靴を履いたまま正座を続けるのはきつかったが、痛みを堪(こら)えているうちに両足とも感覚をなくしていった。きっと今立てと言われても立ち上がれないだろう。

おれは自分のことをそれほどプライドの高い方だと思ってはいないし、黙って頭を下げることで場が収まることもあるということくらい知っているつもりだった。けれど、床に正座して二時間、営業所長とマネージャーと佐々井が深々と頭を下げるのに合わせて土下座を繰り返しているうちに、おれの中でぱんぱんに膨らんでいた憤りが徐々に形を変え、今や寂寥感(せきりょうかん)のようなものでいっぱいになっていた。

おれたち四人を床に這(は)いつくばらせているその男は、白い大きなソファに座っている。日に焼けていて、体が締まっていて、襟足の長いラフな髪型をしていて一見若いが、よく見ればそれなりに老けていて間違いなく五十代だろう。洗いざらしのシャツを着てブルージーンズとごついウエスタンブーツを履いている。チンピラっぽさは全然ない。かといって堅気な感じでもない。おれが初めて見るタイプの大人だった。

　そこは三浦半島の油壺にある彼の別荘のリビングで、吹き抜けの天井は体育館並みに高く、おれ達が正座しているテラコッタの床は鈍いブロンズ色に輝いている。

　ここに来る間に車の窓から同じような瀟洒な建物を何軒も見た。どの家の前にも大きな外車が停まっていたが、この家の庭先にはベンツどころではなく馬が繋いであってあっけにとられた。馬でコンビニへ行くのだろうか、馬でスーパーへ行くのだろうか、馬も駐車料金を取られるのだろうか。とにかく自分の生活圏内からそう遠くない場所に、こんな金持ち集団のアジトがあったなんて全然知らなかった。

　屋敷の主は尋常ではなく腹を立てていた。そしてどうやらその怒りをおれ達にぶつけることを楽しんでいるようだった。逆上するわけでも、悪魔のように高らかに笑うわけでもなく、ソフトな物腰で口数少なく激怒している。

「それで結局どうしてほしいわけ？」

　長い沈黙を破って男がそう言うと所長がすかさず答えた。

「何度も申し上げておりますが、どうかお許しを。本当に申し訳ございませんでした」

「許すも許さないもないでしょう。もう全部終わったことだと思っていたけどね」

「心からお詫び申し上げます。どうかお取引の再開をお願いいたします」

所長が床に額をすりつけるように頭を下げると、我々も急いで同じように土下座をした。佐々井の横顔をちらりと窺い見たが、瞼を閉じて頭を垂れているだけだ。

「山崎を辞めさせたからって、チャラになったとでも思ってるんじゃないの」

男はゆっくり足を組みかえ、そっぽを向いたまま低く言った。「滅相もございません」とすかさず所長が答えて、またおれたちは揃って額を床にすりつける。

山崎というのは、おれが入社する直前に辞めた男のことだろう。おれはそいつの欠員として雇われたのだ。そのわりには仕事がなくて不思議だった。

おれが知っていることは少なかった。入社して、あまりの仕事の暇さの理由を佐々井に聞いたことがあったが「いまちょっとそういう時期なんだよ」と彼は言うだけだった。それで他の社員に探りを入れてみたところ、どうやら山崎という男が取引先のオーナーを激怒させ、責任を取って辞めたということがわかった。だが皆あまり話したがらなかったし、おれも別に聞きたい話でもなかったのでそれ以上のことは聞かなかった。

今日は朝から数少ない取引先に佐々井とのんびり納品と営業に回っていたのだが、午後、佐々井が電話で呼び出されてどこかへ行ってしまったので、おれは流行っていないサロンの女店長とだらだらと喋って時間を潰した。

会社を辞めよう、とあんなに強く思っていたのに、最近なんだかどうでもいいような気になっていた。転職情報サイトも見慣れてしまって心を掻き立てられなかったし、人に働き口を聞いて回るのも面倒な気持ちが先に立った。

夕方適当に営業を切り上げ事務所に戻り、日報をでっち上げ、帰り支度をしているところへ、佐々井が慌てた感じで帰って来た。そして、来客用のソファで夕刊紙を開いていた所長に「秋月さんが会ってくれるそうです！」と大きな声で告げたのだった。

所長は顔色を変えて立ちあがった。にわかに事務所の空気が不穏になり、事情がわからないおれがぽかんとしていると、マネージャーにおまえも来いと言われて車に乗った。そして連れて来られたのがこの別荘だった。車中で皆が話すのを聞いていてわかったことは、その秋月という男はサロンチェーンのオーナーで、韓国と台湾に進出するためここのところ日本にいないことが多く、今日やっと面会の算段がついたということだけだった。

秋月という男はソファに座ったまま、再び口を閉ざしてしまった。怒鳴り散らしてくれたほうが時間がたつのにと、全身を襲う疲労に耐えながら思った。

唐突に秋月が立ち上がったので、彼が誰かを蹴り上げるのではないかと感じ、咄嗟に顔を上げてしまった。おれだけではなく、皆も緊張した様子で床から彼を見上げている。

「まあいいか」

彼は殺気立った雰囲気とは裏腹な、柔らかい声で言った。

「韓国のほうも軌道に乗ったし、こっちも少しテコ入れしないとね」

所長が大きく唾を飲み込む音がおれのところにまで聞こえた。

「港北営業所もこのままじゃ大変だろうから、またよろしく頼むよ」

「ありがとうございます！」と所長が声を張り上げて頭を下げた。その声があまりにも感極まっていたのでつい目をやると、所長の顔から水滴がぼとぼと床に落ちて染みをつくっていた。彼の肩が何かの発作のように激しく痙攣しはじめ、佐々井が慌てた様子で体を支えていた。

所長は子供のように泣きじゃくった。よほどの緊張から解放されたからだとしても、大の大人がそれほど泣き崩れるとはとおれは恐ろしくなった。どう見ても演技ではない。

ふと気がつくと、秋月はジーンズのポケットに手を入れておれの方を真っ直ぐ見ていた。背筋が冷たくなる。ヤンキー兄貴の世界の単純な暴力とは違う種類の暴力がおれを見下ろしている。

「君は新人か？」

聞かれておれは「はい」と答えた、つもりが、口が動いただけで喉から声が出なかった。

「ちょっと立ってみて」

慌てて立とうとすると、正座で痺れ切った足に力が入らず派手な音をたてて転んでしまった。秋月は表情ひとつ変えずただ見ているだけなので、おれは歯を食いしばってもう一度立ち上がる。足に力が入らない。ぐにゃぐにゃしながらやっと立った。両足が子鹿のようにぷるぷる震えるのを彼は無表情に眺めてから言った。

「がたいがいいし、なかなか男前だな」

「……え？」

「よろしく頼むよ」

何を？　と思った瞬間、秋月の右手がさっと伸びてきて肩を強く叩かれた。叩いた方は親しげにやったつもりかもしれないが、おれは抵抗できない状態でバットで殴られたような屈辱と痛みを感じた。鼻先を悠々と通って、彼は部屋を出て行った。

ドアが閉まり秋月の姿が消えると、マネージャーと佐々井が所長を両方から抱えるようにして立ち上がらせた。おれはそれを手伝うのも忘れて茫然とその様子を見ていた。佐々井がこれから忙しくなるぞ、と独り言のように言った。


それが八月一日の出来事で、その翌日から佐々井の言う通りダムが決壊したかのように仕事量が急増し、おれは一ヵ月まるまる休みを取ることができなかった。お盆もまったく休めず疲れて死にそうだったが、ものを考える余裕がなく、ただ言われたことをこなすのが精一杯であっという間にひと月が過ぎ去った。

今日は九月一日で、おれは百花と横浜のホテルにいた。ラブホテルではなく、横浜駅に隣接している二十八階建てのきらびやかな外資系ホテルだ。その中の高級フィットネスクラブのプールで、おれはデッキチェアに脱力して寝転んでいる。

ホテルのプールなど来たのは生まれて初めてだった。だいたいこのホテルにおれは一度も足を踏み入れたことがなかった。プールの無料チケットは秋月に貰った。百花を誘ってみるとものすごく喜んだ。

去年の夏、百花と大磯にある巨大なレジャープールへ行った時、彼女はパステルイエローの小さなビキニを着てきて、どちらかというとぽっちゃりして色白な彼女がそんな水着を着ると昭和のアイドルみたいでぐっとくるものがあった。だから今日もその水着姿が見られるのではと期待していたのだが、百花は紺に白いラインが入っただけの競泳用の水着で現れてがっかりした。けれどまあ、女の水着姿には変わりはなくて、去年よりだいぶほっそりした腰のあたりについ目がいってしまうのだった。

「あーもう仕事行くのやだ」

全身から水を滴らせプールから上がってきた彼女は、ゴーグルとスイミングキャップを取りながら言葉とは裏腹に楽しそうな声でそう言った。おれはちょっと泳いだだけでぐったりしてしまったが、百花はクロールで何往復もしていた。フォームがきれいで見ていて飽きなかった。

「あー気持ちいい。ずっとここにいたいね」

ホテルから貸し出された厚手のバスタオルを頭からかぶって百花は言った。

「監視員かインストラクターに転職したら」

「そしたら仕事だからプールが嫌いになっちゃうかも。ライフセイバーの友達、休みの日は絶対海行かないって言ってたし」

「そのライフセイバーの友達って男？」

タオルで髪を拭く手を止めてきょとんと彼女はこちらを見る。おれは口から思いがけず出てしまった卑屈な台詞(せりふ)に自分で驚いていた。

「焼きもち焼くなんて珍しいね」

気を悪くしたふうでもなく百花は笑った。

「まあなあ、おれ疲れてるのかなあ」

「そりゃ疲れてるでしょう。馬の世話で」

ハハハと笑ったあとで、今のは嫌みだったか？　とふと思った。

彼女も観光客相手の仕事なので夏中ほとんど休みなしで働いており、先月は会うどころかメールのやりとりさえあまりしていなかった。今日久しぶりに待ち合わせをして、開口一番「なんかやつれてるね、そんなに仕事大変だった？」と聞かれ、つい「仕事というより馬の世話が」と言って驚かれ、事情をかいつまんで話すと爆笑されたのだった。まあ笑ってくれたほうがいい。笑ってでももらわないと余計惨めになる。

実際この一ヵ月、おれを最も圧迫したのは馬の世話だった。まったく事情を知らなかったのだが、秋月の怒りを買って以来、うちの営業所は彼の持つサロンへの出入りを禁止され、横浜市の港北区にある営業所が代わりに全部受注や納品などを受け持っていたそうだ。見つからない程度に何人か手伝いに行っていたそうで、だから事務所ががらんとしていたのかと今更おれは知った。

秋月の持っている店舗は美容院、エステサロン、ネイルサロンを合わせて十二店舗あり、それらの店への出入りが許されたとたん、あれほどしんとしていた事務所の電話が鳴り響き、人や物の出入りが激増した。ルート営業だけでなく、研修会やら展示会やらの仕事も押し寄せ、一番下っ端のおれは佐々井からだけではなく上司達からあれこれと細かい仕事を言いつけられた。それらの仕事に加えて、サロンから電話で呼び出されれば飛んで行かねばならなかった。

おれは自分の勤めている会社の仕事をわかっているようでまったくわかっていなかった。うちの会社は業界用語で美容ディーラーといい、サロンを定期的に訪問して美容材料の販売をする業務なのだが、おれが今までやってきたことなど開店休業中の気休めだったのだと実感した。

サロンとディーラーの関係はおれが考えているよりずっとシビアなものだった。閑古鳥が鳴いている美容院の店長の愚痴を薄笑いで聞くのとはわけが違った。だいたいサロンの営業時間中に出入りすることが基本的には許されなかった。許されるのは急ぎの納品の時と来いと言われた時のみだ。しかし考えてみればそのあたりは頷(うなず)ける。流行(はや)っているサロンでは隙間なく客の予約が入っていて、ディーラーとまともに話をする時間がないのは当たり前だった。なので、こちらから何か売り込みに行くのはどうしてもサロンの閉店後になり、仕事が終わるのは日付が変わる頃になった。

では昼間は楽かというとそうではなく、サロンによっては開店前に来てくれと言うところもあるので朝は早いし、何かというと電話がかかってきて呼びつけられる。それが仕事であればまだよしとするのだが、サロン店長の個人的な遊びや買い物でも「ディーラーさんちょっと手伝ってよ」と言われれば、「はい喜んで！」と威勢のいい居酒屋の店員みたいな返事で飛んで行って、もういいと言われるまで付き合わなければならなかった。もちろん無体なことを言うサロンばかりではないが、秋月の店の店長達は概ねディーラーを体のいいパシリにしか思っていないような態度だった。

慣れない仕事と接待でそれだけでも大変なのに、おれは秋月から直々の指名で彼の別荘にいた馬の手入れをするように言われたのだった。

命令された時はさすがに絶句し、そこまでやらなければならないものなのかと思ったが、あの土下座の件以来、日一日と生気を失って日向のクラゲみたいになっている所長に「そんなの嫌です」とはとても言えなかった。

いくら前日に深夜まで働かされても、おれは六時前には起きて馬の世話に行かなければならなかった。最初の数日は五十がらみの男が手入れの仕方を教えてくれた。その男は別荘管理会社の社員だと言っていた。昔、大学の馬術部にいたことがあるということで仕事が回ってきたと控えめに愚痴っていた。

馬は以前から飼っているわけではなく、ひと月ほど前に秋月が急に連れてきたそうだ。彼が秋月に、どうして馬を飼うことにしたのかと素朴に尋ねたら「可愛いし美しいからだね」と答えたそうだ。ペットなのか、馬ってペットにしていいのか、ペットにしてはでかすぎないか。

おれは毎朝、敷いてあるわらを全部取り替えて糞の臭いでむせ返る馬房の掃除をし、バケツで水を何杯もかけて馬を洗った。全身とたてがみに丁寧にブラシをかけ、馬の脚を曲げさせて蹄鉄に挟まった小石を取り除いた。そして管理会社が前日用意した野菜を与えた。馬は本当に人参が好きで嬉しそうにばりばり喰った。あとデザートなのだか何だか知らないが角砂糖も喰った。

他の馬のことを知らないので比較しようがないのだが、その真っ黒な馬は素直でおとなしい性格のようだった。最初はおれを警戒していたが、一週間もするとおれが馬房で作業着に着替えていると鼻先をすりつけてきたり、背中を掻いてやると気持ちがいいのか長い睫毛を震わせたりした。睡眠時間さえ足りていれば人間相手にへこへこ頭を下げるより楽しい部類に入る仕事だったが、何しろおれは毎日三時間くらいしか眠れていなかった。

別荘には誰も人が来ていない様子で、おれは当然建物の中には入れず、使っていいのは掘立小屋同然の馬房と用具入れと外の水道だけだった。広い庭はなだらかに傾斜し、林の向こうに海を眺めることができた。管理会社の男がおれを不憫に思ってくれているのか、馬のエサと一緒にいつも冷えた缶コーヒーを一本置いてくれていた。夏の朝の海と、おれの家の近くにはまず建っていない現実離れした一戸建ての全景を見ながら缶コーヒーを飲むと、情けなさで涙が滲んだ。この馬だって好き好んでここに居るわけではないだろうが、少なくとも忙殺されているわけではなく、人参を喰ってご満悦だし、何のために生きているかなんて疑問を感じてくよくよしてはいないだろう。出来たてでほかほかの馬の糞よりもおれは生きていない、おれは馬の糞ほども生き生きしていないと思って何度も叫び出しそうになった。

　いったいいつまでこんなことが続くのか、馬手当を出せと要求してやると思い始めた八月の最終週、所長がおれを呼んで白い封筒をぺらりと渡してきた。中にはホテルのプールの無料チケットが入っていて「馬を世話する人が見つかったからもう来なくていいってさ」と言った。どうやらこれは秋月からの礼らしい。

「おまえ、気に入られたみたいだな」

　所長は忌々しそうな顔でそう言った。どう返答したらいいのかわからなくて絶句していると、彼は目をそらして「ヘマだけはするなよ」と付け加えたのだった。

「それにしてもその人、すっごいお金持ちなんだねえ。ここのフィットネスクラブの会員なのかな」

　隣のデッキチェアに寝転んで百花は言った。

「そうだろうな、馬がペットなんだからな」

「ここって入会金の他に保証金が百万円くらいかかるらしいよ」

「馬も泳がせてやりゃいいのにな」

「私だったらやっぱりペットは犬がいいなあ。ゴールデンレトリバーとかバーニーズマウンテンドッグとか」

「そんなでかい犬、マンションじゃ飼えないだろ」

「じゃあ豆柴(まめしば)」

「共働きじゃ散歩にも連れて行ってやれなくて可哀想じゃん。ハムスターとか金魚とかにしとけよ」

「もう、別に妄想の話でしょ！」

尖(とが)った声とともにゴーグルが飛んできて胸元に当たった。立ち上がった百花は「ジャグジー入ってくる」と言い置いてプールサイドを歩き出す。おれは慌てて彼女のあとを追った。百花が声を荒らげるのは珍しいことだった。

勢いよく泡立つジャグジーに水着姿の彼女が沈むのと同じタイミングでおれもそこへ滑り込む。後ろから抱きかかえるようにして百花の体に手を回すと、くすぐったがって彼女は笑い声を上げた。ほっとして彼女の小さな後頭部に額を押しつけた。

「ごめんな、おれ、仕事のことで余裕がなくて」

「怒ってないよ。でも犬は飼いたいの」

「飼う飼う。秋田犬でも土佐(とさ)犬でも」

平日の昼間だからか、暑くてももう九月だからなのかプールには人影がなく、ジャグジーの中でおれ達はくっつきあったまま青く静かなプールを眺めた。大きな天窓から傾きはじめた午後の日射しが差し込んでいる。

水流が強くて体が離れそうになるので、おれは両腕と両足で百花を抱えこんでいたが、いやらしい気分にはならなかった。というかいやらしい気分にすらなれなかった。

今考えても仕方のないことなのに、どうしても仕事のことばかり考えてしまう。

　このままいったら将来どうなってしまうのだろう。あの会社で出世したところで所長みたいになるのが関の山なのか。辞めたい気持ちは大きかったが、今となっては忙しくて辞められないような空気になっている。暇な時に辞めておけばよかった。

「百花はさ、今の仕事はやりたかった仕事？」

「うーん、雑貨は好きだけど、会社からは売り子としてしか見られてないからなあ。本社採用の人とはまた違うんだよね。バイヤーになれるといいんだけど」

「ふーん」

「宝くじでも当たったら自分のお店持ちたいなあ。海が見える場所でー、好きな雑貨置いてー、カフェスペースもつけてー」

　歌うように百花は言う。

「出たカフェ。女の夢だね、カフェは」

「妄想、妄想。考えるのは楽しいよね。宝くじ当たったら一緒にお店やろうか」

「馬飼っていい？」

　楽しそうな横顔に唇をつけると、百花は身をよじって笑った。

　そういえば佐々井の女房とその妹はカフェをはじめるのだと言っていた。あれは本気だったのだろうか。佐々井に聞いてみようかと思っていたのだが、忙しくて忘れていた。彼女達に会ったのはペリー祭の日だったから七月の上旬で、ずいぶん前のような気がするが、まだ二ヵ月たっていないのだ。

あれは釣りをしていて倒れた日だった。気がついたら知らない天井が目に入って、慌ててあたりを見回すとやはりそこは知らない家だった。一瞬パニックになりかけたが、枕元に置いてあったポカリスエットのペットボトルを見て、海辺で具合が悪くなり佐々井の家に連れて来られたことを思い出した。部屋には人の気配はないようで、窓の向こうには薄闇がおりてきている。帰らなくてはと思いつつも、体がだるくてもう一度畳の上に寝そべった。エアコンからさらさら弱い冷気が流れてきて心地よく、意志に反して瞼がとろんと視界を塞ぎ、もうひと眠りしてしまった。その次に目が覚めたとき、ふたつの知らない顔がこちらを覗き込んでいてぎょっとした。

「あなた川崎君なんだって？　具合どう？」

片方が唐突にそう聞いてきて絶句した。おれを知っているらしいがいったい誰なのか。誰どころか、男なのか女なのかもわからなかった。男にしてはきれいな顔だが女にしてはずいぶん骨ばっている。

「頭痛い？　ふらふらする？　医者に行く？」

「菫、具合の悪い人をそんな問い詰めちゃ」

もうひとりが嗜めるように言った。あ、こっちはたぶん佐々井の女房だ、と直感した。輪郭の丸さ加減や曖昧な色のブラウスがいかにも主婦然としていた。

「大丈夫です帰ります」

面倒なことに巻き込まれそうな予感がして立ち上がろうとしたが、おれはよろけて畳に膝をついてしまった。

「ふらふらしてるじゃない。もう少し休んでいきなよ」

「いえ、腹減ってるだけなんで」

「じゃあ飯食いがてら飲みにでも行かない？」

そう言われて、おれは改めて骨ばっている方の顔を見た。くしゃくしゃの前髪から覗く切れ長の目に、粘り気のある好奇心が浮かんでいる。あ、女だ、とおれは思った。

「帰ります」と「大丈夫です」を呪文のように繰り返しながら、乱れたシャツを直してズボンのベルトを締め直した。長押にかけてあった上着を取って退散しようとしたその時、外で大きな爆発音がした。窓の外が一瞬明るくなる。あまりに唐突だったので雷が鳴ったのかと思った。

女ふたりは「花火はじまった」と言ってベランダへ出て行った。あっけに取られていると再び腹に響く音が鳴り響き、四角い掃き出し窓いっぱいに赤や青の光が弾けてちらちらと消えていった。今すぐ花火を見たいという欲求に勝てず、おれも窓のそばに近づいた。ずいぶん近い。見上げるほどだ。

三発目の打ち上げ花火が、心地よい破裂音に続いて夜空いっぱいに広がった。ずいぶん近い。見上げるほどだ。

三人で「わー」とか「おー」とか言いあって花火を見上げているうちに、帰るタイミングを逸してしまった。骨ばっている方が外に飲みに行こうと言うのに対し、丸っこい方がこんな日は混んでいるに違いないから家で食べようと主張した。ふたりの意見が平行線を辿るのを傍らで聞きながら、そういえばおれは佐々井の女房の手作り弁当をずっと食っていたのだと思いだした。弁当はいつも旨かったけれど、今は知らない家で知らない女の作った手料理を食べたい気分ではなかった。このまま帰る雰囲気でもなくなってきたので、じゃあ帰りがけに一杯飲んでいきたいですとおれが提案すると、簡単に話がまとまった。

外へ出て、花火が上がる度に三人とも振りむきながら駅の方向へ歩いた。飲食店はみな店先にテーブルと椅子を出し、飲み物や食べ物を売ったりしていた。骨っぽい方が歩きながら、物慣れた様子で電話をかけ、席の予約をしていた。

店は商店街から少し外れたところにあって、入り口にダーツが二台置いてあり、立ったまま飲んでいる人達を掻きわけるように奥のボックス席へ進んだ。このあたりにもこんな都会っぽい店があるんだなと感心した。

生ビールで乾杯すると、おれは急速に空腹を感じ、つまみを遠慮なく端から食っていった。食べながら彼女達の会話を聞いているうちに、丸っこい方がやはり佐々井の女房で名前が冬乃、骨っぽい方が冬乃の妹で菫という名前だとわかった。ふたりともなりがでかく、身長百七十センチ以上ありそうだ。大きい女の知り合いがいないので、なんだかおれが認識する「女」というものから外れていて内心戸惑った。

しかしぎこちなかったのは最初だけで、案外場は盛り上がった。菫に聞かれるままおれは今日海で倒れた顚末を面白おかしく話した。佐々井が仕事中に釣りをしていたことを聞いて冬乃はぽかんとし、おれは喋ったことを少し後悔したが言ってしまったものはもう取り消せなかった。「言わない方がよかったですよね、と謝ると、姉ではなく妹の方が「気にしない気にしない」と言った。ふたりは妙におれのことに詳しくて、百花のことまでよく知っていた。佐々井が喋ったのだろう。だったらおれも少しくらい佐々井のことを喋ってもいいかと、罪悪感をビールと共に飲みこんだ。

いい具合に酔いが回ってくると、おれは聞かれるまま芸人時代の話を披露した。養成所がいかに胡散臭く、好感度の高い有名人がいかに底意地悪かったかというような、どこで誰にしても受ける話だ。

話しているうちに、妹の菫は話題の回し方が上手いというか、こういう場に慣れていることがわかってきた。大人しい姉も自然に加われるように気を遣って話を振っている。

話は必然的にこの場にいない佐々井のことになった。

「あの半端ない鼻歌は家でもですか？」

おれが聞くと姉妹は弾けるように笑った。

「すごいよね。あんなの鼻歌の域を超えてるよね、昔からあんなだったっけ」

菫が姉に向かって言う。少しだけ棘のある言い方に聞こえて、おれは「ん？」と思った。

「前はあそこまでじゃなかったんだけど」

「自分が音痴だって気がついてないっていうか、鼻歌を歌ってること自体に気がついてないんじゃない」

笑いながら言っているが明らかに感じが悪い。姉は妹にそんなふうな言い方をされるのには慣れているのか、あるいは妹の小馬鹿にしたトーンに気がついていないのか、ぽわんとしている。

「あれでも一応、知らない人が近くにいる時は歌ってないから、自覚はあるんだと思うよ」

「まー、昔からマイペースだったけど、最近はいよいよ研ぎ澄まされてきたよね」

「そうかなあ、毎日一緒だとよくわかんないや」

テーブルの端に置いてあった菫の携帯が鳴りだし、彼女は片手で拝むようなしぐさをしてから電話に出、立ち上がって席を離れて行った。ダーツの前にたむろしている若者たちを再び掻きわけるようにして外へ出てゆく。

テーブルに冬乃とふたりきりにされると急に雰囲気がぎくしゃくした。あからさまに人見知りしている様子のおばさんに、こちらも何を言ったらいいかわからなくなる。

「佐々井さんは残業ですかね？　おれが聞くのもなんですが」

「え？　さあ」

「僕、電話してみましょうか？」

「さっきメールはしてみたんだけど……」

沈黙が流れてしまい、背中がもぞもぞするのを感じた。

「妹さん、かっこいいですね」

話題を変えてみたら、今度はものすごく嬉しそうににっこりした。

「男前でしょう？」

「ですねー。最初男かと思っちゃいました」

「私もこの前久しぶりに待ち合わせしたら、男の子が立ってるのかと思って見つけられなかった」

まるでそれが自慢であるかのような口調で冬乃は言った。姉は妹のことがずいぶんと好きみたいだ。この姉妹にはかなり温度差があるようだ。冬乃の、ゆで卵というよりは大福みたいな白いふっくらした顔の中の、線のような細い目がさらに細められる。

「話もうまいし、面白いし」

「そうなの。私の妹じゃないみたいでしょ」

「そんなことないですよ、似てますよ」

「全然似てないと思うけど」

「目元とか口元とか似てますって」

適当なことを言うと、そうかなあ、似てるかなあとしきりに首を傾げている。どうでもいいわ、と突っ込みそうになったが堪えた。

「妹さんも久里浜に住んでるんですか？」

「今はね、ちょっと一緒に住んでるの」

なんだか意味深な答えだったが、それほど興味もなかったので受け流した。

「お仕事はどんな？」

「妹？　妹は漫画家だったの」

「え？」

「今は漫画の仕事はやってなくて、これから久里浜でカフェをやるつもりなんだって」

急に思いがけないことをふたつも言われ、どちらを先に聞いたらいいか迷った。

「漫画家ってプロの？」

彼女は大仰に左右を見てから、おれに向かって手招きした。テーブルに乗り出して右耳を向けると、冬乃は片手を添えて妹のペンネームと代表作をささやいた。

「えーっ、読んだことあります。そんな有名な人なんだ」

「そのシリーズが漫画文庫になってまとまったお金が入るから、それを資金にしてカフェをやるんだって。私も一緒にやるの。あ、すみれにおこられちゃうから、聞かなかったことにしといて。わたしったらついしゃべっちゃった、ははは」

後半呂律は回ってないし妙な笑い声は出すしで、彼女が結構酔っぱらっているようだと気がついた。ブラウスから覗く首筋がまだらに赤くなっている。おばさんだけれど赤ん坊みたいなふにゃふにゃした笑顔は少しだけ可愛く見えた。

菫の四コマ漫画は青年誌で連載していたので、何度か読んだことがある。コミックスも書店に平積みしてあるのを見たことがある。漫画に出てきたイノシシのキャラクターがぬいぐるみや文房具になって売られていた。

おれはだんだん興ざめしてくるのを感じた。そうやって一度何かを成し遂げることができた人間は、何をやってもきっと成功するのだろう。何者でもない、何も持っていないおれは、何もはじめることができないし何も成し遂げられない。もしおれがお笑いの世界である程度成功して日常的にテレビに映って名前だけでも売れていたら、ラーメン屋でも焼き肉屋でもはじめられたかもしれない。

菫が店のドアを開けて戻ってくるのが見えた。有名な漫画家だったと知ると、その不思議な容姿も頭の回転の良さも、物慣れた感じも納得がいった。尊敬する気持ちに、うっすら濁った軽蔑(けいべつ)が入り混じるのを感じた。「いいな」と「いい気なもんだな」は地続きの感情だとおれは知った。

そして何だか、佐々井がちょっと可哀想に思えた。きっとこの大福みたいな女は自分の妹を崇拝するほどには夫のことを仰ぎ見ていないのだろう。

菫はもう会計を済ませてきていた。礼を言って店の前でふたりと別れ、やや飲み足りない気がしたし、せっかく久里浜にいるのだから百花にメールしてみようか、でも事のいきさつを一から説明するのも面倒くさいかと思いながら、駅に向かう花火帰りの人の群れに交じって歩きはじめた。

プールから上がったあと、そのホテル内にあるレストランを覗いてみたが、おれたちには敷居も値段も高すぎて諦(あきら)めた。横浜駅西口の相鉄線の方向へ広がる、庶民に優しそうな飲食店が建ち並ぶ一帯へなんとなく歩いて行き、ほどほどな感じのイタリアンに入った。

白いクロスのかかったテーブルで向き合ってなんとなく話題も見つからず、さっきジャグジーに入っているときカフェの話になったので、冬乃と菫に会ったときのこと、彼女達がカフェをやろうとしていることをおれは話した。百花は女子っぽく、「すごーい、漫画家さんなんだー、そのカフェ行きたいー」とはしゃいだ感じで言っていたけれど、言葉とは裏腹にどこか冷え冷えとした感触があった。百花も「いいな」と「いい気なもんだな」の狭間で揺れているのか。それとも彼氏の上司の、そのまた家族の話になど興味の持ちようもないのか、どちらにせよこの話は彼女をそれほど喜ばせなかったようだ。

店を出て、少し歩いてから帰るかと百花に聞いてみた。駅と反対側へ歩いて行けばラブホテルがある。付き合い始めの頃に何度か行った。百花は案の定、明日も仕事早いからと首を振った。一緒に京浜急行の特急に乗り、各駅の電車に乗り換えるためおれは最初の停車駅の上大岡で降りることにした。久里浜まで送って行けば彼女のアパートに入れてもらえたかもしれないが深追いする気力も湧かず、おれはホームに立って百花を乗せた赤い電車が去ってゆくのを見送った。

会話の中で結婚生活を匂わすわりに、彼女はだんだんそういうことをはぐらかすようになっていた。結婚したとたんセックスレスになりそうだ。いや、子供ができるまではやらせてくれるか。そして身ごもった瞬間から指一本触れさせてくれなくなるのか。

おれはなにを求められているのだろうか。それとも、もうおれって嫌われているのかもな、とじめじめ考えた。まっすぐ帰る気になれなくて上大岡のネットカフェでだらだら時間を潰してから家に戻った。

もう一時近くなのに、母親は起きて待っていた。小さく灯るテレビの明かりだけが照らすリビングで、パジャマ姿の母親は帰ってきたおれをソファから振り返って見た。そしてデートの待ち合わせ場所で散々待ちぼうけをくわされた少女のように、責めるような、すがるような笑顔を見せた。

兄のように暴れられたら。

昔から何度も湧きあがる衝動を、今夜もぐっと抑え込んだ。

母親はおれが何時になっても大抵起きている。芸人時代はあまり気にしたことがなかったが、勤めるようになって徐々にそれが気になりだした。何度も何度も、寝ていてくれ、待たないでくれと言った。そのたび、はいはい、といい返事をするくせに絶対待っている。

この家に住み着く幽霊のように、母親はたるんだ青白い腕をこちらに伸ばしてくる。おれは咄嗟にそれを振り払った。小さい目をみひらいて母親は怯えて傷ついた顔をした。

「なによ、それ受け取ろうとしたのに」

床には夕刊が落ちている。ポストから取り忘れていたのだろうそれを、おれは手に持って入ってきたのだった。おれはありったけの努力をして笑いながら言った。

「なんだよー、なんで起きてんだよ。寝てればいいじゃん」

「いま寝ようと思ってたとこ。まだお風呂のお湯落としてないから入りなね」

「今日プール行ってきたから風呂はいい」

「あら、じゃあ水着ちゃんと洗濯機に入れておいて」

「わかった。おやすみ」

　暗い階段を上がって自室のドアを開ける。小学生の時から机とベッドと小さな本棚が同じ位置に配置されているおれの六畳間。厳密にはおれのではなく親の家の六畳間。どこへ行ってもここへ帰ってくる。学校へ行っても、お笑いの養成所へ行っても、就職してけちな仕事に励んでも、ここへ戻ってきて眠る。おれに与えられた畳六枚の空間。おれはここを出てゆけない。童貞だった頃の、親が買った白いブリーフを穿いていた頃のおれのまま、おれはここに居る。

＊

　ジェット機は高度を下げはじめた。手元にある小さなモニターにはシルエットだけの簡単な世界地図が映っていて、米粒大の飛行機がじりじりと日本列島に近付いていた。離陸したばかりの頃、それはスカンジナビア半島の根元にあってまるで動いていないように見えたのに、いつの間にかユーラシア大陸を横断していた。

世界地図で見ると日本は本当に東の果てのちっぽけな島国で、そんな小国に高度な技術と経済が発展しているなんて自分の国ながら不思議な感じがする。清潔で潔癖で、我慢が得意な国民が、狭い平野でぎゅうぎゅうに肩寄せ合って暮らしている。

もう少しで飛行機は成田に到着する。旅の終わりが好きだと言うとあまり人から理解されないのだが、俺は海外から日本に戻る直前のこのひとときが好きだった。

言葉のまったく通じない、バスもろくに通っていない、交通網の毛細血管の一番先っぽにあるような町からバスや鉄道や小型飛行機を乗り継いで、やっと日本の上空に帰ってきたときの気分は格別だ。

上空一万メートルのシートに固定されて、出されたものをおとなしく食べたり飲んだり、強制的に夜にされて、毛布と新作映画を与えられて疲れて眠らざるを得ない空の半日を過ごすのは俺にとってそう悪くない時間だ。

何百人もの人間がそれぞれの狭い空間で夜に馴染んできた頃、客室乗務員が次々と窓のスクリーンを上げていき唐突に朝の光の中に放りこまれる。乾燥しきった機内に朝食のワゴンが回り、温度と湿度が上がって、旅の疲れと長時間のフライト疲れで肉体的にぼろぼろでも、体とは反比例して頭が冴え渡って、だんだんとナチュラルハイになってくるのを感じる。シートベルト着用のランプが点いて、のろまな乗客がトイレから慌てて出てきて着席し、重力がぐんと体にかかる頃、俺はひとりでひっそり万能感に包まれている。

さて、これからどうしてやろうか。生まれ育った自分の国に降り立てば、言葉だって自由に通じるし、食い物も水も口にあう。生きていくのが夢のように楽な自分の国で、何をして生きていってやろうか。今俺は飛行機の狭いシートに縛られて立ち上がることすら禁じられているが、もうすぐ解放されてどこへでも行けるし、望むことは何でも出来る。そんなふうに思えなくなったらまた旅に出ればいい。

飛行機は翼を傾けて大きく旋回しはじめた。入り組んだ海岸線が眼下に広がっている。模型のような山脈の上をぐんぐん進み、蛇行する河川や山裾に広がる集落がクリアに見えてくる。やがてうっすらと冠雪した富士山が目の前に現れた。帰ってきたのだ。懐かしいような気がするが、三カ月ほどしか離れてはいないのだ。

機体はますます高度を下げ、重力はますます体を圧迫する。隣の席の白人男性が不快そうに息を吐いた。車輪が地面を捕まえる衝撃がして、飛行機は何かに押し戻されるように急速に速度をゆるめた。轟音が去るとアナウンスが入った。東京は現在午前十一時、天候は快晴、気温は十九度。窓から見る空港は確かに晴れ上がり、機体を誘導する整備員の旗が翻って光っている。

ぞろぞろと外へ流れ出る人々に交じって、俺も通路から空港ビルへと歩いた。携帯の電源を入れ、到着したことを告げようと電話をしたがすぐ留守番電話に切り替わってしまった。もう一本かけたがこちらも留守電だ。両方の電話に「モリです、帰国しました」と吹き込んだ。

入国審査を終えてターンテーブルで荷物を受け取り到着ゲートを出た。しばらくそこで突っ立っていたが、迎えは来ていないようだ。ひげ面ででかいリュックを背負ったまま動こうとしない俺を、迎えのプラカードを持った旅行代理店の女が訝しげにちらちらと見た。

　再会を喜ぶ人々の間を抜けて、地下にある成田エクスプレスの改札まで下りた。荷物はスーツケースの方が楽な時もあるが、日本に戻ってくると途端に邪魔になるので、行きに持っていたサムソナイトは買いつけた物と一緒に別便で送って正解だったと気を良くした。本当は成田でぐずぐずビールなど飲み旅を惜しむのが好きなのだが、女が来ていないのでは仕方ない。ひとりで飲むのはあまり趣味じゃない。

　それほど待たずに成田エクスプレスに乗ることができ、座席で居眠りをしているうちにあっという間に東京駅に到着した。ほんの少し前まで北欧の田舎町にいたのが嘘のようだ。

　腹が減ったので東京駅構内でカレーライスを食った。中央線快速で一気に中野まで行きタクシーに乗った。やっとシャワーが浴びられると思いながらエレベーターのない五階建ての古いマンションの階段を、重いバックパックを背負って上ってゆき、鼻歌まじりに通路の奥の扉に鍵を差し込んで回した。

　開けたらそこは知らない部屋だった。入ってすぐのキッチンに安っぽい食器棚がぽつんと置いてある。ごたごたと料理本だの紅茶の缶だの置いてあったカップボードも、白木の丸テーブルもない。

「だれー?」と間延びした声と共に、若い男が寝起きの恰好で奥から現れた。

「あれ、すみません、間違えたかな」

隣の部屋に入ってしまったのかと思って謝ったが、今自分の持っていた鍵で扉を開けたのだ。どの部屋でも開く鍵ってこともないだろうから、やはりここなのだと思う。

「あんた誰？　なんで入ってこれてるの？」

ぼさぼさの頭をした冴（さ）えない男が威嚇するように言う。半分怯（おび）えているのが手に取るようにわかった。

「ええと、杏子の男ですか？」

「なにあんた、きもい。警察呼ぶよ」

男が携帯を手に取ったので、俺はもう一度謝って部屋を出た。どうやらまた女に逃げられたようだった。

7

暴力的で圧倒的な夏もやがて静かに去っていった。

私は最近、時間を見つけては久里浜中を走っている。といっても脇目も振らずにランニングしているわけではなくて、むしろ町をくまなく見るため、ゆっくりゆっくり走っている。気持ちのいい並木道ではウォーキングに切りかえたりもするし、立ち止まって気になる店をそっと外から覗いたりもしている。

ふと走ってみようかと思いついたのは、衣替えをしていた時だった。十月の三浦半島は日中まだ暑い日も多いが、日暮れの時間にはそろそろ羽織るものが必要となってくる。秋冬物を押し入れから引っ張り出していたら、プラスティックケースの奥に畳んで仕舞い込んでいた古いウインドブレーカーが出てきた。新婚旅行でボラボラ島へ行ったとき、思ったより肌寒くてホテルのショップで急遽買ったものだ。鮮やかなオレンジ色で背中にエイの泳ぐ姿が描かれている。日本に戻ってきても、近所に出掛ける時にさっと羽織るのに便利で、野良エイブレーカーと呼んで重宝して着ていた。

これを着て走ってみようかと思いつき、私は適当なジャージを着、ジョギングシューズを履いて外へ出た。アキレス腱だけ伸ばし、ゆるゆると走りだしてみたがすぐに息が切れた。体が重く、足がうまく地面を捉えられない。休み休み走って、家から海岸まで行って戻ってくると三十分くらいだった。汗だくになり膝が震えたが、久しぶりに爽快な気分になった。それから夕暮れになると、私は走りに出掛けるようになった。

私は町の探検に夢中になっていった。久里浜は私が考えていたより広く、様々な顔を持っていた。住宅地があり、企業があり、多様な施設があった。住宅地の中にぽつぽつとスナックがあったり、こんなところになんの行列がと思うとその先に小さなラーメン屋があったりした。海上安全と書かれたお地蔵さんがひっそり立っていたり、なんということもない坂に尻こすり坂という名前がついているのを発見したりした。

それはどこにでもある平凡な町の光景で、今までまったく興味をかりたてるものではなかったのに、急速に町とそこを歩く人達が新鮮な色合いを放って目に入ってくることを感じていた。

ある日、風呂上がりに廊下で菫とすれ違ったら「あれ？ 痩せた？」と聞かれた。そういえば体が多少軽くなったかもと思って久しぶりに体重計に乗ったら二キロ落ちていた。体重だけではなくて、私は体力が戻ってくるのも感じていた。夜は深く眠ることができ、朝は自然に目が覚めた。午後になってもだるさを感じなくなっていた。

夕方のジョギング中、歩道橋の階段を上り切った時、ポケットの中の携帯が振動していることに気がついてフラップを開けた。

佐々井君からのメールだった。夕飯中というタイトルだけのメールに私が作った弁当の写真が添付されていた。私はずっと弁当をふたつ作っているのだが、最近は仕事が忙しくた。
川崎君に渡すことができないそうだ。そしてふたつの弁当を夫は昼食と夕食に食べている。三食続けて私が作ったものではいくらなんでも飽きるのではと聞いてみたのだが、営業車で遠くに行く用事も多いし、ぱっと食べられる物を持っている方が安心なのだと言っていた。

仕事が夏頃から忙しくなっていて、毎日終電近い時間に帰って来てシャワーも浴びずにベッドに倒れるようにして眠っている。夜中にうなされていることも多いし、朝の顔に笑いがなくなった。目の下の疲労の色は日いちにちと濃くなっている。

歩道橋の上で手すりに寄りかかり私は自分の作った弁当の写真を複雑な気持ちで見てから携帯を閉じた。日が短くなっているせいか、夜が長く感じる。街路樹と商店街の灯りを眺める。私はまだ夫に、カフェのことを言いだせないでいた。

佐々井君の仕事がどういう状態になっているのか、この忙しさがいつまで続きそうなのか尋ねても、彼ははぐらかすだけで何も話してくれなかった。こんな状態が続けば体を壊してしまうだろう。そう思うと成功するかどうかわからないカフェなど手伝っている場合ではない気がして弱気になる。

誰かに相談してみたいと私は強く思った。花の国で時々会っていた所さんの顔が過った。携帯の番号くらい教えてもらえばよかったと思ったが、でもよく知らない他人からそんな深刻なことを相談されても困るだろうと、私は夜の歩道橋の上でひとりで溜め息をついた。

菫のカフェは、開店に向けて具体的に進みはじめた。

まだ仮称だが、店の名前は「なぎさカフェ」となった。私が久里浜中を見て回って、なぎさアパートやスナックなぎさなど、なぎさと付く建物や店が多いようだと菫に話したところ「それいいね」と採用になった。

先日はじめて私もなぎさカフェの打ち合わせに加わった。

菫の作るカフェは意外なことに、フランチャイズを利用するという。大手コーヒーメーカーの店舗開業支援プランを利用するのだそうだ。デザインや内装の提案や様々な業者の紹介、開店後の宣伝、そしてコーヒーマシンやクリーマー、冷蔵ストッカーなどの無料貸し出しをしてくれるという。

菫が自分の店を作るなら、隅々まで自分の好みにこだわるのだろうと思っていたから私は少しそのことに驚いた。

その日は私のことを紹介するということで、コーヒーメーカーの営業マンの男性と、カフェプランナーの女性がうちにやって来た。

自分の家のリビングテーブルにスーツ姿の他人が、不動産の図面や様々な書類を広げている光景は、なんだか信じがたいものがあった。黒船来襲だ。

打ち合わせといってもその日は顔合わせと雑談という感じだった。営業マンは、この支援プランは自由度が高いもので、主要なドリンク以外はオリジナルのものを導入でき、傍(はた)から見るとフランチャイズ店には見えないものになるとパンフレットを出して説明した。

菫はスーツ姿のふたりに臆することもなくマージンのことなどを質問していた。

昭和レトロな雰囲気のお店になさりたいのですよね、とプランナーの女性が言うと、菫は首のうしろをちょっと掻いてから「それなんですけどね、あんまりカラーのない店にしたいんですよね」と答えた。女性の笑顔に少し怪訝な色が浮かぶ。

「つけ入る隙があるっていうか、うちの店はこうこうこうなんですよっていう押し付けがあんまりないほうがいいかと思って。昔からそこにあるみたいな、枯れた味わいがあって、町の人と一緒に変わっていけるというか」

菫のわかるようなわからないような発言を、スーツのふたりは真面目にノートに書きつけている。

「かと言って新聞とか漫画雑誌が置いてあるんじゃないですよ。町に住んでいる人が刺激しあえるような、でも清潔ですっきりした空間がいいんですよ。家ってごちゃごちゃしてるじゃないですか。そこに座ると考えがまとまるみたいな場所なんです」

さらさらと彼らはそれぞれメモをとる。

「観念的に言うとそういう感じなんですけど、具体的に言うとクローズドじゃなくてオープンエアな感じです」

「ちょうど角地ですし、思いきって壁を壊すと広々した感じになりそうですね」

営業マンがそう言うのに菫が大きく頷く。

「そうそう。路地歩いてたらその続きでもう店の中みたいな感じ」

「アコーディオン型の仕切りもいいですけど、冬や雨の日はあえてビニールカーテンをかけたりすると、ちょっと外国風な味が出るかも」

プランナーも艶やかな唇の両端を上げて楽しそうに言った。

三人が話すことに私はあまりイメージがついていかなかった。デザインや内装とメインメニューの具体的な打ち合わせは次回ということでお開きになった。

とにかく開店時のメニューを決めないことには必要な設備も決まらないということで、私はそれから菫と相談して様々なフードメニューを作ってみることになった。パンなのか米なのかパスタなのか、それとも全部なのか、それさえもなかなか決まらなかったが、彼女は特に焦っている様子はなかった。

菫自身も台所に立っていくつか試作していた。手先が器用だし勘がいいので、彼女が手早く作ったものははっとする味だったが、野菜の切り方が適当だし、油の温度が上がりきるのを待てなかったりで失敗することも多かった。菫自身もそれはわかっていて、自分にはあまり向いていないと早々に匙を投げていた。

私が昔よく作ったメニューを菫は覚えていて頼まれて作ってみた。みじん切りにした人参を入れた赤い炊き込みご飯や、白髪ねぎを大量に使った和風のパスタは私も忘れていて最近は作っていなかった。菫はどこで覚えてきたのか、私が書いたレシピから原価計算をしたりした。

そんなふうに最近よく菫と過ごしていた。子供の時のようによく話し、よく笑う。同じ部屋で勉強し、漫画を回し読みし、二段ベッドの上と下で眠っていたあの頃のように。

　菫と一緒にカフェをやることに決めてから、私の中で明らかに何かが動きはじめていた。凪いでいた海にさざ波がたち、やがて大きなうねりになる予感がしていた。

　それは良い予感と単純に言えるものではなかった。

　カフェが成功しても失敗しても、私は誰かと決裂することになるような気がする。妹か夫か。本当はどちらも失いたくない。あやういところでバランスを保っている人間関係をこのままそっと大事にしていたい。けれどもう波風は立ちはじめている。

　それが悪化だとしても、私は今変化を求めている。


　その新たな黒船のような人がうちにやって来たのは、いつものようにランニングを終え、風呂に入ってパジャマに着替え、菫と試作した惣菜をつまんでいるときだった。

　チャイムが鳴って、こんな時間に誰だろう、佐々井君だったら自分で鍵を開けて入ってくるのに鍵を失くしたのかな、と思いながらドアスコープを覗くと、知らない男の人が立っていてどきりとした。無精ひげを生やしたあまり清潔そうでない男だ。足音をたてないようリビングに戻り、すみれ、と小声で妹を呼んだ。

「なんか変な男の人がいる。一一〇番したほうがいいかな？」

　缶ビールを左手に持ったまま菫は私を見上げた。

「変ってどんな？」

「なんかぼさぼさ頭の人。恐い感じの」

またチャイムが鳴って私はびくりとする。菫は立ち上がりインターホンを取り上げて「どちらさま?」と低い声で聞いた。うちのインターホンにはモニター画面がないので、彼女は天井を見上げて相手が何か言うのを聞いていた。やがて菫は舌打ちをし、乱暴に受話器を置いて黙って玄関へ向かった。その背中を追いかけて行くと、彼女はドアを開けてするりと外へ出て行った。

菫とその男が何か話す気配がする。私はドアに耳をくっつけて会話の断片を拾おうとした。勘弁してよーと菫が言い、男の笑い声がした。険悪ではなさそうだ。

「お友達?」

そう言って細くドアを開けて外を覗いた。外廊下の暗い常夜灯の下、その男の人はこちらを見て大きくにっこりと笑った。一目見てこの人は菫の恋人ではないだろうかと私は思った。例のモリという人か。

「お友達?」

もう一度私は尋ねた。

「モリと申します。こんな時間に突然すみません」

「そうだよ、連絡もしないでいきなり来るなんて小学生じゃないんだからさ」

菫がぶっきらぼうに言うのを彼は受け流し、私に向き直る。

「本当にすみません。今日海外出張から帰ってきたばかりでむさ苦しくて」

彼の足元には埃っぽい大きなリュックが置いてある。出張帰りというよりは放浪の途中みたいに見えた。

「……あの、どうぞ上がってください」

「あー、いいのいいの冬乃ちゃん、来たものはしょうがないから飲みにでも行ってくる」

「でももうこんな時間だし」

「それがこの男の手なんだって」

「なんかいい匂いしますね。擂りたての胡麻の匂い」

うっとりと彼は言った。

「ええと、よかったらどうぞ。あるものでよかったら何かお出ししますけど」

「だからおねえちゃん、この人に甘くするとどんどん調子に乗るから」

我々がそう言いあっていると、隣の部屋の廊下に面した窓が細く開いた。その家の奥さんと目が合い、私は慌てて謝り、ふたりを強引に玄関の中に押し込んだ。

「お姉さん、すみません。俺、やっぱり帰りますから」

「いいですよ、お腹が空いてるんなら何か食べていって。ね、菫」

彼女の顔色を窺うと、それほど反発しているようには見えなかった。

そこで自分がパジャマ姿だったことに気がついて、急いで寝室で着替えてきた。モリはリビングの隅に立って部屋を見回していた。私の顔を見ると恐縮した様子で会釈する。菫に「座んなよ。いつまで立ってるの」と言われ、長い手足を折り畳むようにしてゆっくりとテーブルの前に腰を下ろした。私が戻ってくるまで座るのを遠慮していたのだろうか。見た目より礼儀正しそうな人だ。

そこは佐々井君がいつも食事のときに座る椅子で、そうして見ると彼の大きさが際立った。百八十センチ以上ありそうだ。首筋が太く、手足が我々よりふたまわりくらい大きく感じる。川崎君だって大きく感じたが、この人に比べれば線が細かった。そして彼は明らかに臭っていた。私は風呂を勧めるべきかどうか迷った。いくらなんでも初対面の人に風呂に入れというのはどうか。

「いい匂いですね、お酢と胡麻ですか?」

台所を覗き込むようにして彼は言った。よほど空腹なのだろうか。

「蓮根(れんこん)とごぼうをバルサミコ酢で漬けてそれを白胡麻であえたんです。ご飯もありますけど」

「すみません、図々(ずうずう)しいけど頂いていいですか。昼に成田に着いてカレー食って、それっきりなんです。和食ずっと食ってなくて」

「ビールもありますよ」

「ほんとに? でもそれじゃ俺、図々しすぎませんか?」

菫は腕組みをしたまま「十分図々しいよ」と呟(つぶや)いた。

冷蔵庫から漬物や冷凍してあるご飯を出していると、後ろで菫が彼に「それにしても臭いね」と言った。

「そうかな。二日くらい前にシャワー浴びたけど」

「二日前って。そのシャツも臭ってるんじゃない？」

「これ？　まあ確かにずっと着てるな」

「頭もひどいよ」

　私はふたりを振り返る。菫が彼の髪に顔を寄せて臭いを嗅いでいるところだった。その様子を見てやはりふたりは恋人同士なのだろうと思った。海外から戻って荷物を持ったまま着替えもせずに菫に会いに来たのだから、それ以外になんだというのだろう。それに彼らはとても雰囲気が似ていた。顔かたちは違うけれど、なんというか同じロックバンドの人という感じだ。菫は昔から友達の延長みたいな男と付き合っていた。それほど何人も知っているわけではないが、どの人とも甘え合うというよりは同志的な関係だった。

「あの、よかったらシャワーもどうぞ。そのほうがさっぱりするんじゃない？」

「いくらなんでもそれは悪いです」

「でもさっぱりしてからご飯食べたほうが」

「いいって、おねえちゃん、甘やかさないで」

「じゃあお言葉に甘えちゃおうかなあ」

　そう言って彼はもう立ちあがっていた。私がバスタオルや佐々井君のTシャツを渡そうとしたら、全部持ってますからと言ってリュックを指した。

　彼が風呂場に消えてしまうと、菫は「あー」と疲れた声を出してテーブルに突っ伏した。

私は食事を並べながら首を傾げる。突然知らない男が現れて、流れるような展開で家に上げて風呂まで入れてしまったが、そのことが急に不自然だったような気持ちになってきた。彼がシャワーを使う音を確かめてから小声で菫に聞いた。

「あの人誰なの？　お付き合いしてる人？」

「友達。お付き合いはしてない」

「なんで急に来たの？」

「そんなの知らないよ」

「知らないってことないでしょう。なんか変じゃない」

「変も何も冬乃ちゃんが家に上げて、風呂すすめてご飯出してんじゃん」

「それはそうだけど」

不機嫌を隠さない菫に私はむっとした。迷惑ならば追い返してくれればよかったのに。菫の親しい人だと思ったから親切にしているのに。

やがてモリはさっぱりした風情でリビングに戻ってきた。無精ひげを当たって、肩に届きそうだった髪を後ろできゅっとひとつに縛っている。そうするとやや吊（つ）り上がった目と薄い眉毛（まゆげ）と大きな口が強調されて大型の爬虫類（はちゅうるい）のように見えた。こんな人は見たことがない、と私は内心思った。年齢も国籍さえも不明に見える。Tシャツに薄い綿のパンツで、まるで最初からうちへきて寛（くつろ）ぐことが決まっていたような様子だ。

彼は私が出したものを大喜びでぺろりと平らげ、出したビールを次々と水を飲むようにあけていった。

「カフェやるんだって？」

菫に会いにきたのだからと、私はソファのほうへ移動して新聞をめくったりしていた。

するとテーブルで向かい合っていた菫に彼がそう言ったので私は指を止めた。

「もう知ってるんだ」

少し黙ってから菫は答える。

「なんで俺に相談しないんだよー」

「外国行ってたからじゃない？」

「水臭いなー、すみれちゃん」

「ねえもう帰ったら？」

「帰る家なんかないでしょう俺」

「どっかホテル取って泊まりなよ」

何か言ったほうがいいだろうか、それとも半端にこんなところにいないで席を外したほうがいいだろうかとどきどきしていると、急にゴンという低い音がした。見るとモリが椅子から滑り落ちて床に倒れている。

「どうしたの？」

びっくりしてそばに寄ってみると、彼は軽くいびきをかきはじめていた。テーブルの上にはビールのロング缶が何本もあった。

「なに、酔いつぶれちゃったの？　どうするの、菫」

「さあねえ」

「この人、家どこなの？」

「ないんじゃないかな」

「ないってそんな……」

そこで玄関の鍵が開く音がした。私と菫は顔を見合わせる。靴を脱ぐ気配がして、やがて佐々井君がリビングに現れた。

テーブルの下に転がっているコモド大蜥蜴のような男を見下ろす。ゆっくり顔を上げると「お客さん？」と佐々井君は顔色ひとつ変えず私に聞いた。


佐々井君は辛抱強い人だ。十代の頃から彼を知っているが、声を荒らげたところを見たことがないし、不平不満の類を言うのを聞いたことがない。それなりに不機嫌になったりもするのだが、もともとの顔が柔和なので無表情でいても微笑んでいるように見えるし、本人が言うにはあまり怒りの感情が長続きしないのだそうだ。

私達は結婚する以前から、似た者同士だとか、お似合いのカップルだと言われることが多かった。確かにうすぼんやりした外見も、良くも悪くも真面目でお人よしなところもよく似ていると思う。だが、似ているからといって、分かりあえているのかというと全然そうではない気がする。

どんなときもひょうひょうとしているようでも、長年一緒に暮らしていれば、内心腹をたてているか悲しんでいるかくらいのことはある程度察することはできる。いや、できていると思っていた。最近私は夫の気持ちに対して自信を失くしつつある。人の家の中を窓越しに窺い見るようにしか、私は彼の心の色を知ることができなくなっている気がする。

彼は感情が濃くなればなるほど、それを隠してしまう。意地悪でやっているとは思えないので、きっと無意識なのだろう。暑ければ暑いほど暑いと言わず、つらければつらいほどつらいと言わない。

佐々井君は物事が順調で心配事が少ないときにはわりと感情が豊かで、一緒にテレビドラマを観てほろっと泣いたり、出先で入ったラーメン屋の店主に屈託なく話しかけて笑ったりもする。下手なのに歌が好きで、一緒にカラオケボックスに行くと、昭和のアイドルの歌を無理に私に歌わせ腹を抱えて笑ったりした。

そんなことも最近は全然なくなって、私は貝のように閉じた夫をただ見守るしかなくなっている。

私と佐々井君がいつから付き合っていたのか定かではない。気が付いたら付き合っていて、その流れで結婚した。決心して飛び込んだ結婚なら、再び意を決して離れることもできるかもしれない。そうではなくて、私達はゆっくり時間をかけて一緒になった。あまりにも長い時間手をつないでいたので、そこが溶けてくっついてしまい、どこまでが自分でどこからが相手か境目がわからなくなっている。同じように体の一部だった両親を引き剝がした時の血の噴き出すような痛みを、夫との間にもう一度経験したいとは思えない。

佐々井君は小学校六年生の時にお父さんを急な病気で亡くし、お母さんが須坂に仕事を見つけ、ふたりで長野市から引っ越してきた。もちろん最初そんな事情は知らなかった。

実家の近くにバラックのような小さな平屋があって、長くそこには誰も住んでおらず、床下でよく野良猫が子供を産んだりしていた。子猫を見るために近所の子供たちは大人に内緒で、時折その家の庭に入りこんでいたのだが、ある日菫が血相を変えて帰ってきて、「あの家にお化けが出た」と言った。菫に引っ張られるようにしてその粗末な家まで行き、植え込みの陰にしゃがみ込んでしばらくじっとしていると、確かに女の人が泣いているような声が聞こえてきた。その声はだんだん大きくなってゆき、終いには叫び声のようになって、私と菫は真っ青になって逃げ帰った。

黙っていようと言ったのに菫が母に勢い込んで報告した。すると頭を叩かれた。あの家には不幸があったばかりなのだから、お化けなんて言うものじゃないと母は私達を強く叱った。

うちはずっと商売をやっていたので、町の人達が母に噂話を持ち込むことが多かった。だから店を手伝っているうちに、あのボロ屋に引っ越してきた親子のことを私は知ることになった。佐々井さんは旦那さんを亡くして気の毒だけど、泣いてばっかりいないでもうちょっとしゃんとしないと子供が不憫よね、と店先で近所のおばさん達は声を潜めて話していた。あそこの息子さん、買い物から何から家事をほとんどやって健気だとも言っていた。そうか、お父さんが死んじゃったんだ、もし私の父親が急に死んでしまったらどうだろうと自分の身に置き換えてみて、背筋がひやっとしたのをよく覚えている。大人のあられもない泣き声が恐くて、私も菫もそのボロ屋の前を通らないようにした。

はじめて口をきいたのは中二になったばかりの春で、学校からの帰り、突然私の自転車のチェーンが切れて自転車ごと派手に転んでしまった時だった。後ろからさっと現れて、坂道で横倒しになった自転車と私を起こしてくれた。そして躊躇なく私の手を引いて、目の前にあった知らない民家に入ってゆき、怪我をしたので外の水道を使わせてくださいと大きな声で頼んだ。私に靴と靴下を脱がせると、擦りむいて泥と血にまみれた膝を水で流してくれた。その家の人が絆創膏をくれて、壊れた自転車も置かせてくれた。そして佐々井君は自分の自転車の後ろに私を乗せて、家まで送ってくれた。通りかかった彼の同級生達がひやかしていっても、彼はまったく悪びれずに笑っていた。佐々井君は鼻歌を歌いながら自転車を漕いだ。あとから思えば、あれはちょっと少女漫画みたいな出会いだった。

それから学校や道端で会えば挨拶するようになり、少しずつ世間話もするようになった。同級生達の間では、好きな人に告白したとか、付き合うことになったという話題が徐々に増えていったけれど、私と佐々井君はそういうふうな雰囲気にはならなかった。奥手で地味な私達は、時たま顔をあわせて話すだけで十分うきうきしたし、しっかり捕まえておかないと他人に取られるかもしれないという発想もなかった。

一学年上の佐々井君は一足先に高校に進学した。地域で一番の進学校だったので、私もそこを目指して受験勉強をした。晴れて同じ高校に入学しても、私と佐々井君の関係は中学時代のままで、休みの日に長野まで映画を観に行ったり、浴衣を着て夏祭りに出掛けたこともあったけれど、手をつなぐのが関の山でそれ以上のことにはならなかった。

好きだと言ったり言われたりもしていない、何の約束もない関係だったけれど、不安のようなものを感じたことはなかった。佐々井君はいつも自然に私のそばにいてくれた。私達は恋人同士というよりは、親友というものに近かったかもしれない。いつも明るく穏やかな佐々井君が、はじめて揺れる気持ちを垣間見せたときのことを覚えている。

佐々井君は成績が良くて、テストの度に廊下に貼りだされる成績上位者のリストにいつも入っていた。なので当然大学へゆくのだと思って志望校を聞いたら、彼はうっすら笑って首を振った。特待生制度のある大学や、奨学金をもらいながら進学することを担任からも勧められたのだが、もうあと四年間も学生でいて母親ひとりを働かせることに自分は耐えられない、だから就職するのだと言った。誰もいないバス停に並んでいるときだった。そんなのもったいない、とつい言ってしまったら彼は返事をしなかった。真横に立った佐々井君の白いシャツの肩先が震えていることに気がついた。

「じゃあ私も大学行かない」

愚かな私はそんなことを言った。

「何言ってんの。冬乃ちゃんはいい大学行って、いい会社入って僕を楽させてよ」

佐々井君は茶化すように答えたが、その声は溢れる感情を抑えきれないようなかすれたものだった。肩先の震えはやがて彼の背中や両手にまで及び、うつむいた佐々井君は鞄をどさりと地面に置いてしゃがみこんだ。狼狽した私は一緒にしゃがんで、彼の背中を必死で撫でるしかなかった。バスがやって来るまで、佐々井君は顔を上げなかった。

無言のまま私達はバスに乗り、いつものように家に戻った。私は夜、風呂の中で彼のことを思って泣いた。一通り泣いて落ち着くと、「あれ、さっきのはプロポーズみたいじゃなかったか」と気が付いてさらにうろたえたのだった。

佐々井君は高校を卒業して地元のガス会社に就職した。私は佐々井君の台詞を鵜呑みにしたわけではなかったが、ちゃんとした仕事に就きたくて、その前段階として良い大学に入ろうと受験勉強に精をだした。

しかしそのあと、図らずも私達は急速に疎遠になったのだった。

今まで自然に顔を合わせることができた学校という場がなくなった上に、お互い自分の生活をこなすことで精一杯になったからだと思う。佐々井君は新社会人として覚えることや、取らなくてはならない資格が山のようにあり、私は私で受験を経、大学に進んで生活が一変し、妹が漫画家になったことで家の中もごたごたしていた。実家に住んでいるうちはたまには顔を合わせていたけれど、私がアパートを借りてひとり暮らしをはじめてからは、ほとんど連絡を取らなくなっていた。

その間、佐々井君は着々と自分の人生を積み上げていた。十八歳で就職し、二十二歳になった年に、ローンを組んで小さな家を買い、母親をあの家から引っ越させたのだ。

久しぶりに駅でばったり会ったのは、私が大学を出て社会人になった夏のことだった。私を見て嬉しそうに笑う彼の顔は、何かをふっ切ったような明るさだった。

とうとうあのボロ屋から引っ越したから、新居に遊びに来てよと言われた。最初社交辞令で言っているのかと思ったら、次の休みはいつなのか、平日の夜でもいいよと熱心に誘ってくれたので日曜日にお邪魔してみることにした。

彼らの新居は公園沿いに建てられた小さな家で、二階のベランダから公園の並木や遠くの山脈が見渡せた。佐々井君のお母さんに会うのが少し恐かったのだが、新しくて真っ白な部屋の中で、栗色のソファに腰かけて、彼女は佐々井君同様すっきりした顔で微笑んでいた。

その日、私は初めて佐々井君のお母さんの手料理を食べた。そして、佐々井君がお酒を飲むところも初めて見た。その様子が堂に入っていて、ちょっと会わない間に彼が急速に大人になったことを知った。

佐々井君はその夜、私をアパートまで送る道すがら、彼にしては珍しく少し感傷的に思い出話をした。

父親を亡くして引っ越してきたあのボロ屋がいかに寒かったか、毎日のように泣き暮らす母親を、どのくらい辛抱強く慰めなくてはならなかったか。そんな家の中に比べると学校は天国のように白く明るく、私とどうでもいいことを話すのがどれだけ気晴らしになったか。大学へ行かない決断をしたことを後悔してはいないが、大して勉強が好きでもない同級生達が何の葛藤（かっとう）もなく進学することにどれだけ暗い憤りを覚えたか。

正直に、でも軽い口調で話す佐々井君の横顔からは、それらを全て過去のこととして消化し葬ったのだということが伝わってきた。私達は数年ぶりに手をつないだ。佐々井君の手はもうおずおずとした少年のものではなく、私の手を力強く握りしめた。

あなた達結婚したらいいじゃないの、と佐々井君のお母さんが言いだしたのは、彼と再び頻繁に会うようになって一年くらい経ってからだと思う。

情けない話なのだが、お母さんがそう言ってくれたことがきっかけになって我々は具体的に結婚を考えだした。

お母さんは私達の結婚をとても喜んでくれた。佐々井君と私は三人で一緒に暮らすつもりでいたのだが、彼女が新婚さんと暮らすなんていやよと笑って言った。ちょうど佐々井君の会社の社宅に空きができて、そこで新婚生活を送ることになった。子供ができたらもっと大きい家を買ってお母さんも一緒に住んでもらおうと話し合った。

この頃が私達夫婦の一番いい時期だったかもしれない。

社宅の家賃は格安で、私達は貯金しつつも多少余裕のある生活を送ることができた。佐々井君は休みの日、会社の仲間と山登りやキャンプに出掛け、私もよくそれに交ぜてもらった。そうしているうちに、家族ぐるみで付き合う人が増えていった。

私達にもそのうち、まわりの人達と同じように赤ん坊ができて、賑（にぎ）やかな生活を送ることになるのだろうと思っていた。佐々井君は、難しいところのある私の両親とも、つかず離れずうまく付き合ってくれていた。このまま、まあまあ平凡に平和に、それなりに幸せに年をとっていけそうな予感に溢れていた。

でもそうならなかった。我々には子供ができず、佐々井君のお母さんは、ある日突然あっけなく倒れ死んでしまった。

モリが泊まった翌朝、佐々井君はいたっていつも通りだった。いつもの時間に起きてシャワーを浴び、ワイシャツ姿でリビングに現れた。テレビの天気予報を見ながらコーヒーを啜り、朝刊を広げた。私が並べた朝食をちゃんと「いただきます」と手を合わせてから食べはじめた。

違うのは和室の襖が閉めてあることと、その向こうから大きな寝息が聞こえてきていることだ。私達は極力その不穏な生き物の気配を無視して、いつも通りに朝の時間を過ごした。菫はまだ自分の部屋で眠っている。

昨夜、床で意識を失っていたモリを、佐々井君は和室に引きずって行って寝かせた。私が、彼が菫の友達であることを告げると、佐々井君は菫の方を見て「彼氏?」と簡潔に聞いた。

菫はその時、彼女らしくない顔をした。誰に何を言われても薄笑いで肩をすくめるような子が、無防備に傷つけられたような顔をしたのだ。佐々井君も気が付いたのか、それ以上何も言わなかった。寝室で着替える佐々井君の背中に、私は知らない人を急に泊めることになったことを謝った。彼は振り返ってかすかに頬笑み、黙ってパジャマに着替えた。

佐々井君と向かい合って朝食を食べながら、私は疲れた気持ちになっていた。疲労という点では明らかに夫の方が勝っているのは分かっていたが、彼の柔らかい仮面の奥にしまい込んだ不機嫌を、神経を研ぎ澄ませて察知し続けることに、私は疲れ果てていた。

食べ終えて食器を下げ、佐々井君に持たせる弁当を包んでいるとき、突然勢いよく襖が開き、私達はぎょっとしてそちらを見た。

「おはようございます」

いやに軽快な声とともに、大蜥蜴のような男がリビングに顔を出した。佐々井君は一瞬あっけに取られていたが、持ち前の柔和さで応えた。

「よく眠れましたか」

「眠れました眠れました。いやー、昨日はすみませんでした。僕、何時くらいに寝たのかな。こんなぐっすり寝たのは久しぶりです。えっと、お姉さんのご主人？　はじめまして、モリと申します。ほんとに図々しくてすみません」

「菫ちゃん、まだ寝てるんです。起こしますか？」

「いいえ、いいんです。彼女、昼過ぎないと起きてこないでしょ。睡眠時間長いんですよね。僕はいつも四、五時間寝れば十分なんですけど、昨日は海外出張から帰ってきたばっかりでさすがに疲れてたみたいで」

私と佐々井君はひっそり目を合わす。朝からよく喋る男だ。それも知らない家で、知らない人に囲まれているのに、少しの物怖じも感じられない。

「コーヒーお飲みになりますか？」

私が言うと、モリはにっこり笑った。

「えー、いいんですか、嬉しいな」

「朝ご飯もよかったら。余り物ですけど」

「いやいや、ほんとにすみません。じゃあ甘えさせてもらいます」

図々しいといえば図々しいけれど、素直といえば素直だった。私がややくすぐったいような気持ちになってコーヒーを淹れていると、後ろで佐々井君が、昨夜菫に聞いたのと同じことを質問した。

「菫ちゃんの彼氏ですか？」

「僕？　そうだなあ、うん、まあボーイフレンドのひとりですね。僕はね、菫ちゃんのこと好きなんですけど、彼女の方がどう思ってるのかちょっと微妙でね。どう思います？

ええと……」

「佐々井です」

「佐々井さん、へええ、珍しい名字ですね。菫ちゃんってね、あれで結構ナイーブっていうか難しいところあるでしょ。人懐っこいわりに肝心なことは話さないっていうか」

「そうかもしれない」

「なんかこう、水臭いんですよね」

「そうですかね」

「佐々井さん、適当に相槌(あいづち)打ってるでしょ」

モリの言葉に佐々井君が噴き出した。そしてハハハハと声を出して笑う。

「そんなこと知らねえって思ってるでしょ」

「思ってないですよ」

「もう帰れよ、朝からうぜえなって思ってるでしょ」

「思ってたらそう言いますよ」

佐々井君の笑い声を久しぶりに聞いて、それだけのことで急に、この人もしかしたらいい人なのかもしれないと思ってしまった。私がコーヒーのマグカップを持ってゆくと、モリは顔いっぱいに笑みを浮かべた。

「おー、いい匂い。佐々井さん、いい奥さん持って幸せですね」

佐々井君は笑みを浮かべたままモリを見る。私は彼の朝食のために、みそ汁を温め直そうとガスに火を点(つ)けた。

「料理はうまいし、優しいし。きっと姉妹でやるカフェも繁盛しますよ」

冷蔵庫に伸ばしかけた手を私は止めた。

「カフェね、僕も協力しますよ。これでも何軒か立ちあげに関わったことあるんです。顔が広いのだけが僕の取り柄ですから、いい業者とか広告媒体も紹介しますよ。任せてくださいよ」

息を吸って吐いて、私は恐る恐るふたりを振り返った。モリはテーブルに肘をついて佐々井君の顔を楽しそうに覗きこみ、夫は片頬をほんの少しだけ歪めて、こちらに視線を向けていた。その顔は笑っているように見えたが、笑っているわけではないことはもちろん妻の私には手に取るようにわかった。

8

おれが馬の次に秋月から押し付けられたのは女だった。

馬の世話が終わったあとも、ちょくちょく秋月に呼びつけられた。最初の頃は所長を通じてだった連絡が、やがて携帯に直接くるようになった。

店に呼ばれて掃除や倉庫の整理をさせられたり、別荘に呼ばれてバーベキューの手伝いもさせられた。買ってこいと言われれば煙草でもコーヒーでもコンドームでも買っていった。カラオケスナックに呼ばれて盛り上げろと言われ延々と歌わされたこともあったし、酒を飲んだ秋月の代わりに彼のベンツを運転したこともあった。

初対面のあの土下座のときから比べれば、おれは彼に多少慣れてきていた。逆らったらきっと酷(ひど)い目にあうだろうという第一印象を忘れることはなかったが、彼は物腰がソフトで、暴言を吐いたり怒鳴ったりすることはなく、頼まれたことをきちんとやれば、微笑んで「ありがとう」とすら言った。

しかし秋月の用事が、会社での仕事を圧迫していることには変わりはなかった。彼の用事は業務とはみなしてもらえず、深夜まで秋月に付き合わされても翌日遅刻していい理由にはならなかったし、滞ったおれの分の仕事を誰かが代わってくれるわけでもなかった。

十月のはじめ頃に、いつものように秋月から電話がかかってきて、夕方横浜にあるエステサロンのほうへ来いと言われて出掛けて行った。そこで「こちらはお得意様のナオミさんだ」と言って女性を紹介された。

手の込んだ巻き髪で、薄い生地のノースリーブワンピースを着た年齢不詳の女だった。瘦せすぎなほど瘦せていて、白すぎるほど白かった。目がぱっちりと大きく愛らしい顔立ちなので最初三十代前半に見えたが、首筋や二の腕に隠せないたるみがあり、図々しさが滲み出る物腰からも四十代半ばなのかもと思った。

彼女と食事に行く約束だったのだが、急用が入ったので代わりに行ってくれと秋月は言った。

当然のように車のキーを押しつけられ、おれはその女のアウディを運転し、目黒川沿いにあるレストランへ行った。わけがわからないままふたりで食事をした。ナオミに聞かれ、おれは自分の話をした。芸人時代の話はどこでしても受ける。ナオミは声をたてて笑った。

その小さいけれど高級そうな店で、おれは普通に親切にされた。嫌いな食材はないか、メインは何がいいか、年配のウェイターに尋ねられた。慇懃無礼さは微塵も感じられず、むしろ労われているようですらあった。こんな都心のセンスのいい店で飯を食うには、今のおれはスーツから中身までよれよれすぎた。銀のずっしりくるカトラリーも、バターたっぷりのソースもよれよれのおれには重かった。

ナオミはワインをがぶがぶ飲んでいた。デザートがくる頃には彼女はしたたか酔って、おれは引きずるようにして彼女を車に乗せた。よくあることなのか彼女はごてごてにアートされた爪の先でカーナビを操作し自宅を表示させた。世田谷区にある彼女の自宅は仰々しいコンクリートの塀に囲まれた邸宅で、車庫の前まで来ると勝手にシャッターが開いた。彼女は左右にぐらぐら揺れながら「タクシー代」と言って一万円札を二枚おれに押しつけた。

それをきっかけに、秋月からナオミへおれを使う権利が譲渡されたかのように、おれは彼女から頻繁に呼び出しをくらうことになった。

買い物、食事、映画、ライブ、深夜営業のカフェの梯子、それらのお伴がおれの仕事のようだった。ふたりきりのときもあるし、誰か似たような感じの女友達が一緒のこともあった。

彼女は気温に関係なくいつも肩を丸出しにした薄い服を着て、十センチはありそうなヒールを履いていたのでどこでも車で移動したがった。買い物はデパートではなく青山などの路面店を次々とめぐり、食事は必ず予約をして店で一番いい席に座った。映画はプレミアムシートで、ライブは関係者席、深夜のカフェバーにはいつも知り合いがいて、おれは「運転手」と紹介された。誰もおれを表立っては邪険にはしなかったけれど、かといって興味もないようだった。

底辺にいたとはいえ、おれも派手な芸能の世界を垣間見たことがあったが、ナオミの生きている世界はまさに雲の上の生活だった。彼女の立ち寄る先では、大物の女優やミュージシャンを見かけることも珍しくなかった。

明らかにおかしいことになっているという自覚はあった。

秋月のパシリをやることが既に会社での仕事から逸脱しているところがあったのに、よく身元も知らない女と、一見楽しく遊んでいるような事態をおれは強いられていた。

夏からこっち事務所全体が殺気立っていて、とてもじゃないが一番下っ端のおれが何か相談できる雰囲気ではなかった。唯一話を聞いてくれそうな佐々井ともふたりきりになれるタイミングがなかった。

ナオミは会えば必ず最後にはへべれけに酔っぱらうので、彼女を家まで送り届けると、おれは会社に戻って溜まった事務仕事をこなした。深夜に家に戻って気絶するように眠るのだが、三、四時間でぽっかり目が覚めてしまう。濡れ雑巾のような体と気持ちを引きずって出社し、会社に着いたとたん嵐のように用事を言いつけられる。

こんな会社辞めてやる、と奮い立ったあのときの気力はもう微塵もなかった。頭の芯が痺れ、ただ取引先や上司や秋月やナオミに叱られたり怒鳴られたりしなければいい、そんなふうにしか思えなくなっていった。

「どう考えてもブラック企業だと思うんだけど」

百花はコーヒーカップを両手で持ち、その中を覗きこむようにしながらそう言った。おれは自室のベッドに寝転んだまま天井を見つめていた。

十一月三週目の火曜日、久しぶりに百花とデートの約束をしていたのに、おれは起き上がることができなかった。昨夜も帰宅は深夜で、昼過ぎまで死んだように眠った。睡眠は十分取ったはずなのに、起き上がろうとしたら強いめまいを感じ、体に力がまったく入らなかったのだ。横になっても瞼の裏がぐるぐる回って吐き気がし、トイレまで這うようにしていって戻したがほとんど胃液しか出なかった。とても出掛けられる状態ではなく、これは百花に拗ねられると思いつつもメールをすると、珍しくうちまで見舞いに来てくれると返信があった。

彼女は最初心配そうにしていたが、夏からずっと仕事が忙しい状態のままで今日の休みも一ヵ月ぶりに取れ、このまま年末までぎっちり仕事になりそうだと愚痴るとだんだん表情が硬くなっていった。

「それって明らかにブラック企業だよ。なんとかしないと」

百花は決然と言った。

「なんとかって？」

「有給どころか週二日の休みもずっと取れないなんておかしいじゃない。残業、月にどのくらい？　百時間近いんじゃない？　残業代ちゃんと貰ってる？」

「まあ、固定だけど」

「それじゃ全然ちゃんとしてないでしょ。ひどいじゃない。訴えたほうがいいよ」

「訴えるって……会社に？」

「組合なんかあってもあてにならないから、労働基準監督署に行ったほうがいいよ」

ろうどうきじゅんかんとくしょ、とおれは阿呆のように呟いた。それってなんだ？　どこにあるんだ？　区役所の中なのかそれとも警察の中なのか？　だいたい休みもないのにいつ行けばいいんだ。

思考がどろりと停滞する。めんどくせーという感情しか湧いてこない。

百花はおれが久しく座っていない勉強机の前の回転椅子に腰かけ、こちらをじっと見つめている。小難しい台詞じゃなくて優しい言葉をかけてほしいのに。体の心配をして、背中をさすって「大丈夫よ、心配ないわよ」と優しくキスでもしてほしい。

「前に友達に相談されて調べたことがあるんだけど、何時から何時まで働いたってメモさえつけておけば、結構簡単に残業代って取り戻せるみたいよ。それにね、不当な長時間労働で体調崩した時は労災指定病院に行くのがいいみたい。治療費が無料になることもあるらしいし、労災が認められて病欠ってことになったら、休んでいる間もお給料の八割くらい支払ってもらえることもあるんだって。他にもいろいろ手当も支給されるみたいよ」

彼女が熱心に言ってくれればくれるほど、おれは頭がぼんやりしていくのを感じた。

うちの会社が俗に言うブラック企業であるということは、おれだって気がついていた。朝から晩まで働かせておいて手当を払おうとはしないし、交通費だって経費だってほとんど何も認められない。誰も有給なんか取らないし、佐々井以外の先輩は、なにかというと「うるせえ」「いやならクビだ」と罵声を浴びせかけてくる。

そんな職場だが、秋月が忌々しいという共通の意識があるせいか、暇だった時よりも妙な一体感が漂っている。特定の誰かがずるをして楽をしている、というのであれば文句を言い出しやすいが、営業所中の人間が毎日へろへろになって働いているのだ。そんな状態でどうしておれだけが権利を主張できる。

　権利を主張するには義務を果たす必要があることくらいおれだって知っている。それを果たしているかというと正直自信がなかった。アルバイトでしか働いたことのないおれは事務仕事が苦手で、何をやっても時間がかかるし、企画書一本まともに書けない。叱られるのも当然だ。

　そこまで考えて「あれ？」と首を傾げた。これってなんだか、暴力を振るわれている人妻が、でも主人は優しいところもあるんですと言っているのとちょっと似ていないか。

　ぶるっと寒気がしておれは床に落ちていたエアコンのリモコンを取り上げ、設定温度を上げた。百花は何も言わずにただ正面に座っておれを見ている。おれは今日彼女と会わないほうがよかったと後悔しはじめていた。つるつるでふわふわの髪も小さなピアスも、今のおれには無言の圧力に感じられた。

　ふと見ると、百花が涙ぐんでいた。

「なんで泣いてんの」

洟をすすって彼女は首を振る。おれはゆっくり起き上がった。百花は両手で顔を覆う。

「不安なの」

　そうくぐもった声がした。不安なのも、泣きたいのもこっちなのだが、そうは言えない雰囲気だった。

「そんなに痩せちゃって」

しゃくりあげながら百花は言った。

「芸人をやってるときも不安だったけど、今はもっと不安なの。どうしたらいいの？」

問われておれは答えようもなく首を傾げた。

「私、いつかは結婚して家庭を持ちたい。子供を産んで育てたい。働きたくないって言ってるんじゃないの。力を合わせて一緒に家庭を持ちたいって思ってる。だけど不安なの。そんなんじゃ社会に殺されちゃうよ」

胃の底のほうから不快な気持ちがこみ上げてくるのをおれは感じた。

かつて百花は今と同じことを言った。私は結婚したい、子供を作りたい、家庭を持ちたいと。もし同じ未来を考えてくれる気がないのならもう別れたいと、かつて百花ははっきり言い、おれはそれをきっかけに芸人をやめたのだった。お前はそんな簡単に夢を諦めるのかよと相方は罵ったが、最初からおれは夢なんか見てはいなかった。事の成り行きとしてお笑いをやってはいたが、いつまでたっても世界から見つけてもらえないと嘆き続けるよりも、百花からのはっきりした求婚のほうが痺れるような快感だったのだ。

しかし、あのときおれは言い知れぬ感動を覚えたのに、何故か今、すごく白けた気分になっていた。

百花は泣きやむ気配がなかった。子供のような泣き顔に、湧き起こった憤りが徐々にしぼんでいくのを感じた。他人事のように、なんだか憐れだなと思った。

髪に触れようとしたら、伸ばした手を強く払われた。そして立ち上がり、部屋を出て行った。

追いかける気力も湧かず、ベッドの上で目をつむった。体と気持ちが両方とも泥のように重い。きっと近いうちにおれは百花にふられるだろう。


いつか大きなポカをやるだろうなという予感はあった。

体調はいつまでたっても良くならず、ドラッグストアで買う栄養剤の値段だけが少しずつ上がっていった。

あっちで小突かれ、こっちで怒鳴られ、頭を下げて、走りまわった。運転中に居眠りしないよう刺激の強いガムをずっと口に入れているので、何を食べても味がよくわからなくなっていた。異様に喉が渇き、なのに水を飲むと吐き気がこみ上げる。口の端がひび割れ、目がかすんで耳も聞こえにくいことがあった。まだ二十五歳なのによぼよぼだった。

いつか取り返しのつかない失敗をしてしまうのではないかと、ひとりで営業車を運転しているときに思うようになった。時間に余裕がないので、車線を縫うようにして遅い車を追い抜いたり、交差点を無理に右折して四方八方からクラクションを鳴らされたりした時に、自分の車が大破して炎上する映像が頭を過った。人身事故だけは起こすまいと気をつけてはいるが、それだってありうると思うと背筋が凍るようだった。

そして結局おれがやってしまったポカは、人に話したら笑い話になるような長閑なミスだった。しかしブラック企業の先輩達はくすりとも笑ってはくれず、吊るしあげを食うことになった。

その日おれは、営業車を公園の無料駐車場に停め、コンビニ弁当を食った。午前中のアポがひとつキャンセルとなり、ほんの一時間弱だが時間があいたことで張り詰めていた気持ちが緩んだ。

そこは会社が暇な頃に佐々井とよく弁当を食いに来たクジラちゃん公園で、あいかわらず埃っぽい公園には子供の姿はなかった。もう来週は十二月だというのに今日はぽかぽかと暖かい小春日和で、おれは上着を脱ぎワイシャツ一枚になって目を閉じた。時間が有り余っていたのに何が不満だったのだろう。暇なときはよかったなあと薄れていく意識の中で思った。

寒気がして目を覚ましたらあたりが真っ暗で、ここがどこで自分がいま何をしているのか咄嗟には思いだせなかった。軽いパニックに襲われる。そのうちに目が慣れてきて、頼りなげに立つ水銀灯がクジラの形の滑り台を照らすのが見えた。そしてやっと事態を把握し、青くなった。

仮眠するときはアラームをかけているのにと手元の携帯を見ると、ちゃんとアラームが鳴った形跡がある。山のような着信もあった。時間は夕方の六時を過ぎたところだ。アラームや着信にまったく気がつかなかった。

慌てて営業所に戻ると、鬼のような形相の先輩達に捕まって、あれよあれよという間に会議室に連れ込まれ正座させられた。

おれが客先に現れない、納品にも来ないと営業所に次々とクレームの連絡が入り、対応しようにも人手が足らず、休みを取っていた先輩まで駆り出されたようだった。

「お前の失敗で、会社の評判がどれだけ落ちると思ってんだ！」

こめかみに青筋を立てて所長は怒鳴った。これはマジで怒っていると察して、おれは会議室の床に手をつき、本当にすみませんでしたと深く頭を下げた。

「社会人になったという自覚がなさすぎる！」

「お前みたいな役に立たない人間に払う給料はねえんだ！」

所長と先輩達が次々と罵声を浴びせかけてきた。

だいたいお前は頭が悪すぎる、甘やかされて育ったんだろう、この馬鹿が、このクズが、何の利益も生めないような人間は存在するだけで迷惑だ。あっけにとられるおれをよそに、彼らはどんどん怒りのボルテージを上げていく。ここまでけちょんけちょんに言われると気が遠くなるというか、頭がじんじん痺れるような感じがした。

「なあお前、会社ってものをなんだと思ってるんだよ、言ってみな」

そうすごまれて、おれは正座したまま先輩達を見上げた。脂ぎった顔の大人が四人、覆いかぶさるようにしてこちらを見下ろしている。中学生になったばかりの頃、生まれてはじめて高校生にカツアゲされたときのことを思い出したが、その時とは比べ物にならないほど大きな圧迫を感じた。どす黒い悪意が上から滴り落ちてくる。

「……わかりません」

「わからねえでよく働いてるな。ない脳みそ絞ってよっく考えてみろ。給料貰ってどういうことだ？　どんなつもりで働いてるんだ？」

問い詰められて口の中の水分がからからに干上がるのを感じた。

「……頂く月給にはまだ見合いませんが、一生懸命やっているつもりです」

絞り出すように小声で答えると、一番若手の先輩がそこにあったスチール椅子を蹴り倒した。派手な音に全身が強張る。

「つもりってなんだよ、つもりじゃ困るんだよ！」

彼はそう言って平手でテーブルを叩いた。

「芸人やってたんだかなんだか知らねえが、そんな浮ついた世界と違って普通の会社ってのは甘くねえんだよ。お前の非常識さは会社にとって損失なんだよ！」

普通の会社って、これが普通の会社なのか。芸人をやっていたときもお笑いの世界は甘くないとよく言われた。では甘い世界というのはどこかに存在するのだろうか。秋月やナオミが属する世界が甘い世界なのだろうか。そんなことを頭の隅で考えながらも、どんどん反発する気力を失っていくのを感じていた。

いったいいつおれは許してもらえるのだろう。もしかしたら涙を流しながら許しを請うまで続くのだろうか。それならいっそ泣くかと思いはじめた頃、会議室のドアが控えめにノックされ、佐々井が声をかけてきた。

佐々井の運転で営業所を出たのは夜の九時を回ったところだった。おれは二時間以上会議室で責め立てられていたことになる。

「今晩中に川崎を連れてサロンに詫びに行っていいですか」と佐々井が所長と先輩達に言ってくれ、おれはやっと放免になった。

もしおれが女だったら、今頃佐々井の胸にすがって泣き崩れていただろう。女になりてえ、と心の中で呟いた。

黙って運転していた佐々井がふいに大きなあくびをした。

「音楽かけていいか？」

「あ、はい。どうぞ」

信号で止まると、佐々井は背広のポケットからスマートフォンくらいの大きさの白い物を取り出すと、あらかじめカーステレオに差してあったコードにそれを繋いだ。親指でくりくり操作するのを見て、やっとそれが旧式のアイポッドだと気がついた。

「佐々井さん、それってでかいアイポッドですね」

「初代のだからな。うちの奥さんが昔プレゼントしてくれたの」

嬉しそうに佐々井は言う。触らせてもらうとずっしり重く、円形の操作部分も感触がぎこちなかった。どんな曲を入れてるんだろうと思って見たら、アルバムが二枚入っているきりだった。両方とも佐野元春だ。八〇年代特有の能天気っぽいメロディーとリズムが車の中に溢れた。しゃかしゃかと明るく軽い。もしかしたら佐々井は、この二枚のアルバムだけをずっと聞き続けて他の音楽はまったく知らないのかもしれないと疑った。

夜遅くなってくるに従って街道には大型トラックが増えてきた。さっきから何台も、騒音と共に派手な電飾を光らせる長距離トラックが対向車線に現れては走り去っていく。そのたびに小さい営業車の中に眩しいライトが横切り轟音が響いた。

「災難だったな」

佐々井は前を向いたままそう言った。なんと答えていいのかわからず、おれは小声で「すみませんでした」とだけ言った。

「寝過ごすなんてよくあることだよ。前は僕もよくやった」

「じゃあ佐々井さんもその度に、先輩達から延々なじられたんですか？」

せっかくフォローしてもらっているのに、つい突っかかるようなことを言ってしまった。

「すみません、そんなこと言うつもりじゃなくて……。だからおれって駄目なんですよね」

佐々井はちらりとおれのほうを見た。

「いいよ、謝らなくて。僕がそれほど嫌がらせされないのは、所長が同郷で昔の知り合いだからだよ。もしそうじゃなければ僕も中途入社だし、いびられてたかもしれない」

「おれってもうクビですかね……」

「うーん、むしろクビのほうがいいかもね」

軽く言ったことだったのに、あっさり佐々井にそう答えられてショックを受けた。彼だけはおれを庇ってくれるとどこかで思っていたのだ。

「……なるべく早く辞表書いてきます。おれ、佐々井さんに迷惑かけっぱなしで、マジすみませんでした」

　そこで猛烈な勢いで涙がこみ上げてきて、子供のように喉の奥がひっくと鳴ったので自分でも驚いた。

「あ、違う違う。泣くなよ。そうじゃなくて、自己都合で辞めないようにって言いたかったんだよ」

「え？」

「もし辞めるにしても、自己都合じゃなくて会社都合にもちこんだほうがいいって話なんだ。もし辞めてくれないかってストレートに言ってきても、簡単にはいわかりましたって言わないように気をつけな」

「でも辞めてくれって言われたらもうしょうがないっていうか、それがクビってことなんじゃないですか。会社都合と違うんですか？」

「違うんだよ、それじゃお前が会社の退職勧奨に同意して辞めたことになるだけで、自己都合になるんだ。そうなると、雇用保険の失業手当も三カ月受給できないし、解雇予告手当も貰えないからな」

　佐々井はさらに言った。

「勤務時間をちゃんと記録に残しておけよ。ノートでも手帳でもいいから出社時間と帰宅時間を毎日つけろ。誰に何を指示されて、どんな仕事を何時間したか、どれだけ自腹を切ったか、具合が悪かったら体調も記録しろ。医者にかかったら、いちいち診断書取るわけにもいかないだろうから、どんな診断と治療をされたか書いておけ。領収書やレシートは捨てるなよ。とにかくどんな細かいことでもいいから書いておくんだ」

百花と同じようなことを佐々井が言ったのでおれは驚いた。

「それは、あの、労働基準監督署とかに提出する用ですか？」

「お、そのくらいは知ってるんだな」

「つきあってる彼女が心配して、そんな話をしてくれて」

「そうか、まあ労基署が相手にしてくれない可能性も大きいから、それよりもユニオンとかに相談するといい。無料で相談に乗ってくれるはずだし、資料が詳細に揃ってれば動いてくれるはずだよ」

「ユニオンって？」

「んー、簡単に言うと会社の枠を超えた労働組合だな。全国にあって、検索すれば神奈川県のも簡単に探せると思う。百花ちゃんだっけ。彼女が詳しいなら頼んでみたらどう？」

そこっておれみたいなクズでも助けてくれるのかな。というか、佐々井の言うことは確かに親切ではあるのだが、まるで他人事のようだ。佐々井だって当事者なのではないか。親身になってもらっているのにおれは少し不愉快になってきた。

「でも、いつ相談に行ったらいいんですか。いや、それより、そんなところに訴えに行ったらおれもっといびられるんじゃないですか。それにおれ、秋月さんや秋月さんのお客さんの女の人に時間を取られてて、それって業務って認められるでしょうか。秋月さん怒らせたら会社ごとやばいんじゃないですか」

佐々井は今度ははっきりおれのほうを見た。車がかすかに蛇行する。

「お客さんの女の人って？」

「ナオミさんっていう人です。知ってますか？」

おれはナオミにしょっちゅう呼び出されて連れまわされていることを佐々井に話した。彼は眉間に深いしわを寄せた。

「そりゃまずいな」

「まずいですよね」

「その人じゃないけど、山崎が辞めさせられたのも女がらみだったから」

女がらみ、とおれは呟いた。なんという不吉な単語だ。

「どんなことだったんですか」

恐る恐る聞くと、佐々井は言いあぐねている様子で首をゆっくり回した。

「噂と推測だし、聞かないほうがいいかもしれない話なんだけどな」

「教えてくださいよ。おれだけ何にも知らないで酷い目にあって馬鹿みたいじゃないですか」

佐々井は「まあそうだな」と呟き、話しはじめた。

「うちの会社は前から君みたいな若いのを採用しちゃあ安くこき使って、一年くらいで辞めさせてるんだよ。その中でも山崎はずいぶん頑張ってたほうで二年近く会社にいたんだ。

秋月に気に入られてたし我慢強かったから、上のほうもだんだんこいつは使い捨てにしないほうが得だって思ったみたいで、あんまり苛めなくなってきてたんだ。なのに秋月からいろいろクレームが入るようになってな」

薄々気がついていたこととはいえ、安くこき使う、使い捨てる、とはっきり言葉にされるとさすがにショックだった。

「クルーズっていうサロンチェーンがあるだろ？　あそこのプライベート商品を山崎が担当してさ。あそこオーナーが自然派志向で、いい薬剤メーカーがないかずっと探してて、山崎が関西の小さいメーカーを見つけてきたんだよ。オーナーもメーカーも喜んで、ちょっと高いけどいい商品ができたんだ。それが女性誌にたまたま載ったら、口コミで評判になってわざわざシャンプーだけ買いにくる客まで出るくらいになってな。通販もできるようにしてちょっとしたヒット商品になったんだ。だからロット数も増えて、当然前より安く卸せるようになったわけだよ。それを秋月がどっかで聞いて、クルーズだけ値引きしてどうしてうちはしないんだって」

「え、でも」

「まあ単なる言いがかりだよ。山崎捕まえてねちねち言ったんだな。よそには熱心そうだけど、うちには何にもないのかよって。でもそんなのはよくあるクレームだよ」

確かに営業に行くと、どこでもオーナーというのは多かれ少なかれよそとの差に敏感で、自分のところを一番懇意にしてくれるよう要求してくる。いちいち馬鹿正直に聞いているわけにもいかない。

「でも山崎は秋月が恐かったから、独断で同じ割合は値引きしますってつい言っちゃったんだよな。もちろんそうはいかないから、山崎は叱られて、所長と僕で秋月に謝りに行ってなんとか収めたんだよ。彼もその時は納得したふうだったんだけど」

佐々井は忌々しそうな顔をした。彼がそんな表情をするのは珍しかった。

「それからしばらくして急に秋月が、山崎を辞めさせろ、お前の会社は出入り禁止だって激怒しながら電話してきたんだ。何かと思ったら、うちの大事な従業員に手を出したって言うんだ」

「ええ？」

「びびりの山崎がそんなことするかなと思って本人に聞いてみたら、まあこれが嘘じゃないみたいなんだな。逗子店のアシスタントの女の子とつきあってたんだって。その子サロンの仕事がつらくて、山崎が相談にのってるうちに仲良くなったそうだ」

「それって普通の恋愛なんじゃ？」

「そうだよ。秋月のはただの言いがかりだ。大事な従業員っていうけど、もちろんその子と秋月は面識もないし、店でもあんまり大事にされてたとはいえない状態でさ」

「ちょっと待ってください。うちの会社ってそんなことで出入り禁止になったんですか？　そんなことであの土下座だったんですか？　なんか話が変じゃないですか？」

「そうなんだよ。秋月は最初からうちの会社と何でもいいからトラブルを起こしたかっただけなんだ。揉め事が起これば、事の真偽はともかくこっちは立場が弱いから頭を下げることになるだろう。トラブル起こして取引先を一回切って、そのあと頃合いを見て許せば、こっちは低姿勢でびくびくしてるわけだから秋月は我が儘を通せるわけだ。よく考えると何にも貸し借りはないんだけど、立場上こっちは断れない。先月みなとみらい店のシャンプー台新しくしただろう。秋月が誠意を見せろとかなんとか言ってきて、あれもうちが半額負担したんだよ」

「……そんな」

「山崎は会社に貢献してたのに、会社は山崎を庇わなかった。辞めさせて終わりだ」

おれは混乱した。そんなことで山崎という奴は首になったのか。正社員というのはもう少し守ってもらえるものではないのか。

「そんなにまでして大事にしなきゃならない取引先なんですか、秋月のところは」

「うーん、大事というより怒らせたら面倒だな。狭い業界だからあっちから一方的に悪い噂を流されたらたまらないし、展示会や研修会じゃどうしても秋月のところのスタッフと顔を合わせるし世話にもなるんだから、会社としては揉めるわけにはいかないんだよ。特に所長は本社から相当責められてるからな」

「秋月はそんなに優位に立ってるのに、ディーラー苛めてこすく金巻きあげて……なんでそんなことしなくちゃならないんですか、おれ全然わかんないですよ」

「経営がやばいからだろうな」

佐々井は即答した。

「相当負債を抱えてるんだと思う。表から見えないようにしてるつもりだろうけど、もう隠しきれないところにきてる。うちの会社だけじゃなくてあちこちに強請紛いに金をたかってるような状態だ。人件費を一番削ってるから、スタッフの給料も下がって、腕のいいスタイリストや上に意見を言えるようなまともな人間がみんな愛想尽かして辞めてるよ。だからサロンは異常に忙しくて、従業員はみんな不満たらたらだから店の雰囲気も悪くなって、そうなると当然サロン自体の評判も悪くなって売り上げも落ちてる。悪循環だね」

「でも羽振りよさそうに見えますよ」

「火の車のはずだよ。韓国と台湾への進出は最後の賭けなんだろう。不動産をみんな抵当に入れて借金して一発逆転のつもりらしい」

おれは話をうまく咀嚼できなくて、手で膝の上あたりをごしごしこすった。掌は脂汗でねとついているし、毎日制服のように着ている安物のスーツのズボンは不潔な感じにてらてらしている。

「……じゃあこれからうちの会社はどうなるんでしょう」

「さあなあ」

佐々井はまるで、飲み屋で隣り合わせた知らない人間に返事をするように軽く答えた。いつもひょうひょうとしていて、そこが佐々井のいいところだとは思うが、このときばかりはかっと頭に血が上った。なんでそんなに他人事なんだ。あんただって今の話の中の登場人物なんじゃないのか。

「佐々井さんはどうする気なんですか？　今のまま会社に勤め続ける気なんですか？」

「そうだなあ。僕はさ、一回はじめたことをやめるのがすごく下手なんだよな。やめたほうがいいこともやめられないんだよ。どうしたらいいかね」

「知りませんよっ」

つい大きい声が出た。

「おれ秋月や会社のこともわかりませんが、佐々井さんのこともわかりません」

「うん。女房にも言われる」

佐々井はそこでウインカーを出してハンドルを切った。がらんとした夜の駐車場に車を進ませる。

駐車スペースに車を入れると、アイポッドに手を伸ばして彼は音楽を止めた。無言でシートベルトを外して車の外に出て行く。おれもそれに続いた。

馬鹿馬鹿しいからくりを聞いたからといって、おれが今日謝らなくてもいいという理由にはならない。それくらいのことはおれにもわかった。とっくに閉店時間を過ぎたサロンにはまだ煌々と灯りがついていて人が立ち働いていた。

ナオミに呼び出されたのは、それから数日後だった。佐々井からあんな話を聞いたあとだったので断ったほうがいいとは思ったのだが、彼女が「突然で悪いけど来てくれない」

と妙に殊勝な声を出したのが気になったのと、彼女から何か秋月に関する話が聞けるのではないかという期待も少しあり、おれは出先からそのまま指定された店に向かった。

店は横浜の元町から裏通りに入ったところにあり、港の方へ続く長い商店街は十二月を目前にして目映いイルミネーションで飾られていた。

その店は間口の狭い和食の店で、一番奥に個室風に囲った小上がりがあり、彼女はいつもよりずっと露出の少ない恰好をして座っていた。ひとりきりで、そして飲んでいなかった。テーブルには湯のみがひとつ置いてある。

「おなかすいちゃったわよ」

「すみません。待っててくれたんですか？」

「コース予約したんだから、ひとりじゃはじめられないでしょ」

おれのために食事を予約してくれたわけはないが、なんとなく今日はいつもと勝手が違うような気がした。

ナオミは飲み物を注文したあとはずっと黙りこくっていた。不機嫌というよりは落ち込んでいるように見える。仏頂面ではあるが、濃い煉瓦色のブラウスにパールのネックレスをし、髪を結い上げている彼女はいつもより上品で綺麗に見えた。

先付け、お椀と、ゆっくり料理が運ばれてきた。彼女が黙ったままなので居心地が悪い。だが料理は目に美しく、口に入れるとまろやかなだしの風味が広がった。繊細な味付けのものを美味しいと感じたのは本当に久しぶりで、おれは置かれた状況をしばし忘れて箸を動かした。

　仲居の女性が刺身の説明をはじめたとき、突然場にそぐわない電子メロディーが響き渡った。ナオミは気だるい様子で傍らに置いたバッグを探り、携帯を取り出した。

「あーマリっち。メール見た？　うんうん、突然ごめんねー。ご飯、もうはじめちゃった。あの子誘ったの、川崎君って子。そうそう背の高い、イソジンのカバっぽい子」

　そこでナオミはおれに目をやって薄く笑った。

「あっちの誕生日だからわざわざ元町の店予約したのにさー。横浜ついたところでドタキャンの電話かかってきてさ。仕事がよー、仕事でさー、っていつもの言い訳でもうほんとあったまくる。あれこれ特別に用意してもらってて、キャンセルですってわけにもいかないじゃない。まじでむかついたー。えー、まあいいけどね。今更離婚でもないし。払うのはどうせ向こうだし」

　ナオミはテーブルに肘をつき、顔をそむけて喋っている。声を潜めようという気はまったくないようだった。

「横浜まで来る？　どっか飲みに行こうよ。えー、旦那？　もういいよ、どうせキャバクラ行ったほうが楽しいのよ。港のほうでいい店知らない？　うん、私もホテルのバーくらいしかわかんないな。まあ遅くまでやってるからホテルでも……え、そうなの、キョーちゃん帰国してるの。だったら都内戻るわ。オイスターバー？　麻布のね、うんわかる」

　ナオミは左手で携帯を右手で箸を持ち、喋りながら料理をつまんだ。ナオミは完全におれや店の人の存在も無視して甲高い笑い声をあげていた。何か大きな魚の頭が丸ごと蒸されたものが出てくると、彼女は急におれのほうを見て「これ、この店の名物。予約しないと食べられないのよ」と言った。そしてまた見えない相手との会話に戻っていった。おれは箸の扱いが下手だが、時間をかけて魚の身をほぐし、骨だけ残して全部食べた。魚をこれほど美味しく感じたのは生まれてはじめてだった。きっとこんな状況でなければもっと幸せな気分がしただろう。

おれは目の前の女をしみじみ見た。携帯を片手に賑やかに喋りながら料理をつつき、冷酒を手酌でグラスに注いでぐいぐい飲んでいた。

この女と何度食事をしただろう。何度ふたりで飯を食っても、親しくなった気が微塵もしない。お互い興味がないのに、何故向かい合っているのか。

結局ナオミはそれから延々と話し続け、デザートの水菓子が出てきたとき、やっと電話を切った。どろんとした顔でしばらく黙っていたと思ったら「柿かあ」と呟き、「あなた好きならどうぞ」と皿をこちらに寄越した。

おれは首を振った。ナオミは店の女性を呼ぶとぞんざいに名刺を出し、請求書はここへ送ってちょうだいと言った。

「じゃあ、このあと麻布まで送ってくれない?」

「聞いてました」

「そう」

「あなたは誰ですか？」

「え？」

　おれの唐突な質問に彼女は不審そうな眼を向けた。

「なんのこと？」

「なんにも恐くないあなたは、いったい誰なんですか」

「……なに言いたいのかわかんないけど？」

　おれは目を伏せ、質問を変える。

「あなたは秋月さんのなんですか？　愛人とかですか？」

「まさか。冗談じゃないわよ」

　ナオミは吐き捨てるようにして言い、顔をゆがめて笑った。

「あんな男と私がつきあうわけないでしょう。何を聞きたいのかわからないけど、秋月が私に気をつかっているのは私が株主だからよ。私っていうか、夫が出資してるんだけどね。あなた、秋月に雇われてるんじゃないの？　不満があるならあっちに言ってよ」

　まったく心外だという感じで彼女は立ち上がった。


　おれはナオミを送っていかなかった。

　店を出て、ふらつく彼女の腕を支えて車まで連れて行き、左ハンドルの運転席に座ってシートベルトをした時、彼女がげふっと酒臭いげっぷをした。そこでおれはとうとうヤバくなった。

瞼が派手に痙攣をはじめた。体の中に何か別の生物が入り込んで、それがぶくぶくと膨らみはじめ、皮膚を突き破って外に出てくるようなそんな堪らなさに襲われた。

助手席の酒に酔った女は、いったい何故こうも安心しているのだろうか。

この女の夫が出資している会社の社長が秋月で、その秋月の取引先の会社の一番下っ端の社員がおれで、だから自分は力関係のピラミッドの最下層にいる。それが現実ではあるが、いま真っ暗な駐車場でおれとナオミがふたりきりでいるのも現実だ。おれは男で素面で、こんな鶏ガラみたいな女はあっという間に殴りつけて強姦することだってできる。捕食の矢印をねじってまわして一番上にいるあんたを頭からばりばり喰うことができるのだ。なのに自信満々で酔いつぶれているのはどうしてなんだ。

自分の中に出現した凶暴さが外に出せと暴れている。おれは狼狽した。痛いほどに膨れ上がるこの黒い塊を爆発させたい。いまハンドルに置いている両手で隣の女の首を絞め上げたい。激しい衝動におれは歯を食いしばって耐えた。

人殺しになるのか。そうしたら奴らの思う壺じゃないのか。奴らというのが誰を指すのかはわからないが、おれはぎりぎり踏みとどまった。

「……すみません、おれ今日は送れません」

やっとの思いで言うと、何故か目尻から冷たいものが次々と流れた。

おれが泣いているのに気がついたナオミはぎょっとして「具合悪いなら帰んなさい」と

上ずった声で言い、財布からいつものように一万円札を二枚だして押し付けてきた。それをもらって素直に車から降りた。ナオミも車を降りてくると、ちょうど通りかかったタクシーを止め、おれの背中を押すようにして車に乗せた。その触り方が子供にするようなしぐさだったので、この人にはもしかしたら子供がいるのかもしれないなと思った。この女にも家族がいて、愛情深い時間を過ごすことがあるのかもしれないと思った。そんなことを思う必要もないのに思った。

運転手におれは自宅や会社ではなく、久里浜へ行ってくれと頼んだ。百花に会いたかった。おれの混乱した気持ちを聞いてくれ、佐々井やナオミから聞いたおれには複雑すぎる話にどんな意味があるのか教えてくれる人間は百花しか思いつかない。膨らんだ凶暴な気持ちを宥めてくれそうなのは彼女しかいない。心からおれは彼女の助けを求めていた。

タクシーの中から百花に今から会いに行っていいかメールをしたが、いくら待っても返事はなかった。まだ仕事中なのだろうか。迷惑だと知りながら何度も電話をした。しかし留守電に繋がるだけだった。

じりじりしている間に車は夜の横浜横須賀道路を走り抜け、佐原インターを降りた。おれは百花のアパートの前に立った。

いきなりチャイムを押すのもどうかと思って、もう一度電話をすると今度は繋がった。勢い込んで喋りだそうとすると、

「悪いけど今日は会いたくない」

そうきっぱり百花は言った。

「もう部屋の下まで来てるんだけど」

「そんなこと言われても困る。こっちが会いたいときは会えないくせに」

ぷつりと電話は切れた。何度もかけなおしてみたが彼女は既に電源を切ってしまったようだ。ドアをがんがん叩けば近所の手前開けてくれるだろうか。だがおれは思いとどまった。かつておれは杏子にそれをやってもっと嫌われただけだったことを思い出した。

諦めをつけて駅方向へ歩きだすのにずいぶん時間がかかった。

帰って寝るべ、と口に出して言ってみた。そう自分に言い聞かせないと頭が変になりそうで、独り言にしては大きな声で、帰って寝るべ帰って寝るべと繰り返した。すれ違う人は皆おれを見ないようにして道の端へよけた。

駅の改札はしらじらと明るかった。最終の上り電車には間に合ったようだ。

ちょうど下り電車が着いたようで、勤め帰りの人達が階段から改札口へと流れてきていた。誰も彼もが疲れた顔をしている。どの顔にも「帰って寝るべ」と書いてあるようだ。

正面から革ジャンを着た男が歩いてきて、おれの顔をじっと見た。でかい男だ。日本人に見えなくて中国人かなと思った。近づいてきて露骨に顔を覗きこんでくるので、なんだこいつ、喧嘩売る気かと睨み返したら、そいつは大きい口を横に開いて顔中で笑った。

「川崎君だろ？　なんでこんなとこにいんの？」

男はおれの肩を強く小突いた。

「あ、あんた……」

恐怖が背中を駆け抜けた。

「俺だよ。モリだよ。なんだよ川崎君よー、どんだけしょぼくれたサラリーマンなんだよ」

おれは固まった。走って逃げればよかったのに、おれは何故だか、昔の忌まわしい記憶にすらすがりつきたい気持ちが湧いて、そこを動くことができなかった。

9

十二月、なぎさカフェは工事に入った。あっという間に古いスナックは南側の壁が壊され、剝きだしのコンクリートに囲まれたがらんとした空間になった。その翌週には天井と壁がペンキで塗られた。年内には床材を貼って、一月末には完成するらしい。助走は長かったが工事にかかれば物足りないくらいあっという間だ。

佐々井君はあのあと、カフェをやることについていいとも悪いとも言っていなかった。私が打ち明ける前に、モリの口から洩れてしまったあの朝、彼は驚かなかった。「何か隠れてやってるなって思ってたよ」と彼は静かに言い、私は顔を赤くしてうつむくことしかできなかった。図太いモリも、その時はさすがにまずい空気になったと察したのか、逃げるように家を出て行った。そのあと佐々井君は「正月休みに話し合おう」とだけ言って出掛けてしまった。しかしそれではもう遅い。正月に何か話し合ったところでもうカフェはできてしまう。

佐々井君は益々体調が悪そうだった。菫がうちで寝泊まりするようになって、しぶしぶ夫とダブルベッドで眠るようになっていたけれど、そうしておいてよかったと今は思っている。

彼は昔から驚くほど寝付きがよくて、一度寝ると死んだように深く眠って朝まで目を覚まさなかったのに、最近は明らかに眠りが浅くなり苦しんでいた。

私もやることが多くて一日の終わりにはぐったりで、どうしても佐々井君が帰ってくる前に眠ってしまう。深夜、彼はどろどろに疲れて帰ってきて、スーツとワイシャツを脱ぎ捨てたままの恰好でベッドに入ってくる。丸一日働いて汗と埃とさまざまな汚れにまみれた人が、シャワーも浴びずにそのまま同じ寝床に入ってくることに反射的に不快感を覚えてしまうのだが、ものも言わず気絶するように枕に顔を埋め、寝たのかと思うと何度も寝がえりをうち、うめき声を漏らす夫を間近に感じているうちに不快感はいつも不安に掏り替わった。

昼間弱音を吐かない分、夜、体が悲鳴を上げている。同じ巣箱で眠っている私だけがそれを体感する。そのことは心に重いことだけれど、知らないよりは何倍もよかった。

先週、寝言にしては大きすぎる声で佐々井君が叫んで飛び起きたことがあった。自分の発した奇声に驚いて彼は暗闇の中で目を見開いていた。震える夫の肩を私は強く揺すった。

「仕事、辞めていいんだよ。私がなんとかするから辞めていいんだよ」

何を言ってるんだ、という顔で彼は私を見た。

「明日はもう会社行かないでいいから。ね、私が辞表を出してくるから、もう何も心配しないで。ね？　そうしよう？」

必死に言う私から目をそらすと、佐々井君はしばらく何もない壁を見つめ続け、やがて崩れるようにして眠りについた。翌朝、夜中に話したことを覚えているかと尋ねると、彼は首を振り、何もなかったかのように出勤していった。

　この人が過労で死んだらどうしよう。想像するだけで全身が粟立ち涙がこみ上げた。なのに私は夫でなく妹を選ぼうとしている。

　私の逡巡などお構いなく、店は開店に向けてどんどん進んでいた。

　モリが相談役として店作りに関わることになってから、決められずに先送りしていた問題が急速に解決していった。菫の漠然としたアイディアをモリがみるみる具体的にした。何度も引き直していた図面も最終決定し、内装や様々な備品も発注した。モリの伝手で、年内に閉店になる東京のカフェから食器を丸ごとただ同然で譲ってもらえることになった。その店がスープをメインにした店だったので、小ぶりのスープボウルと木のトレイが二十セットもあり、散々悩んだメニューも成り行きでそれを活用したものに決まった。基本的に具沢山のスープとパン、ランチには日替わりのミニ丼をメインとすることになった。

　スープと丼の試作や、それをレシピに書き起こしたり原価計算をしたりするのは私が、店作りは菫とモリで分担して進めていた。全員で店のペンキを塗ったり、棚を吊ったりと大工仕事もあるのかと思っていたら、そういうことは業者に任せたほうが早いからと菫は言い、内心ちょっとがっかりもした。

　モリと菫があれこれと話しあっているのを見ていると、彼が初めてうちに来たとき、菫が嫌がっていたのはやはり照れていただけだったのかと思えた。それほどふたりはしっくりした関係に見えた。でも、私の中には何故だかモリを警戒する気持ちが燻り続けていて、なかなかそれを完全に消すことができなかった。

慌ただしい日々の中、工事がどうなっているか様子が気になって仕方なく、買い物やランニングのついでに店を度々見に行った。

しょっちゅう見に行くと工事の人に鬱陶しがられるのではと思ったけれど、見に行かないではいられなかった。菫に聞くと、差し入れなんて別にいいんじゃないとそっけなく言っていたけれど、ただ見に行くのも気が引けて、缶のお茶やちょっとしたお菓子を持って行った。最初はきょとんとされて恥ずかしかったが、何度か行くと工務店の人が向こうから進捗状況を教えてくれたり、作業をしている人と挨拶程度だけれど言葉を交わすようにもなった。

店の前でぼうっと立って作業を眺めていると、通りかかった人が「ここ、何のお店になるんですか？」と話しかけてくることもあった。私はしどろもどろになりながら「カフェなんです。よろしくお願いします」とその度に頭を下げた。

その日もランニングの途中で店に寄り、ジャージ姿のまま工事を眺めていると「だいぶできてきましたね」と誰かが後ろから話しかけてきた。振り返ると、そこには満面の笑みの所さんが立っていた。

「あ！　お久しぶりです！」

「夏以来だね。元気でしたか？」

「はい、元気です。あの、前に言ってた店ってここなんです」

「うん、そうだと思ってた。駅の近くで店舗の工事があると、もしかしてと思って覗いてたんだ。お会いできてよかった」

所さんは柔和に目を細めてそう言った。今日は花の国で会う時と違って、ずいぶんときちんとした服装をしていた。仕立てのよさそうなカシミアのコートと革靴が黒くつややかに光っている。

「これからお出掛けですか？」

見ればわかるような間抜けな質問をついしてしまった。

「ちょっと野暮用でね。あなたはジョギング？」

ジャージ上下に長野時代から持っている古い防寒用のフリースを着ていた私は、急に恥ずかしくなって下を向いた。

「二カ月くらい前かな、港の近くであなたを見かけたんだよ。声をかけたんだけど、たたーって走っていっちゃって笑ったなあ」

「えっ、すみません！」

「いやいや、元気で何より。本当にお店をやるんだね。いいお店になりそうだ」

「こんな工事の途中でわかりますか？」

「生き生きした顔をしてるからね。店の人がそういう顔をしてるならそりゃいい店になるよ」

そんなことを言われ、私はさらに顔を赤くした。

「本当に元気そうになったね」

「はい。ランニングを始めてからすごく体調がよくなって」

「うん、体のこともあるだろうけど、気持ち的にもうまくいってる感じがするよ。旦那さんはお元気？」

答えに詰まって私は曖昧に首を傾げた。

「わかりやすい人だね」

所さんは肩をすくめる。

「何かあったの？　旦那さん、具合でも悪い？　お店を反対したりしてるの？」

私の顔には考えていることがみんな出ているのだろうか。それともこの人が鋭いのか。

「仕事がすごく大変みたいで……。お店のことは賛成とも反対とも何も言ってくれないんです」

彼はひとつ頷くと、コートの内ポケットから名刺を出し、「裏に携帯番号も書いておくから」と言ってボールペンで番号を書いてから渡してくれた。

会社名も肩書きもない、ただ名前と住所、電話番号が書かれている名刺だった。韮崎和夫というのが彼の名前だった。私の中で彼の名は所さんだったのでしっくりこない。

「ありがとうございます。私はただの主婦なので、名刺持ってなくて。名前は佐々井冬乃といいます。ずっと名乗らなくて失礼しました。名前と連絡先、書きますね。ええとメモが確か……」

　ウエストポーチをごそごそ探り出すと、彼はいいよいいよと掌を振った。

「年賀状でもください。あ、クリスマスカードでもいいな。もう少しお話しできるといいんだけど出掛けなくちゃならなくて申し訳ない。何もできないかもしれないけど、年の功で話くらい聞きますから」

「嬉しいです。本当にありがとうございます」

「僕も嬉しいですよ」

　彼は感じよく片手を挙げてから、駅の方へ歩いて行った。私は貰った名刺を大事に財布の中にしまった。

　年賀状もクリスマスカードも、もう何年も誰にも出していなかった。


　メニューの試食会を兼ねて宴会をやろうと言い出したのはモリだった。試食会と聞いて思わず私は身を硬くした。いずれはお金を取って店で出す料理なのだと頭ではわかっているが、試験のようなことをされるのかと思うと体が強張った。

「そんな顔しないでも全然大丈夫。おねえさんの料理、おいしいからまったく問題ない。気を楽にもって」

　モリは大きな声で笑った。試食会といってもお世話になっている人を呼んで、クリスマスと忘年会と顔合わせ会とメニューの感想を聞く会を全部兼ねてぱっと楽しくやるだけだからと彼は歌うように言ったが、メニューの感想を聞く、というところだけ私の耳には大きく聞こえた。大丈夫と言われてもそう簡単に気楽になれはしない。

「おねえさんもさ、自分の友達を呼んだりしちゃってよ。友達いたほうがリラックスするでしょ」

「え、いいの?」

「もちろんだよー。おねえさんの店でしょ」

リビングテーブルの端にパソコンを置いて何か作業をしていた菫がちらりとこちらを見た。所さんを呼んでみようか。自信はないし緊張するけれど、でも奥様やお孫さんも連れて来てくれたらどんなにいいだろうと思った。菫に所さんの話をしたことがなかったから、この機会にちゃんと紹介しよう。

モリは最近、週に二、三回はうちに泊まるようになっていた。勝手知ったる他人の家とばかりに押し入れから布団を出して敷いて寝たり、朝、菫の部屋から出てくる時もある。だからやはりふたりは付き合っているのだと思うが、菫もモリもそのことについては明言しようとしなかった。

最初に会った時にモリのことを泊めてしまったので、成り行きでそれが自然なことになっていた。なりが大きいし、決して寡黙というわけではないのにそれほど邪魔にならない不思議な人だった。それに今や、物言わぬハリネズミのようになっている佐々井君に屈託なく話しかけられるのはモリしかいなかった。無邪気なのか計算ずくなのか、佐々井君がぼろ雑巾みたいな顔をして朝のテーブルにいても、モリは普通に話しかけるのだ。試食会のこともあっけらかんと告げて、「佐々井さんにも出てもらいたいから休みの日教えて下さいよ」と言った。佐々井君の方も平然として「年内は休めないから、途中で仕事抜けられたら顔を出します」と答えていた。その様子を見ていると、カフェをやることをモリが口を滑らせてくれてよかったのではないかとすら思えてきて、自分が情けなくなった。

試食会の前日、私は午前中から食材の買い出しに出た。年の瀬の街角はきらきらした飾りと華やかなクリスマスソングで溢れ、商店街にもスーパーにもクリスマス用と正月用の食材が競い合うように置いてあった。

試食会は外で場所を借りるとお金もかかるし料理もしにくいので、狭いけれどうちでやることになった。どのくらいの人数がくるのか菫に聞いてみると、久里浜を飲み歩いてスカウトしたアルバイト要員がふたり、コーヒーメーカーの人が数人、工務店の人、食品卸会社の担当者、菫とモリの友人知人も何人か、そして私が所さん達を呼んであり、十五人以上になるようだった。時間をずらして来てもらうにしても、そんなにあの部屋に入り切るだろうか。テーブルだって食器だって足りるとは思えない。料理は何度も作っているものだけれど、それほどの人数分をいっぺんに作ったことはないので緊張する。

心配な要素は沢山あるのだが、不安な気持ちよりも楽しみな気持ちの方が勝っているのが自分でも不思議だった。

両手に大きなスーパーの袋を持って店を出た。商店街を抜けて信号を渡った。交差点の角にある、銀行のATMコーナーに入った時にはすっかり息が上がっていた。平日の半端な時間だからなのか、透明なアクリルガラスに囲まれたキャッシュコーナーには誰もいなかった。

バッグから通帳を出し機械に滑り込ませる。操作を済ませ、差し込み口からそれが出てくるのを受け取り、財布を片手に持ったまま記帳された数字をじっと見た。その時ふいに、背中から誰かが触ってきて、思わず悲鳴を上げてしまった。

「ちょっと冬乃ちゃん、驚きすぎだよ。警備員来ちゃったらどうすんの」

「あ、す、菫……」

「なにしてんの、おねえちゃん」

眉(まゆ)をひそめて菫が聞いてきた。

「なにって、お金下ろしてたに決まってるでしょ。菫こそなにしてるの？　いつもはまだ寝てる時間じゃない。どっか行くの？」

どぎまぎしている私を、菫は不審げな眼差(まなざ)しで見つめている。私は平静を装った。しばらく睨(にら)むように見ていたかと思うと、彼女はふいに顎(あご)を上げ笑顔になった。

「あんまり疲れて昨日は早く寝たからさ、今日はいい具合に目が覚めて気分転換に散歩してたんだ。そしたらおねえちゃんが、ここに入ってくの見かけたから」

「そう。疲れとれた？」

「まあまあかな。せっかくだからお茶でも飲む？　あ、なんか食べるもの買って久しぶりに海岸行こうか」

　怪しまれていないようだと私は胸を撫（な）で下ろした。

「私はランニングで行ってるから久しぶりじゃないけど、行こうか」

「冬乃ちゃん、走るの続いてるよね」

　菫がジャンクなものが食べたいというので、マックでハンバーガーとコーヒーをテイクアウトし、バスで海岸に向かった。ふたりで海にくるのは菫が久里浜にやって来た日以来だった。さすがに十二月の海風は冷たく、菫はモッズコートのフードを頭から被（かぶ）って肩をすくめている。私はマフラーを頭からほっかむりのようにして巻いた。灰色の海にフェリーが浮かんでいる。波と風の音が耳に響く。

　並んでコンクリートの階段に腰をおろしハンバーガーを齧（かじ）った。普段ほとんどファストフードを食べないので、たまに食べるとすごくおいしく感じた。でも食べ終わると油と強い塩気が口の中に残る。マックのコーヒーは昔の記憶と違っておいしくなっていた。私はペリー祭の日に出ていた屋台のことを思い出して菫にその話をした。

「へえー、屋台かー。屋台もいいよねー。店に飽きたら屋台やろっか」

「もう飽きる話なの？」

「ていうか店、やっぱり駅の近くじゃなくて、海の近くのほうがよかったかなあ」

「まあ、海が近いと素敵だけど、このへん人通りは少ないよね」

「二号店はこのへんにしよう」

「成功するって決まってるのね」

ぽつぽつと私達は話した。菫の気まぐれな発言は昔からで、口で言うよりずっと彼女は物事をちゃんと考えていることを私は知っている。店が成功することも失敗することも、菫は想定しているに違いない。余程私の方が成り行き任せというか、場当たり的に生きている気がする。

突風が吹いて菫のフードについている白っぽいファーがなびいた。目をぎゅっとつむって彼女はうっとうしそうに前髪を掻きあげる。子供の頃と変わらない表情だ。

「さっぶ。でもスキー合宿に比べたらそうでもないか」

「そうね。神奈川県の寒さなんて寒いうちに入んない」

「ぬるいよね」

「ぬるいぬるい。夏はぬるくないけど」

菫は乾いた笑い声をたてた。細くてぴたりとしたジーンズを穿いた長い足に、ごついエンジニアブーツ。男の子みたいというよりはモリみたいだと私は思った。

「おねえちゃん、言いにくいんだけどさ」

海のほうに顔を向け、目を細めたまま菫が言う。なんだろう、さっきの銀行のことかなと私は身を硬くした。

「明日の試食会の時、お骨は目につかないところに仕舞ってもらっていいかな」

「……なんだ、そのことか。もちろん寝室に持っていく気でいたよ。お客さんも気にするだろうし」

「そっか、ごめんね。佐々井君が嫌がるのかと思ってさ」

「大丈夫。そんなことで怒る人じゃないってば」

そうは言ってみたけれど、本当にそうか確信が揺らぐのを感じた。

お骨というのは、佐々井君のお母さんのものだ。彼女が他界してもうずいぶんたつのに、まだ佐々井君は納骨を躊躇(ためら)っていて、和室にある小さい出窓のところに置いてある。写真に線香とお水も供えてあって、ちょっとした仏様コーナーだ。ちゃんとした仏壇を買おうと言ってみたこともあるのだが、彼はあまり気が進まないようでそのままになっている。

私は佐々井君のお母さんが好きだったし、ずっと家の中に白すぎるほど白い布で包まれたお骨があることにもすっかり慣れてしまったが、気にする人は気にするだろうし、それでは成仏できないのではと思う人だってきっといるだろう。菫も今まで口には出さなかったが、きっと和室で寝るのは気が進まなかったに違いない。

納骨できていない理由は、佐々井君自身がどこに根を下ろしたらいいかまだ決められないからだろうと思う。彼は父方とも母方とも親戚(しんせき)付き合いがまったくなく、お母さんが生きていた頃から自分で墓を建てると言っていた。それを長野に建て損なってしまってどうしたらいいかわからなくなっている。私達には子供もいないし、お墓などどこでもいいと言えばいいのだが、あまりにもどこでもよすぎて決められないでいる。

「そしたら私も、ちょっと言いにくいこと言うけど」

紙のカップに口をつけたまま、菫が構えるのがわかった。

「モリ君と、近くに部屋借りるとかして一緒に住むことは考えてないの？　あ、出て行けっていう意味じゃないよ。うちは構わないけど、でもそうしたほうが自然なんじゃないの？」

彼女はゆっくりコーヒーを飲み干しカップを指で潰(つぶ)した。左手で目のあたりをごしごしこする。

「菫？」

「まあ、そういうふうに冬乃ちゃんが思うのも当然かもね。店の二階にさ、今は大家さんが物置にしてる和室があるんだけど、そこも借りられないか交渉中なんだ。そしたら、モリにはあっちで寝るように言うから」

「そういう意味じゃなくて」

「わかってるよ」

「ふたりはどういう関係なの？」

「どうもこうも友人だよ」

菫は即答した。そんなシンプルな関係ではないことは火を見るより明らかなのに、そう言い張るのはどうしてなのだろう。

私は生まれてこの方恋愛らしい恋愛をしてこなかったし、これから先もしないと思う。

だから彼らの複雑な関係は、田舎っぽくて古臭い私にはわからないかもしれないが、それでも一緒に暮らしているのだから話してみてくれてもいいのに。否定する気はないのに。そう言おうとしたら、菫は「そうだ」と何か思い出したようにこっちを向いた。

「明日の試食会、川崎君もくるよ」

「え？　川崎君って、あの川崎君のこと？」

「そう、あの川崎君。会社辞めて、うちの店手伝ってくれることになった」

「え？　えええ？」

私はびっくりして大きな声を出した。

「な、なんで？」

「モリが勧誘したんだって。この前久里浜駅でばったり会って、あんまりくたびれて死にそうになってたから、会社辞めてうちの店手伝えよって誘ったらしいよ。で、そうすることにしたみたい」

私は仰天して頭が混乱した。

「ちょっと待って。なにそれ、川崎君とモリ君って知り合いなの？」

「そうらしい。モリ、よく芸人のライブとか行ってたから。飲み屋でプロダクションの人とも仲良くなって、イベントなんかも手掛けてたことあるし」

「川崎君、会社辞めたって……、佐々井君なんにも言ってなかったよ。え、もしかして佐々井君が最近さらに忙しいのはそのせいなのかな……、というか、佐々井君は川崎君が店手伝うって知ってるのかな……」

うまく頭が働かなくて私は独り言のように呟いた。菫は構わず話を続けた。

「明日の試食会にアルバイトしてくれる人もみんなくるから、冬乃ちゃん、この子はちょっとって思う子がいたら言ってよ。実質冬乃ちゃんがその子達と働くことになるんだからさ、一応面接的な気持ちで接してみて。川崎君もさ、おねえちゃんがどうしてもいやだったら断ってもいいんだからね」

川崎君の話に驚きすぎて、菫とモリがどういう関係かという話はまたうやむやになった。

試食会は準備にかかった時間に比べると、あっけなく終わってしまった。最初のお客さんがやって来たのがお昼少し前で、それから入れ替わり立ち替わり人がやって来て、慌ただしく挨拶をしたり給仕をしているうちにあっという間に時間がたった。大きな失敗はなかったけれど、よかったとか楽しかったとか感じる余裕もなかった。借りてきた大鍋に作ってあった三種類のスープも、二種類の丼の材料もきれいになくなった。山のようなパンとオードブル代わりのチーズ、巨大な紙パックに入っていて下部にプラスティックの蛇口が付いているワインもなくなった。

店でアルバイトをしてくれる予定の女の子ふたりが始めから終わりまでよく手伝ってくれた。ふたりはそれぞれ菫にスカウトされて今日初対面だったそうだが、私にはとてもよく似たふたりに見えた。ふわふわの髪をして、頰紅がピンクで、おっとりした話し方をした。ひとりは専門学校生で、もうひとりは専業主婦なのだそうだ。

試食会が終わったら打ち上げをしようと言って、菫とモリが横須賀にある居酒屋を予約してくれていた。ふたりは残ったお客さん数人を連れて先に行っており、私とバイトのふたりは、片づけを済ませてからその店に向かった。その店は前に通っていたネットカフェのすぐ近くだった。ひとりでネットカフェに通っていたのはまだそんなに前のことではないのに、とても昔の出来事に感じた。

雑居ビルの二階にあるその店に入ると、座敷で菫達が賑やかに飲んでいた。モリやその友人達が五人ほどいて、皆口々にお疲れさまと言い、大袈裟に拍手までして迎えてくれた。私は座敷の奥を勧められ、菫の隣に腰を下ろした。生ビールのジョッキを渡され改めて乾杯する。渇いた喉に冷たいビールが沁みた。

その店の内装は黒で統一されていて和モダンな感じだった。壁に大漁旗が貼られているのが親しみやすい雰囲気だ。三浦半島の地魚と地野菜を出す地産地消の店らしい。私は朝食を食べたきりそのあとは何も口にする時間がなかったので、並べられた料理をものも言わずに食べた。生しらす丼が夢のようにおいしかった。

「おねえさん、おなか落ち着いたらこれ読む？」

Ａ４のコピー用紙の束をモリがにやにや笑って渡してきた。今日来た人に配ったアンケート用紙だ。口に入っていたものを慌てて飲みこんでそれを受け取った。

のめり込むようにして私はそれを読んだ。すごくおいしかった、キャベツの甘みがよかった、優しい味で和んだ、という感想が目に入って胸を撫でおろした。しかし何枚かめくっていくと後ろのほうには辛口なものもあった。全体的に味が薄い、トマトスープは酸っぱすぎる、シャケとレタスの丼は男性にはもの足りない、丼のご飯が柔らかすぎる。

「おねえちゃん、あんまり気にすることないよ」

余程私が深刻な顔をしていたのか、菫がなだめるような口調で言った。

「味が薄いとか、米の固さとかはその人の嗜好の問題だからさ」

モリと親しげに話していた男性ふたりが「そうそう！」と言って話に入ってきた。

「トマトが酸っぱいとかいう奴だろ。それってたぶん、あのオタクっぽい男が書いたんだよ。トマトっていうのは酸っぱいもんなんだよ」

「そうそう、舌が子供なんだよなー。味が薄いっていうけど、そりゃ生クリームやらバターやらごそっと入れてきつめに塩コショウすれば、外で食べるもんなんてそこそこおいしく感じるものだけど、それじゃカロリーが大変なことになるんだよね」

「カロリーとかいうやつは外食しないで自炊しなって」

「自炊されちゃ外食産業は儲からないだろ」

「そういう話じゃなくってさ、ぎとぎとのもの食べたいならカフェ飯なんかじゃなくて牛丼屋とかに行けばいいってことでしょ。ねえねえ、女子達はどう思う？」

男性陣に話をふられてバイトの女の子ふたりは牛丼屋に入ったことがないと答え、皆はその話で盛り上がった。

皆と一緒に笑いながら、私はアンケート用紙を畳んで大事に鞄の中にしまった。作った料理のことを批判的に言われて動揺したのは事実だったが、初めて知らない人から味のことを率直に言われ嬉しい気持ちもあった。素人の私が作ったものを誰もが手放しでほめてくれる方がおかしい。むしろ言ってもらえて有り難かった。

今日は本当に不思議な一日だった。今までの自分の生活からは想像もつかなかった光景を沢山見た。

お昼過ぎに所さんが奥様とお孫さんを伴ってやって来た。所さんの奥様は想像していたよりもずっと若々しく、溌剌とした感じの人だった。自分で焼いたのだというブラウニーを山のように持ってきてくれた。所さんと菫とモリが三人で話しているのを見て、嬉しいのを通り越して、現実感が薄くなり映画を観ているような気分になった。

そのあとも、コーヒーメーカーと食品卸会社の営業の人、モリの知り合いだという雑誌社の人などが来て挨拶をした。ずっと前に菫の部屋で会ったことのある女の子も来て、その子が連れてきた恋人が駆け出しのミュージシャンらしく、持参したギターでクリスマスソングの弾き語りをした。それで雰囲気がとても和んだ。

三時くらいになって所さん達が引きあげて行ったあと、入れ替わるようにして川崎君が現れた。私はスープをよそう手を止めて彼のことをぽかんと見てしまった。

あの夏の花火の日に、向かい合ってお酒を飲んだ川崎君とはまったく雰囲気が異なっていた。どちらかというとぽっちゃりしていたのにぎょっとするほど痩せていた。体とは反対に顔は白く浮腫み、前髪が目を覆うくらいに伸びて、着ているものもずるっとした部屋着みたいだった。初めて川崎君と話した時に感じた、健康的な若さと清潔感がまったくなくなっていた。今の彼と道ですれ違ったら、「この人不審者かも」と思ってさりげなく避けたくなるような、そんな不穏なオーラが出ていた。

歓談する人々の合間からふいに川崎君がこちらを見、目が合ってしまった。彼が口を開きかけたところで、横からモリが話しかけるのが見えた。川崎君にワインの入ったプラスティックのコップを渡す。受け取ると彼の顔に弱々しくはあったが笑みが浮かんだ。笑うとそんなにやつれているようには見えなくなった。ぱっと見て、不審者みたい、と思ってしまったことを私は少し恥じた。モリがこちらに気がついて、大袈裟に川崎君の肩を抱くようにし、私の方へ連れて来た。

「お久しぶりです」

川崎君は、はにかむというよりは躊躇う表情で頭を下げた。

「お忙しいところありがとうございます。どうぞ召し上がってください」

内心を悟られないよう、私は精一杯丁寧に言ってスープを差し出す。すると彼は「もう忙しくないです、無職ですから」と苦笑いをして答えた。その笑い方が何故か気に障った。

「会社、辞められたのね」

「はい。佐々井さんにはすごくお世話になったのにすみませんでした」

「会社のことは、私にはわからないけど……」

言葉を濁すと、何故か川崎君がかちんときた顔をした。そして意を決したようにこう言った。

「僕が言うのもなんですが、佐々井さんも早くあの会社辞めたほうがいいと思いますよ。完璧にブラック企業です。辞めるように勧めたほうがいいんじゃないですか？」

私は絶句し、湧きあがった不愉快な気持ちをぐっと呑み込んだ。会社がおかしいことはもうずっと前からわかっているし、佐々井君には会社を辞めたほうがいいのではないかと何度も言っている。けれど川崎君に今ここでそれを言われる筋合いはないように思えた。

「川崎よー、冬乃さんに絡むなよー。そうじゃなくてこれからよろしくお願いしますだろ？」

モリはあくまで陽気に言って彼の背中を叩いた。川崎君ははっとし、慌てて頭を下げた。

「すみませんでした。お店手伝わせてもらえるそうで、よろしくお願いします。僕、飲食店は結構経験があるので」

「そうなんだよ。こいつ焼き肉屋が長かったから、フロア仕切るのも客あしらいもうまいからさ」

私は笑顔を作って「よろしくね」と言った。でも本当は出来ることなら断ろうと思った。菫はいやなら断っていいと言っていた。

その時、菫が横から小声で「きたよ」と呟くのが聞こえ私は顔を上げた。賑やかに話す人々の向こう側、リビングの入り口のところにスーツ姿の佐々井君がひっそり立っていた。

自分の家なのだからいつの間にか入って来ていても不思議ではないのに、そして仕事を抜けられたら来ると言っていたのに、私は動揺して持っていたおたまを取り落とした。慌ててかがむと、前にいた川崎君がコップのワインをどばっとこぼし、それを拭こうとしてしゃがんだところだった。彼も明らかにうろたえた顔をしていた。

「なんだーふたりとも。幽霊見たみたいな顔しちゃって」

モリの言葉に私と川崎君はふたりとも固まり、菫が盛大に舌うちするのが聞こえた。そして笑いながら彼は言った。

「まったくふたりは似てるよなあ」

私と川崎君は床からモリを見上げ、そしてお互いを見た。似てる？　どこが？　と我々は苦々しく見つめあう。

佐々井君はいつの間にか目の前まで歩いてきていて、床に落ちたおたまを拾い上げた。私は急いで雑巾で床の汚れを拭き立ちあがる。

「盛況だね」

柔らかく目を細めて佐々井君は言った。血の気のない顔は、川崎君と同じものだった。毎日見ているはずなのに何故私は夫の異常な顔色に気がつかなかったのだろう。

「……仕事大丈夫だったの？」

「うん、すぐ行かないとならないんだけど。おう、川崎も来てくれたんだな。どうだ、少しは疲れ取れたか？」

とても滑らかに、自分達の間には何もぎくしゃくする要素はないとばかりに、佐々井君は話した。川崎君はうつむいて口をもごもごさせただけだった。

私はアルバイトの女の子に呼ばれ、新しい丼を作るためにその場を離れなくてはならなかった。フライパンをふって盛り付け、他の人から話しかけられて答えたり、帰る人に挨拶をしたりして、気がつくともう佐々井君も川崎君も部屋からいなくなっていた。

私は打ち上げの居酒屋の座敷で、菫やモリやその友人達や、これから一緒に働くことになる女の子に囲まれて、何か言いようのない気持ちになっていた。居心地がいいような悪いような、嬉しいようないたたまれないような複雑な気持ちだ。いま私には居場所がある。そのことを百パーセント喜べない、後ろめたさがあった。

皆とわいわい話しながら、私は長野時代を思い出していた。佐々井君の会社の社宅に住んでいた、私達が一番幸福だった時代のことを。佐々井君は仲間に囲まれ、私はそこに遠慮がちに入れてもらった。その時と形勢が逆転した。それがこんなにいてもたってもいられない気持ちになるのだなんて。これなら私が疎外感を感じているほうがよほど楽だった。

私はその晩、珍しく足元がふらついてうまく歩けなくなるまでお酒を飲んだ。どうしようもない気持ちを麻痺させたかった。

試食会の次の週には、私はひとりでコーヒーメーカーが主催する研修会に出掛けた。食品衛生責任者の講習は菫が行くので、こちらの講習は私がということになった。

てっきり東京のどこかでやるのだと思っていたら、場所は神戸だった。何も関西まで行かなくてもそういった講習はあるだろうにと思って戸惑ったが、フランチャイズ元である会社の本社が兵庫県にあり、できればそこで受けてほしいということだった。

新幹線とビジネスホテルのお金くらい出してあげるよ、おねえちゃん、ずっとお店のことやってて久里浜から出てないし、店がオープンしたら旅行なんて行けなくなるかもしれないよと菫は言い、スマートフォンをちゃっちゃと触ってあっという間にチケットと宿を予約してしまった。

成り行きとはいえ、私は結構大きな決心をしてその研修に出掛けることにした。佐々井君と結婚してから、彼を置いて実家以外のどこかに外泊しに行くのは二度目だった。長野時代にたった一度だけ、幼馴染(おさななじみ)の結婚式に招(よ)ばれ大阪まで行ったことがあるだけだ。

泊まりがけで研修に行っていいかどうか佐々井君に聞くのは勇気が要って、私は朝、モリが一緒に食卓を囲んでいる時を選んでやっとのこと聞いたのだった。佐々井君は顔色も変えず「いいよ。行っておいでよ」と簡単に答えた。そして自分の古いアイポッドを貸してくれた。そういえば幼馴染の結婚式の時にも貸してくれた。まだそれを買ったばかりの時だった。

出掛ける日の朝、まだ暗いうちに起きて、佐々井君にお弁当を作った。彼は子供でもペットでもない。心配しないでもおなかが空(す)けば自分でご飯を食べるだろうし、私が一晩くらい家をあけてどうかなるということはない。でも食事の用意をすることでしか私は夫と繋がれないような気がしていた。

　大きな後ろめたさを抱えたまま、通勤ラッシュでぎゅうぎゅうに混んでいる京浜急行に乗った。横浜線に乗り換えて新横浜駅の新幹線ホームに立った頃には、家を出た時の重苦しい気持ちはいつの間にか薄まって、私は目の前に滑り込んでくる真っ白ですべすべの新幹線の車体を、はしたないほどわくわくした気持ちで見たのだった。乗りこんで指定席に座る。出張のサラリーマンのような人がほとんどだった。自分の緊張と興奮を隣席の背広姿の男性に悟られないよう、ことさら無表情を装って窓の外をにらんだ。大きな富士山がぬっと現れた時は、富士山が、と心の中で呟いた。佐々井君、富士山が見えるよ、とメールしたかったが目をぎゅっとつむった。

　佐々井君が貸してくれたアイポッドの電源を入れてみると、買った日に入れた佐野元春のアルバムが二枚入っているだけだった。アイチューンズをダウンロードしたあのパソコンを父親が床に叩きつけて壊した。

　新神戸に降り立ち、不安を抱えつつ菫が書いてくれた行き方のメモを手に、私は三宮からポートライナーに乗った。そのモノレールのような乗り物が、海を渡る橋にさしかかった時、私はほとんど泣きそうになっていた。不安で泣きたいのではなく、信じられない解放感に満たされていたのだ。もう何年もこんな気持ちになったことはなかった。目の前が開けていくようだった。

　時間通りに研修が行われるコーヒーメーカーの本社に辿りついた。巨大な社屋に腰がひけそうになりながら入り、受付で受講票を出しエレベーターで上がった。どのくらいの人数が集まるのか想像もつかなかったが、学校の調理実習室をものすごく豪華にしたような研修室には二十人ほどの人が集まっていた。

午後から夜にかけて、休憩をはさんで六時間の研修だった。コーヒーの簡単な歴史や豆の産地別説明、加工方法、焙煎（ばいせん）についての説明などの講義のあと、講師の淹（い）れたコーヒーのテイスティング、様々な抽出方法の実践をした。その時マシンの使い方も習った。難しいことは特になかったがそれでも緊張した。そのあとは作法やフードメニューとの合わせ方、カフェを経営する上での心得などの講義だった。

まんべんなくは勉強できたが、短時間のうちにどの分野も触りをざっとやったという感触だった。そう思っていたら最後に会社が主催している様々なセミナーを紹介された。週に一回を二カ月に亘（わた）って行うものや、バリスタを養成する特別なコースや、ハワイにあるコーヒー農園を訪ねるものまである。渡されたパンフレットを私は穴があくほどじっと見た。実習の時ペアを組んだ年配の女性は、旅行でそのハワイの農園に行ったことがあると言った。抜けるような青い空の下の見渡す限りのコーヒー畑。きらめく海と青いプールの写真を見ながら、その女性はそこがどんなにいいところだったかうっとりと話した。新婚旅行で行ったボラボラ島を思い出した。いつか佐々井君と行けたらどんなにいいだろう。

研修が終わったあと、帰りのエレベーターで一緒になった何人かで軽く食事をすることになった。地元の人が高架下の気安い感じの台湾料理屋に連れて行ってくれた。大阪弁の人達に囲まれているとまるで外国に来たようだった。

駅の近くのビジネスホテルに戻ったのは十一時過ぎで、私はシャワーも浴びず、服も着たままベッドに突っ伏して眠った。

ここのところ一気に沢山の見知らぬ人に会った。私はずっと、生まれてから長い長い間ずっと、知っている人の間で生きて行くことに慣れていたし、それが自分に向いているのだと思い込んでいた。知らないことが楽しく、楽だと、思ったことがなかった。


正月休み、佐々井君はとうとう寝込んでしまった。

モリは暮れが押し迫ってくる頃にいつの間にか現れなくなり、菫は三十日の夜から東京へ行くと言って出掛けていった。ふたりが別々なのかどこかで一緒にいるのかはわからない。年末、久しぶりにひとりきりになった部屋で私は大掃除をしたり、簡単なお節を作ったりした。大晦日(おおみそか)の夜遅くまで働いていた佐々井君は、帰ってきた時は明日(あした)から久しぶりに休めると嬉(うれ)しそうで、一緒に年越しそばを食べて紅白を眺めたりして元気そうに見えたのに、明け方高熱を出し起き上がれなくなった。

大丈夫だと言い張る佐々井君を説得して救急病院に連れて行き、点滴をしてもらったら熱は多少下がった。インフルエンザではなく風邪と疲れでしょうと医者に言われた。パジャマを着替えさせ、冷水でしぼったタオルを額に載せ、おかゆを炊いて林檎(りんご)を剝(む)いてと、彼の看病をして三が日を過ごした。

三日目の午後には熱が下がり、四日目の朝起きると佐々井君は「初日の出は見られなかったけど、フェリーに乗りにいこうか」と笑顔をみせた。

久里浜港から東京湾を渡って対岸の金谷港に出ているフェリーが、元旦にだけ初日の出クルーズと称して普段の定期運航とは別に観光用の便を出していることを、私達はここへ越してきてすぐに知った。海に馴染みのないところで生まれて育った私達にとって、元旦に船の上から初日の出を拝むことができるのは夢のようで、毎年必ず行こうねと約束したのだった。

寒い時間に出掛けて風邪をこじらせてはいけないので、お昼くらいのフェリーに乗ることにした。

私達はもこもこに着膨れしてフェリーの甲板に立ち、手袋をしたままのお互いの手を握った。スクリューが波を泡立て、船は海に白い道筋を作ってゆっくり進んだ。雲間から薄日は差しているが、海も対岸の影も彩度が低くモノクロに近い。防波堤の先に立っている小さな灯台だけが妙に赤かった。

久里浜の町がどんどん小さくなってゆく。住んでいる町を海上から見るのは不思議な気持ちだった。海のすぐ際まで大きなマンションが立ち並んでいるのがよく見える。あれほど大勢の人間が肩寄せ合って暮らしているのに、私達が世界にふたりぼっちの気がするのはどうしてだろう。

誰も我々の仲を引き裂こうとしてるわけではないのに、そうしていないと左右に引っ張られて離れてしまい、二度と会えなくなるような気がして、私は佐々井君の手を強く握りしめた。昔私が編んだ毛糸のキャップをかむった彼は、横顔に何の表情も浮かべず、ただ私の手を握り返した。

佐々井君はぼんやりと海に目を向けている。話すべきことが山のようにあるはずなのに、私達はずっと無言だった。かろうじて向こうに着いたらお昼に何を食べようか、そんな話をした。

約四十分で対岸の金谷港に着いた。久里浜港と違ってそこは小さな漁港だ。港のすぐ近くまで切り立った山が迫っていて、住宅地である久里浜とはだいぶ趣が違う。けれど南房総への観光客を狙ってか、新しく巨大な土産物屋があり、私達はそこに入っている回転寿司で昼食を摂(と)った。並んで座って、流れてくる寿司の皿を取ったり見送ったりして時間を潰(つぶ)した。自分達は何も話さなくても、板前が寿司を握ったり、まわりに座っている家族連れや、同じような地味な中年夫婦を眺めたりするだけで、少し楽しい気持ちになった。

帰りのフェリーで私は佐々井君に、今の会社を辞める気はないのか思い切って聞いた。彼はしばらく考えるような顔をしてから「わからない」と呟(つぶや)いた。

「このままじゃ過労で死んじゃうよ」

うん、と妙に素直に彼は頷(うなず)いた。

「冬乃はさ」

目を細めて佐々井君が聞いてくる。

「店が失敗したらどうするつもりなの」

責める風ではなく、むしろ優しい尋ね方だった。私も彼と同じようにしばし首を傾げてから「わからない」と小声で返事をした。

私達はまたしばらく黙りこんだ。船のエンジン音と、座席の前方に備え付けてある大型テレビから夕方のニュースが聞こえた。

「お母さんに電話した?」

ふいに言われて、私はびっくりして佐々井君の顔を見た。

「どうして?」

「どうしてってことないだろう。正月だし、電話くらいしたのかと思って」

「してない。したらしたって言う」

「かかってこないの?」

「家のも携帯のも教えてないもの」

「菫ちゃんと店やるくらいだから、お父さんとお母さんに連絡したのかと思った」

「してない」

そう、と佐々井君は呟いた。私は急に悲しくなって、つないでいた手を離した。佐々井君は気だるく足を組みかえると、不自然に明るい声で言った。

「いざとなったら、またどこか知らない土地に行こうか」

いざ、と私は口の中でその言葉を転がした。

「よくサスペンスドラマとかでさ、駆け落ちしたカップルが温泉なんかで住み込みで働いてるじゃない。そんな感じもいいかもしれない」

佐々井君は茶化すように言った。私は笑おうとしたがうまくいかなかった。どうして落ち延びるような生き方をしなくてはならないのだろう。どうして見つからないように気をつけなくてはならなくなったのだろう。

佐々井君はやがて目をつむって首を垂れた。しばらくすると古いダッフルコートに包まれた彼の肩がかすかに上下しはじめる。覗き込むと佐々井君は眠っていた。頬が赤い。また熱が出たのかもしれない。

私は彼を起こさないよう静かに立ち上がった。デッキに出ると冷たい風が顔を叩いた。潮の匂いがつんとする。ペンキの剥げた船の柵を握ると氷のように冷たかった。目の前には久里浜の港が近づいてきていた。

10

二月十四日になぎさカフェは開店した。

モリに聞かされていた話では、開店の準備はずいぶん時間的に余裕があるので、おれは残業までして手伝わなくてもいいということだったが、土壇場になればやはりそうはいかなかった。

おれは冬乃が居ない時の厨房係として、一通りのメニューを覚えなくてはならなかった。冬乃はぼうっとしているように見えるのに、厨房の中では神経質でうるさかった。口やましいというのではなくて、常に後ろからじっと観察しているようなうるささだ。料理は毎日終電の時間まで何度も何度もやり直しをさせられ、手の洗い方や皿の洗い方も、ちょっと気を抜くと「もう一回」と背後から言われた。

菫が作ったチラシをポスティングして回ること、京浜急行沿いの主要な駅で撒くことも命じられた。狭い店なので、ランチの時間などに動線が混乱しないよう、モリの指導の下、何度も練習させられた。テーブルやストック棚のレイアウトも、最後の最後まであれこれと動かしてみては、その度に接客シミュレーションを繰り返させられた。

なので開店の日には、店に思い入れもなく、やる気があるわけでもないおれでも、それなりに達成感を味わった。ブラック企業で働いている時には一度もなかった感覚だったので、その高揚感に実は少し狼狽した。

冬乃は背中の真ん中まであった長い髪を、思いきったショートカットにした。すっぱり切った髪で菫が見立てたらしいボーダーニットを着ると、もっさりした彼女が見違えるほど垢ぬけた。

祝いの花が店頭に溢れんばかりに飾られ、菫やモリの知り合いが早い時間から次々と現れた。撒いたチラシに付けたコーヒー百円券を持って店にやってくる地元の客も少なからずいた。

おれの顔は笑っていたと思う。手も体も動かしていたし、客とそれなりに話もした。けれど目の前に一枚薄い膜があって、現実がその向こう側で行われているような感じが拭えなかった。目の前にあるのに触れない3D映画のような、もどかしさというよりは参加することを諦めてそこにいるような気だるさをおれはずっと感じていた。

そして店に入ってくる客の中に百花の顔がないかいつの間にか探している自分に気づき、おれは自分の女々しさに失望したのだった。

百花にはあっけなく振られた。夜中に会いに行って門前払いをくらったその次の日に、「川崎君とは別れることにします」というメールがきた。「別れたい」でも「別れてください」でもなく、決定事項を連絡してきただけの容赦のないものだった。百花のきっぱりした取捨選択能力に、おれは為す術がなかった。

そこからは一気におれはふにゃふにゃになった。たかが女に振られたくらいでここまで腑抜けになるものかと自分でも驚いた。頑張ったり我慢したりする理由を見失って、地滑りを起こすようにして会社を辞めたのだった。

もちろんアルバイトを辞めるのと違ってそれなりに手続きが必要で、「これさえこなせば辞められるんだ」と必死に自分に言い聞かせて会社を辞める手順を踏んだ。

退職届を書いて佐々井に渡したのが十二月の初旬で、年内に辞められれば万歳だと思っていたら、その日からたった一週間で会社と縁を切ることができた。所長やおれを苛めぬいた先輩達にどんな仕打ちをされるかとびびっていたのに、拍子抜けするくらい彼らは急速におれから興味を失ったようだった。散々使って真っ黒になった雑巾など見たくないという顔でおれを視界から追い出した。

引き継ぎは佐々井がしてくれた。腑抜けたおれでも彼には心から申し訳なくて、よくしてもらったのに何も返せず、最後にさらに迷惑をかけてしまうことを土下座する勢いで謝った。佐々井はそんなおれに「よく頑張ったよ」と笑みまで浮かべて肩を叩いた。労いの言葉が逆につらく、まったく筋違いだがかすかに腹さえ立てた。何故責めてくれないのだと、親身になってくれているようでおれのことはやっぱり放棄するのではないかと逆恨みめいた気持ちになった。

会社を辞めたあと、とにかくおれは家で寝まくった。いくら寝ても眠気が取れなくて、母親に食事だと呼ばれても起き上がれず、自分の六畳間で惰眠を貪り続けた。尿意に我慢の限界がくると便所に立ち、するとドアの外に握り飯やサンドイッチがラップをかけて置いてあるのを見つけた。あっという間に引きこもり扱いかよと癇に障ったが、食い物を見るとそれなりに空腹を覚えて結局全部食った。

寝始めて五日目くらいだろうか、唐突に体や頭がかゆくなって風呂に入りたくなり、階下にいた母親にそう言うと嬉しそうに準備してくれた。日が高いうちから風呂に入り、体中を念入りに洗った。脱衣所には洗濯してきれいに畳んである下着とスウェット上下が置かれていた。バスタオルで髪を拭きながら居間に顔を出すと、母親がキッチンで何か炒めている音と匂いがした。出てきたのはおれが子供の頃から好きだった海鮮塩焼きそばだった。勢い込んで食べると、母親は「元気になってよかった」とうっすら涙ぐんで笑った。おれは白けた気分になって箸を放りだすようにして置いた。しかし尖った気分は泡が弾けるようにして消えてゆき、「なーんだ」という気分に掏り替わった。

おれは急速に楽になるのを感じた。なーんだ、これでいいじゃん。実家の六畳間に住み続けることの何が悪かったのか。

自分で自分を食べさせるだけの稼ぎを得、生まれ育った家を出て、やがては妻や子や、実家で年老いてゆく両親の面倒までみる力をつける、それがおれの目標だったように思う。けれど、いったいそれが何のためだったか今となってはよくわからなかった。

このままここにいればいーじゃん。この家はいずれおれのものになる。住むところさえあれば、自分ひとりの食い扶持くらい適当なアルバイト収入でやっていけるし、金がなかったらここを売ればいい。そういうことを軽蔑しそうな恋人はもういない。誰の評価も気にする必要はなかった。神経を逆なでする親など大家だと思ってあしらっておけばいい。

「おれ、会社辞めたんだ。辞めろって言われてさ。おれって使えなかったみたい」

テーブルの向こうでこちらの様子を窺っている母親に言った。母の表情が複雑に曇る。そんなのひどい、うちの息子可哀想、でもうちの息子先行きどうなるの、このまま引きこもりになって働かなかったらすごく困る。そんないろんな感情がひそめた眉と微妙に硬い笑みに饒舌に表れていた。

その時おれはまだモリにカフェの仕事のことで何も返答をしていなかったのだが、急に決心がすとんと降りてきてこう言った。

「でもさ、知り合いが誘ってくれて、年明けからカフェで働くことになったから」

「カフェ？」

「うん、オープニングスタッフとしてさ。まあまあ悪くない時給だから、しばらくそれで繋いでまた就職活動するよ。家に迷惑はかけないから」

「そんな、てっちゃん、迷惑だなんて。今までの仕事があまりにも大変すぎたんだから、しばらくゆっくり休んでいいのよ」

「うん、大丈夫」

母親はみるみる安心した顔になった。この女は、自分の息子が適当な言い逃れをしたことを見抜けない。いや見抜いていて目をそらしているのかもしれない。おれは自分の母親などじっと見たことがなかったが、その時は見知らぬ他人を観察するような気持ちになって母を見た。こんな顔をしていたっけと不思議な気持ちになった。

母親は息子にじろじろ見られて、居心地が悪くなったのか「お茶でも淹れるね」とごまかすように笑って立ち上がった。


モリはあの日、レーバーとワークの話をした。

百花の部屋に押しかけてドアを開けてもらえなかった夜、久里浜駅でばったり会ったモリは、「飲みに行こう飲みに行こう」とおれの腕をがっしり摑み、連行するようにしてタクシーに乗せた。横須賀のどぶ板あたりだろうか、モリは車を降りると、路地にある怪しげな木のドアを開け、秘密のアジトに入って行くかのような足取りで地下二階分の階段を下りて行った。地下深くにあるその店の中に入ると、遅い時間にもかかわらず沢山の人が食事をしていて驚いた。照明は暗く、オープンキッチンから火が上がるのが見え、ディズニーランドの海賊のアトラクションを連想させた。

ぽかんとするおれを、モリは店の奥にあるバーカウンターに座って手招きした。にやりと笑った顔は爬虫類を思わせた。前に会った時よりやや太ったというか、体がでかくなって、より日本人に見えなくなっている。

彼はこの店の馴染みらしくバーテンダーと親しげに話し、赤ワインを注文して自分とおれのグラスになみなみと注いだ。海軍基地がある土地柄か、客にはがたいのいい外国人が多かった。そんな店にしっくり溶け込んで赤い酒を飲んでいるモリは、ますます正体不明に見えた。外国人どころかおれの目には地球の外からやってきた生物にさえ見えた。地球人を研究するためフィールドワークをしにきた宇宙人。クールに観察するというよりは、動物好きの子供が成長して動物園に飽き足りなくなり、研究者になってアフリカまでやってきたような、何を見ても聞いても面白くってたまらないという顔をしている。

彼は昔おれに何をしたかまるで覚えていないような顔で、こちらを覗(のぞ)き込んで含み笑いをしていた。久しぶりに会った旧友にするように「まあ飲めよ」と言って速いペースでワインを注いできた。なんでおれはこの男とわけのわからない店で飲んでいるのか。なんで帰らなかったのか。

「なあ、川崎君。レーバーとワークの違いって知っているか」

モリは怯(おび)える女の子をなだめるような口調でそう言った。だしぬけにそんなことを言われておれは目を泳がせた。

「日本語だと両方とも働くって意味だけど、英語だとちょっと違うんだよね。させられることと、することっていうかさ」

「おれのやってるのはワークじゃなくてレーバーだって言いたいんですよね」

英単語など一度たりとも真面目に覚えようとしたことのないおれだが、それだけ言われればモリが何を言いたいか察することくらいはできた。

「そうだ。だけど、川崎君はさ、前はそうじゃなかったじゃない。お笑いやってた時は、自分の目で見て考えて、プランを立てて実行してたよな。いくらそれが金にならなかったとしてもお前は自分の頭を使ってたよな。今はきっと、目で見て考えてプランを立てるところまでは他人がやって、実行するところだけを何も聞かされずにやってる、いや、やらされてる。そんなとこじゃない？」

「まあ、そうすね」

「会社はお前に目標もプランも話したことはないだろう。でも、お前も聞いたりはしなかったんじゃない？　言われたことしかしない、というかやる余裕がない。定額の給料だけをテイクするだけだ。お前は一緒に働いている仲間に何かギヴすることを考えたことがあったか？」

胡散くせえな、何が一緒に働いている仲間だ、テイクだ、ギヴだ、そんな自己啓発セミナーみたいな台詞に騙されるか。酔いが回ってくる頭でおれは思った。

「お前はこのままじゃ一生奴隷のやらされ仕事から這い上がれない。なあ、でも俺はもったいないと思うよ。お前は若くてルックスもよくて独特の華もあって、その上素直でいい奴だ。杏子はいつもそう言ってた。一緒にいると楽しい気分になるって。せっかくそういう天性のいいもん持ってるのに、僻んで持ってるものを錆びさせるなよ」

どの口が言うか、よくもしゃあしゃあとそんなことが言えるもんだなと唖然としていると、そこでウェイターがやって来て、モリの前に大きなハンバーガーの皿を置いた。さっきモリが「腹減ったからおれは飯食うよ」と言って注文したもので、ファストフードで売っているようなちんまりしたものではなく、山のようなフレンチフライが付いたアメリカンサイズのものだ。バンズの上に載ったハンバーグは焼き立てらしく肉汁が滴っている。肉と油のにおいが強烈で、おれは吐き気を催した。モリはそれにがぶっと嚙みついた。ワニが獲物に食いつくみたいに見えた。

「俺ね、今カフェを手掛けてるんだけど、オープニングスタッフで入って手伝ってくれないかな。お前なら安心して任せられるんだけどなあ。そこでワークをしてみろよ」

口に入れたものを盛大に咀嚼しながら彼はそう言った。

「え？　カフェ？」

おれは落としていた視線を上げた。

「そう、久里浜でやるんだ。久里浜はいい町だ。大きさがちょうどいい。狭くなくて広すぎない。緑と海がある。フェリー乗り場なんかギリシャの小さい港みたいだ。歴史もあってしかも開発の余地がある」

それって佐々井の女房と妹がやろうとしているカフェだろうか。モリはおれが興味を持ったことがわかったらしくぎらりと光る目でおれを見つめた。

「おれの会社も出資してるし、保証人にもなってる。フランチャイズ元は大手だから契約金は安くないけどそんなのどうってことない。すぐに二号店、三号店が出せるようになる。オーナー姉妹は素人だから、流行っても流行らなくてもどっちにしろ音を上げるだろう。そしたらフランチャイズ元に店ごと売るか、おれの会社が買うかする。で、そしたらお前に一店舗任せるよ。な、いいだろう」

　モリの言っていることの意味がよくとれなくて、ワイングラスを持ったまま固まった。こいつは何を言っているんだ。

「とにかくだ、とりあえず会社辞めて、そこでバイトしてくれよ。男のスタッフで使えるのが見つからなくてさ」

　どぼどぼとモリはおれのグラスに酒を注いだ。雫が跳ねて、ワイシャツの袖口に赤い染みを作る。

「あの、おれ、その姉妹知ってます」

「は？」

「百七十センチくらいある、でかい姉妹でしょ。太めと細めの」

「そうそう」

「太めのほうの旦那が上司なんです」

「おう、佐々井さん。昭和の二枚目みたいな」

「そうです」

　モリは「へー」と言ってしばらく考え込んでいたが、やがてふっと鼻で笑った。

「ま、いいや。川崎君さー、とにかく奴隷労働なんか辞めて、お店手伝ってよ」

「……そんな簡単に会社辞められないですよ。一応正社員だし」

「平気平気。辞め方教えてやるから。なんか言われたら俺が電話してやっから」

だいたいモリってなんの会社を経営してるんだ。プロモーターか何かだと思っていたが違うのか。

そこまで考えておれは頭を振った。何もかもどうでもいい。自分が何をしたいかなんて考えるのは億劫だった。こうやってすぐ思考停止に陥ってしまうから奴隷仕事しか出来ないのかもしれないが、ただもう家に帰って眠りたかった。

窓の外はみぞれまじりの雨が降っている。ホテルの高層階から見る港の景色は濃いもやがかかって、ベイブリッジも大桟橋もまったく見えず真っ白だ。目の前にある巨大な観覧車も、その足元にある小さな遊園地も色を失くして沈んでいた。

バスローブ姿でシャワーから出てきた杏子は、喉を鳴らしてミネラルウォーターを飲んでいた。ホテル仕様のローブを体の小さい彼女が着ると、子供が大人のものをふざけて着込んでいるように見える。今しがた、彼女の全然子供ではない体を味わったことが不思議に思えた。杏子は何やらハミングしながら頭を揺らし、そのまま窓辺へ行って貼りつくようにして外を見た。

「せっかくベイビューの部屋が取れたのに、なんにも見えないよ」

「うん」

「どっこも行けないね。中華街行きたかったな」

「行けばいいじゃん別に」

「だって寒そうだよ。足元パンプスだし。スパのコース、予約取れたら行ってこようかな」

ドレッサーの上に置いてある施設案内の冊子をぱらぱらとめくって彼女は言った。

杏子から「横浜へ泊まりに行くから遊ぼうよ」と電話がかかってきたのは今朝で、一瞬迷ったのだが仮病を使って店をサボった。みなとみらいのホテルまで来る間、こんな天気じゃ客なんか来ないだろうとずっと自分に言い訳を繰り返した。彼女の「遊ぼう」は当然ベッドに入ることを意味している。おれは杏子を裸にして組み伏せたい気持ちを抑えられなかった。

モリと再会してからほどなく、連絡が途絶えていた杏子から再び電話がかかってくるようになった。「モリ君の店手伝うんだって?」と無邪気に聞かれ、その屈託のなさに絶句した。本当にふたりはおれのことなどなめきっているのだなと思った。

杏子とモリは相当昔から付き合いがあって、くっついたり別れたりを繰り返していると誰かに聞いた。恋人、セックスフレンド、内縁関係、腐れ縁と男女の仲を示す言葉はいろいろあるが、その中のどれかにぴしりと当てはまるようなわかりやすい関係ではないようだ。とにかくおれには想像もつかないし、知りたいとも思わない。

関わり合いになりたくないと思う反面、杏子と寝るとすっとするのも確かだった。

モリと杏子からしたら、貧乏で無知で愚かなおれなど地を這う虫けらのように見えるのかもしれない。その虫けらの前で足を開き、あられもない声をあげる杏子を見ると胸がすく思いがするのだ。それが歪(ゆが)んでいて偽りのものであっても、おれは束の間自尊心を取り戻す。再び酷い目にあわされるのではという恐怖もあるのだが、それでも勃起する自分の下半身にちょっとした誇りさえ感じるのだ。

だから仕事をサボって、慣れない高級ホテルに緊張を隠してやって来て、彼女に覆い被さった。だが事が終わって彼女がシャワーを浴びに行っている間に、取り戻したはずの自信が、みるみる目減りしていくのを感じた。おれがやってやったはずなのに、何故やられたような気分がするのだろう。

杏子がエステだかマッサージだかを予約する電話をはじめたので、ベッドの下に脱ぎ捨てた下着を探して穿いた。立ち上がると足の裏に絨毯の毛足がちくちくして不快だった。ソファに放ってあったシャツに手を伸ばしたそのとき、間近にそびえたつ観覧車に一斉にネオンが点灯してぎょっとした。ホテルと同じくらいの高さがありそうな観覧車の輪の中心から、打ち上げ花火のように光が放射線状に広がってゆく。

観覧車にはかつて百花と乗ったことがあった。まだ付き合いはじめて日が浅く、空中の箱にふたりきりで閉じ込められると何やら気恥ずかしかった。おれは高い場所が不得意なのでゴンドラが高度を上げていくとだんだん顔がこわばってしまい、それに気がついた百花がふざけて跳びはねゴンドラを揺らした。おれがマジギレして百花がべそをかいた。百花が黙り込むとキャンディーカラーの遊園地から楽しそうな歓声がした。なんという健全な付き合いだったのか。

「フェイシャル取れたー。六時半から一時間だから、ちょっと行ってくるね」

杏子は受話器を置くとバスローブを脱ぎ捨てた。上下揃いの小さくつるつるした下着を身につける。おれは今では彼女に恋愛感情など持っていないし、むしろ軽く憎んですらいるのに、ひとりで放っておかれるのかと思うとむっとした。

「そしたらおれは帰るわ」

「なんで？　泊まってくんじゃないの？　下のレストランでご飯食べようよ」

「いやまあ、おれ金ないし」

「なーに言ってんの。出させたことなんかないじゃない」

杏子は特に嫌みでもなさそうな口調で言って笑った。おれはシャツを羽織ってひとり掛けのソファに腰をおろし、オットマンに足を上げた。

おれは確かに彼女といて一銭も金を払ったことがない。というか払わせてもらったことがない。

最初に知り合った時は、年上で業界の関係者だからご馳走してくれるのかと思ったし、実際そうだった。あの頃飲み会には様々な人が交じっていた。杏子は誰が連れてきたのか、いつの間にか飲み会に現れるようになって、川崎君ってお笑いのセンスいいと思うよと言って近付いてきた。そしてゴングショーで見たネタについて、こういうふうに直したらよくなるよとアドバイスをくれた。試しに彼女の言うように直してみると驚くほど笑いが取れた。おれと相方は頼みこんでネタを見てもらうことにした。いやな顔ひとつせず杏子はネタを何度でも見てくれて、台詞から間合いに至るまで細かく案を出してくれた。彼女の言うように直すとゴングショーで勝ち進めるようになったし、事務所の人も面白くなったと褒めてくれた。毎晩のように杏子はおれや相方や仲間を飲みに連れて行ってくれて、おれ達は女神を得たような気になって舞い上がった。

ある日、相方のジョージが彼女の正体を噂で聞いたと興奮して言った。杏子の父親は在京キー局のゼネラルプロデューサーで、母親は元女優のエッセイストだという。ひとり娘の彼女はフリーでイベント企画やタレントの育成の仕事をしているらしい。彼女の仕事がいまひとつ曖昧(あいまい)だったが、とにかく有力なコネと後ろ盾ができたとおれ達はさらにうかれたのだった。

何をきっかけに杏子と寝るようになったのかはあまりよく覚えていない。いつものように稽古(けいこ)のあとで飲みに行って、たまたま相方や他の仲間が先に帰ってしまい彼女とふたりきりになった。いや、たまたまではなく、杏子がおれとふたりきりになろうとしてうまく人払いしたのかもしれない。深酒をして、誘われて事に至った。

彼女にしてみれば大したことではなかったのだろう。あとから知ったのだが、杏子はタレント志望の若い男と寝るのを趣味にしているような女だった。だがそんなこともわからなかったおれには杏子と寝たことは事件だった。年上で金持ちで、芸能界に大きなコネのある女と寝た。しかもその女はおれの才能を買ってくれている。勘違いしないでいるほうが無理だった。おれは、ゴールデンタイムのバラエティー番組でMCをすることすら実現可能なことに思えた。舞い上がり極度に勘違いしたおれに、杏子はほどなく冷たくなった。

おれは彼女の恋人になったつもりだったので（相方には内緒にしてほしいと杏子に頼まれたから黙っていた）、どこへ行って何を飲み食いしても杏子が金を払うのが心苦しくなった。たまにはおれにも払わせてくれと言うと、「魔法のカードがあるからいいの」と彼女は黒いクレジットカードをひらひらさせた。それは父親の家族カードだった。彼女が一度酔っぱらって言っていたのだが、父親は女遊びがひどく、それを妻と娘に黙認させるために家族カードを渡しているのだという。しかしそれは彼女のほうの事情であって、デート代まで父親のカードを切られるおれは地味に傷ついていた。

しかしそんなことは、一対一できちんと付き合っている男女の理屈である。杏子にとっておれはやりたい時にやれる、取り巻きの便利な男のひとりに過ぎなかった。まさか女にも「やりたい時に便利にやりたい」という種類の性欲があるだなんて知らなかったのだ。おれがふたりきりになりたいとしつこく彼女に迫るようになると、杏子は面倒臭くなったのだろう。それでモリを呼んだのだった。

モリは大勢の宴会にたまに交ざっていて、イベント関係のプロモーターだと思っていた。顔は知っていたが、まさか杏子と付き合っているとは全然気が付かなかった。

なかなか会ってくれなくなった杏子に久しぶりに呼ばれ、犬みたいに尻尾（しっぽ）を振って彼女の部屋に行った。ベッドになだれ込んでお互い下着を脱ぎすて、腰にぐっと力を入れたとき、おれは突然後ろから誰かに体を引っぺがされた。ものすごい力ですっ飛ばされ、フルチンのまま壁に激突した。何が起こったかわからないでいるおれの前に、モリがにやけて立っていた。

「俺の女になにしてるのかなあ」とモリは目の縁に冷たい笑いを湛えてそう言った。床から見上げる彼は三メートルくらいの巨人に見えた。美人局という古い単語が頭をかすめた。

恐怖のあまり言葉を失い杏子のほうを見ると、彼女はゆっくり顔をそむけた。シーツを胸元まで引き上げただ横を向いている。彼女がわざとモリを呼んだのだとおれは察した。

「それで川崎君、どうする?」

彼はジャンパーから万能ナイフを取り出して、パチンと開けた。

「そのだらんとした粗品をちょん切る? それとも謝る?」

零下二十度みたいなモリの目を見て、おれは殺されると思った。小便をもらさなかったのが不思議なくらいだ。気が付いたらフルチンのまま這いつくばって謝っていた。すみませんでした、許してくださいと繰り返していると、再び首根っこを摑まれ、下着も服も鞄も返してもらえないままドアの外に叩き出された。気が動転した。「せめてパンツだけでも」とドアを叩いて頼んだが返事はなかった。耳を澄ますと杏子の喘ぎ声が聞こえはじめて、おれは崩れるようにしてその場にうずくまった。膝と足首にごりごりとコンクリートの感触がし、縮みあがった自分の性器を茫然と見た。

どのくらいそこにいたか思い出せないが、おれは素っ裸のままマンションの階段を下りた。無自覚に涙がだらだら流れていた。どうせなら通報されて逮捕されようと思って道を歩き出した時、隣のアパートの軒先に洗濯物のジャージがぶらさがっているのを見つけて、

「神よ」とつぶやき拝借したのだった。

その時の羞恥と絶望があまりにも強烈で、ずっとそのことを思い出さないよう蓋をして生きてきた。けれどもおれは、久しぶりにそのことをしみじみ思い出した。

他人の古びたジャージだけ穿いて裸足でアスファルトの道を歩き、涙と鼻水を流れるままにしながら、今起きた出来事を仲間に面白おかしく語らねばと考えた。けれど、おれはどうしてもそのことを笑い話にできなかった。

杏子と同時進行でつきあっていた百花が結婚をほのめかしていたこともあったのだが、おれが芸人の道を諦めた本当の理由はあれだったのだ。干からびて縮こまった自分の性器をどうしても笑えなかった。杏子とモリのいる業界で、どんな笑いをやっても無駄な気がした。

インポになるかと思ってしばらく性的に興奮することさえ恐かった。しかし何も知らない百花は優しく、おれを脅かしたりはしなかったので抱くことができた。心から彼女に感謝した。百花のいる堅気の世界はふかふかな布団のように思えた。相方のジョージには、モリに踏み込まれたことまでは言えなかったが、杏子と体の関係を持って、こじれて駄目になったことは話した。彼は激怒した。それはそうだ。もし杏子とうまい距離を取っていい関係を築いていれば、お笑いの世界でやっていける可能性があったのに、おれが台無しにしたのだ。

そんなことがあったのに、おれはなんでまだ杏子やモリと関わろうとしているのか、自分でもよくわからなかった。

　杏子はニットのすとんとしたワンピースを頭からかむって首を出し、髪を後ろに手で払った。

「背中、すごいぼつぼつができてたよ。蕁麻疹？」

「え、そう？」

「ストレスもあるんじゃない。忙しかったんでしょ」

「……まあ、さすがに店がオープンするまではちょっと」

　ふうん、と彼女は口をとがらす。

「それにしてもさー、二月に飲食店を開店させるなんて珍しいよね。モリ君何考えてるんだろうね」

　黒いタイツをくるくる穿きながら彼女は言った。

「二月はとにかくどんな店もお客が入らない月なんだよね。年末年始を乗り切ったあとに、売り上げががくっときて潰れる店も多いのにさ」

　彼女の口調がざらついていて、おれは顔を上げた。杏子がモリのすることについて批判的な口調になるのを聞くのは初めてかもしれなかった。

「よっぽど自信があるか、それともまったくやる気がないかどっちかなんだろうね」

　独り言のように杏子は言った。おれは怪訝な思いで身仕度をする杏子を眺めた。

杏子の言う通り、なぎさカフェの客の入りは芳しくなかった。

開店から数日は菫やモリの知り合いがわざわざ東京からやって来たりもしたが、二週間もたつとそれも途絶え、コーヒー百円券を持って現れる新規の客もほとんどいなくなった。

なぎさカフェの営業時間は、今のところ午前十一時から夜九時までとなっている。おれの勤務時間は午後二時から閉店後の片づけが終わるまでで、それが週に五日だ。客がぽつぽつとしか来ないので忙しい時間は特になく、ブラック企業時代から比べればこんなに楽して金をもらっていいのかと思うくらいだった。

開店からランチタイムにかけては冬乃とアルバイトの女の子でまわし、ランチが一段落するとおれが出勤して冬乃が一旦家に休憩しに帰る。夕方再び冬乃が出勤してくると女の子が帰り、閉店までは冬乃とおれのふたりになる。菫はおれや女の子が休みの時と、あとは適当に顔を出すという感じだ。モリは時々ふらりと現れてすぐにどこかへ消えていく。

開店準備の時はあれこれ創意工夫があったように思ったが、オープンしてみればなぎさカフェはごく平凡なカフェだった。菫がもともと持っていたという革張りの大きなソファと、モリが持ち込んだアンティークらしい磁器のランプシェードがお洒落カフェっぽさをかもし出してはいたが、それ以外はありきたりで垢抜けない感じがした。ドリンク類とスイーツはフランチャイズ元からのお仕着せなのでそうそう凝りようもないし、フードもまずいわけではないがいまひとつぱっとしない。スープセットとミニ丼に冬乃作の日替わり惣菜が付くのだが、弁当箱に入っていた時はおいしそうに見えたのに、カフェのテーブルに並べられるとどこかもっさりしていた。

アルコールは今のところビールしかない。近いうちにワインも入れる予定だと菫は言っていたが、冬乃は「カフェなのにワイン置くの?」と眉をひそめていた。どうやら姉妹の間でカフェというものの認識に大きなずれがあるようだ。菫にとってカフェというのは何かつまんでちょっと飲むところであり、冬乃にとってカフェとは食べるものもある喫茶店くらいの感じらしかった。そんな根本的なところが食い違ったままだったのかとおれは内心呆れた。

杏子の、モリ君はよっぽど自信があるかまったくやる気がないかどっちかなんだろうねという台詞が蘇る。横須賀の地下の店での彼は自信満々な様子だったが、この店がこれから流行りだすとはおれには想像しづらかった。

午後の遅い時間に客が途絶え、おれはレジ横に置いてあるスツールに腰かけてぼんやりと外を眺めた。まだ四時を回ったばかりなのに、もう夕闇の気配が漂っている。若い女が店の前を横切ると、百花ではないかと思って性懲りもなくどきりとした。

今日はすぐそこにあるスポーツクラブが休館日なので、店の前を行き来する人もあまりいない。暇だった。客が来たら来たでだるいのだが、それにしても暇だった。ブラック企業にいたときは時間がなくて泣きそうだったのに、人間は贅沢にできていて暇なら暇でまたそれがつらくなる。

おれは大きなあくびをしたあと、ひとしきりセーターに手をつっこんで背中を掻いた。

携帯を取り出してSNSを見たり、ゲーム画面を開いたりするが時間がなかなか流れない。

　バイトの女の子が「寒いから何か飲みませんか」と話しかけてきた。ふたりいるアルバイトは交代でシフトに入っていて、今日は結婚しているほうの子だ。おれより少し年上で、でももう結婚して四年くらいたつという。子供がいないせいなのか人妻には全然見えない。髪を頭のてっぺんでくるりとお団子にし、ジーンズを足首の上までロールアップして穿いている。おれは彼女を密かに主婦女子と呼んでいた。

　カウンターの中に入って従業員用に置いてある、安売りの紅茶のティーバッグにお湯を注いだ。作業台に並んでよりかかり、ティーバッグの紐が垂れ下がったままのカップに口をつけた。

「この店、大丈夫なんですかねー」

　主婦女子が語尾を伸ばして言う。

「さあねえ。まだ開店したばっかりだし」

「まあ、私は小遣い稼ぎの主婦だからいいけど」

「まあ、おれも小遣い稼ぎのニートだからいいけど」

　彼女は両手でカップを持ったまま小さく笑った。

「雑誌に載ったら少しは若い人もくるかなあ」

　開店直前にモリのコネで女性誌の取材があったのだが、雑誌にちょっと載ったくらいで客が押し寄せるとは考えにくかった。

「まあなあ。客、年寄りばっかだもんな」

「今は年金もらってる世代のほうが、お金も時間も余裕あるのかもね。それに冬乃さん、お年寄りに友達多いし」

「あー、なんかあれだろ。所ジョージが老けたみたいな」

「そうそう。あの人のお仲間が結構くるんですよね」

冬乃の知り合いだというひょろっとした老人は、何の集まりなのかたまに五、六人でやって来て何事か打ち合わせをしたり、世間話をしたりしている。この前はその仲間がまた仲間を連れてきてお互い挨拶(あいさつ)をして盛り上がり、老人の集会場のような様相を呈していた。

「川崎さんってどこに住んでるんですか？」

彼女は急に話題を変えてきた。

「屛風浦」

「結構遠くから来てるんですね。私は浦賀」

「へえ、近くていいね」

「実家なんですか？」

「そう」

「お酒とか飲むんですか？」

なんで質問攻めなんだ。おれは首を傾げながら答えた。

「最近はあんまり飲んでないかな。仕事終わったら帰るだけだし」

「川崎さんって前は何してたんですか？」

　おれは答えようとして息を吸い、三秒ほど固まった。ちょっと前までおれは「お笑いをやっていて挫折しました」と言ってきたが、それはもう違うような気がした。中学時代の部活くらいに遠い出来事に思えた。

「勤めてた会社がブラック企業でさ。このままじゃ殺されると思って辞めたんだ」

「そうなんですかー、辞めれてよかったですね。私も最初に就職した会社がブラックっぽくて大変だったんですよ」

「そうなんだ」

「その時に体調も崩したし精神的にもちょっとやばくなっちゃって。好きでもない仕事に自分の時間全部取られて、少ない睡眠時間でふらふらになって生きてるのが本当に馬鹿馬鹿しくなって、それより楽させてくれる夫を見つける努力のほうがよっぽど建設的だと思って婚活頑張ったんですよ」

　なるほど婚活か。おれはまた納得して頷いた。おれだって女だったら婚活するな。

「川崎さん、今付き合ってる女の子、いるんですか？」

　彼女の睫毛ぱっちりの両目を覗き込む。なんだおれ、狙われてるのか。

「いや、彼女とはこの前別れたばっかりで」

「そうなんだー。淋しいですね」

　簡単に言われておれはむっとする。淋しいとか、そんな一言で簡単に言い表せる状態じ

「別に結婚してるからって飲みに行っちゃいけない掟があるわけじゃないもん。旦那さんだって毎日遅いし」

言葉尻に不満が滲んでいるのが気になったが、悪い気はしなかった。普通の女の子とちゃんと恋愛するのはもう億劫だが、退屈を持て余している若妻ならちょっとくらい手を出してもいいかもしれないと、セーター越しにかすかに触れ合った肘を意識しながらおれは思った。

何しろ暇すぎる。このくらいの楽しいことでもなければやっていられない。

その時、冬乃が店のドアを開けて「お疲れさま、寒いね」と言いながら入ってきた。おれ達はぱっと離れた。

「人妻が夜に出歩いていいんですか」

湿度を含んだ声で主婦女子は言った。

「じゃあ今度飲みに行きましょうよ」

やねえよと言い返したくなった。

11

店は意外にも自分に向いていた。

妹の菫が久里浜に来て突然カフェをやると言い出し、波に飲まれるようにしてここまできてみて私はそのことに気がついた。考えてみれば実家は町の電器店で、お客が来るのを待つのが日常だった。なのに自分が店をやるという発想を持ったことがなかった。

なぎさカフェ開店の初日、見知らぬお客さんに向かって「いらっしゃいませ」と恐る恐る声をかけたとき、私は不思議な感慨を持った。懐かしい台詞だった。嬉しいような少しやるせないような複雑な感じがした。それは久しぶりに乗った自転車のようでもあった。最初は緊張してもどんどん体が思い出していって、すぐに長年のブランクが埋まった。

いま私は夜眠るためと、ランチが終わったあとの休憩時間に家事をこなすため一旦家に戻っているが、店の二階が自宅だったらいいのにと最近思いはじめていた。二階には小さな台所と風呂のついた和室があって、備品や荷物を置くためにそこも借りてある。菫かモリが寝泊まりするのかと思っていたがそんな様子はないようだ。

古くて狭いけれど、そこに佐々井君と住めたらいいのにと思う。でも私はそれを菫にも佐々井君にも言いだせなかった。どこから見てもそこはひとり暮らしに適した部屋だった。そこを見た佐々井君が「冬乃がひとりで住んだらいいだろう」と言いそうで恐かった。

店は三月に入って急速に売り上げを伸ばしていた。というのは、三月頭に発売になった女性向けの雑誌になぎさカフェが掲載されたからだ。

首都圏で働く女性をターゲットにした情報誌で、販売されているのは関東近郊だけだが、とにかく写真が美しくて、私もコンビニで最新号を見かければ手にとって眺めていた雑誌だ。

今回の号は「春の海辺へおでかけ特集」と銘打っていて、鎌倉や逗子や三浦半島などの店を特集していた。そこになぎさカフェが見開き二ページも誌面を割いてもらえたのだ。もちろんそれは店の力ではなくモリが出版社へ持ち込んだ企画で、撮影と取材は二月、なぎさカフェのオープンより前に行われた。

その雑誌ではイメージキャラクターとして同じモデルの女の子が、海辺や林の中で寛いだり店でお茶を飲んだりしている写真が巻頭の数ページを飾っている。今回なぎさカフェのページはその中に含まれていて、そのオーストリア人と日本人のハーフだという女の子と、試食会のとき、うちに来てギターを弾いてくれたミュージシャンの男の子が遠出のデートをしているという設定で撮影が行われた。

私はその男の子のことを駆け出しのミュージシャンだと思っていたのだが、私が知らないだけで、彼は若い女の子に人気のロックバンドの一員だった。そのバンドは今までほとんどテレビには出なかったらしいのだが、最近ボーカルの彼がテレビCMに起用され、バンド活動以外のモデル業や俳優業をはじめたそうだ。

私からしたら、架空の存在のように思える若者が、撮影といえども、自分の店に来て席につきお茶を飲んでいるのが本当に不思議だった。

一番寒さが厳しい時季なのに、テラス部分の扉を全部開け放っての撮影だった。我々もスタッフもみんなダウンコートを着て震えていたのに、モデルのふたりは春の薄い服一枚だった。なのに彼らはまったく不機嫌な顔を見せず、カメラマンの指示通り笑みを作っていた。ちょっとでも撮影に隙ができるとスタイリストが駆け寄って肩から毛布をかけ、マネージャーは何度も熱いお茶を手渡していた。

撮影のときあれほど寒かったのに、出来あがってきた雑誌には、春の日射しを受けて寛ぐ若いふたりの自然な姿があって、その場に居合わせたはずなのにとても驚いてしまった。

店が三割増しは広く、お洒落に写っていた。現実にその店の中にいるのに、雑誌の中の店が知らない場所に見えた。

菫の私物だった革のソファやモリが持ち込んだランプや、手書きの看板の写真が芸術的にレイアウトされている。何もかもが実際より素敵に写っていた。ページの端の方には、私と菫の写真もあって、オーナー姉妹というキャプションがついている。写真は困るとモリに言うと、店をやっているのに顔写真NGなんてありえないでしょ、と簡単に流された。

菫からも「小さいから大丈夫」と説得され断りきれなかった。

この写真のために私は菫から髪を切るように言い渡され、ボーダーのカットソーもエプロンも彼女が見つくろったものを身につけた。写真の私はいっぱしのお洒落カフェ店長のように見えた。昔から久里浜に住んでいて、もともとカフェをオープンさせるのが夢だったような顔をしている。

後ろめたいのと気恥ずかしいのが混ざった変な気分で、私は掲載誌を何度も見た。やらせと演出の境目がわからなかった。同じページに明らかに久里浜のものではなさそうな白っぽい海岸の写真があって、まるで店の目の前が海のような錯覚を起こしそうだ。こみあげる違和感と困惑に蓋をして、それを納得しようとした。

雑誌が店頭に並んだ翌日から、ぽつぽつと今までとは違ったタイプの客が来店するようになった。ほとんどが女の子のふたり連れで、あとはカップルと、ひとりで来る女の子もいた。みな一様に垢抜けていた。ふらりとサンダル履きで来ました、というふうに見せかけて実は全身選び抜いたものを身につけていた。菫は彼女達を「オシャレ木綿女子」と言って笑ったりした。そういう菫だってTシャツにジーンズで全身木綿だけれど、どれもお金がかかっていた。

一日に二、三組だったオシャレ木綿女子さん達が、週末になると十組くらい押し寄せてきて、私は雑誌の記事にもやもやした気持ちを抱いたことを、反省せざるを得なかった。

雑誌の記事はモリの企画だったから「モリが考えそうな胡散臭いこと」と正直思ってい

たが、売れている雑誌にあれほど大きく、実際より美しく取り上げてもらえたからこそお客がこれほど来るようになったのだ。

会計をするときに私は「どちらからいらしたんですか？」と何人かの木綿女子さんに聞いてみた。積極的にお客と関わろうという前向きな気持ちではなく、都心から離れていて、特に観光地でもない久里浜の小さな店に、彼女達がどうして来て、そしてどう思ったのか知りたくて知りたくて我慢できなかったのだ。


開店してしばらくは、三人もアルバイトを雇う必要はないのではと思うくらい暇だったが、今では人手が足りないくらいだった。四月になって次の号が出れば客足も落ちつくだろうからと、三人に無理を言って最初に組んだシフトより多く出てもらうことになった。

ランチタイムはお客が集中するので、調理の私とバイトの女の子ではどうしても手が足りず、川崎君と菫に交互に来てもらうことにしたのだが、ふたりともあまり役に立つとは言えなかった。川崎君はだらだらしているし、菫は頼んだ時間に来ないことも多かった。

その日も二時半近くになってやっとランチタイムのお客がいなくなり、川崎君とバイトの女の子に賄いを作ってカウンターの端で交互に食べてもらった。川崎君は食べるだけ食べると「休憩してきます」とどこかに出かけてしまった。

「お昼はパスタ、やっぱり出ますすね」

カウンターの隅でスープセットを食べ終えたバイトの朋絵（ともえ）ちゃんがそう言った。

「そうね。やっぱりカフェといえばパスタなんだね」

開店当初、食事はスープと丼だけだったのだが、毎日のように誰かしらから「パスタはないの?」と聞かれたのだ。菫と相談し今週からランチメニューに入れることにした。ソースまで手をかけられないので、味はいまひとつだがフランチャイズ元が卸してくれるトマトソースを使うことになった。パスタ自体は乾麺で保存がきくので問題ないが、ガスの口を大鍋がひとつ占領するし、混んでいる時間はお湯が沸くのが追いつかなくてお客を待たせてしまうこともある。何より自分の調理技術が未熟なので、いくら仕込みがしてあってもキッチンに私ひとりではきつく、パスタのオーダーが重なるとおたおたしてしまう。

「メニューに迷ってるお客さんには、スープがお勧めですって言ってるんですけどね」

「うん、ありがとう」

「いえ、本当においしいからですよ。パスタはどこでもやってるけど、冬乃さんのスープはここだけしかないんですから」

朋絵ちゃんはぐっと拳に力をこめてそう言った。

アルバイトの女の子ふたりは最初似ているタイプと思っていたが、一緒に働いてみればだいぶ性質が違った。

朋絵ちゃんはデザインの専門学校を卒業したところで、今はフリーターとなって店を手伝ってくれている。将来は自分で何か店をやりたいので、そのための資金作りと経験を積みたいのだそうだ。なぎさカフェだけではなくて、他にもバイトを並行してやっているという。

　もうひとりは有美ちゃんといって、朋絵ちゃんより年上で結婚している子だ。もうすぐ三十歳になるようにも主婦にも見えない綺麗な子だ。結婚しているといっても子供もいないし、やりがいのあることをしたいと言っていた。飲食店で働いた経験があって、給仕も接客も器用にこなす。

　最初は年長で経験のある有美ちゃんのほうが頼りになると思ったが、すぐにやる気のある朋絵ちゃんのほうが安心して仕事を任せられるとわかった。朋絵ちゃんは店を支えるスタッフの一員として働こうとしてくれているのに対し、有美ちゃんは店のメニューがどうであろうと、どんなお客が来店しようと人ごとだった。彼女はただ決められた時間に来て時給分だけ働くだけだった。このふたりが同じバイト代というのはどうなのだろうと思う反面、時給で働くバイトの子に、あまりあれこれ要求するのは酷だという気もした。

　だいたい自分だって、今まで正社員でもアルバイトでも、いくつかの会社に雇われて働いてきて、その企業がより良くなるよう興味を持って工夫を凝らしたことなどなかったように思う。ただお金をもらうために自分の時間を差し出していただけだ。

　そうやって割り切ろうとしても、私は有美ちゃんを厭う気持ちを拭えなかった。それはやはり、有美ちゃんと川崎君がどうやら親密に付き合いだしたような雰囲気があるからだった。実際に決定的な場面を見たわけではないが、彼らが粘り気のあるトーンで話しているのを耳にすると神経に障った。

私は川崎君と有美ちゃんと一緒に働くのが日に日に苦痛になっていた。ふたりとも最低限しなければならない仕事はしているのだが、隙あらば手を抜こうとしていることや、どこか投げやりな態度がちらちら見えて不愉快だった。川崎君が、あまり風呂に入っていないのか、体臭が気になる時があるのもいやだった。

躊躇なく彼らに注意すべきなのか、細かいことまでいちいち気にする自分が人を使う能力がないのかよくわからないし、どうしたらいいか判断できなかった。川崎君と有美ちゃんの勤務態度のことは菫には話してあるが、彼女は「まあ、もう少し様子を見てよ」と言うだけで具体的に方策を考えているようではなさそうだった。あの試食会で川崎君と久しぶりに会って、彼と働くのは気が進まないと菫に伝えた。その時も「まあそう言わないで様子を見てよ」と彼女は言ったのだった。

様子を見るってなんだろう、と私はちょっと考え込む。やんわり注意を言い渡すことも「様子を見る」ことに含まれているのだろうか。

しかし私がうじうじ思い悩んだところで、今は雑誌のおかげで店は忙しく、川崎君と有美ちゃんに辞められてしまったら営業に支障を来す。せめてもっと店を繁盛させて、やる気があって感じのいい人を新しく採用したい。

私がそんなふうに思っていることを知ってか知らずか、菫はお客が入りだしたことで機嫌がよかった。暇なときは私が厨房の隅に置いてあるパソコンで帳簿をつけたり仕入れの発注をしていたのだが、忙しくなってきたのでそれは菫が全部やっている。数字的にも店は順調なのだろうと思う。

　客層も若くなって、所さんや所さんの知り合いのお年寄りはあまり現れなくなった。

「客が年寄りばっかりじゃ客単価も回転率もよくなりようがないからさ」と菫は言った。確かにその通りだ。店が儲からなければ私の給料も出ないのだ。給料が出なければ食べていけない。私は自分にそう言い聞かせるしかなかった。


　店を閉めて片付けを終え、家に戻るのは十時半くらいになる。帰ってきたらそのまま倒れるようにして眠りこみたいのを堪えて浴槽に湯を溜める。シャワーで済まさず少しでも湯船に浸かると疲れの取れ方が全然違う。足のむくみや背中の張りをなるべく翌日に残さないようにしたかった。そのためにもう少しやりたいことがあっても日付が変わらないうちに眠ることにしている。

　菫と佐々井君は夜中にならないと帰ってこない。モリはずっと来なかったり毎日いたりムラがある。でも彼らの食事までもう作ったりはしていないので、それぞれ勝手に寝起きをして出掛けたり帰ってきたりで、ルームメイトのような感じになっていた。

　風呂から出て洗い髪をバスタオルでばさばさと拭いた。ドライヤーのプラグを洗面台のコンセントに繋ごうとして鏡の中の自分と目が合った。髪の短い自分にまだ慣れなくてぎょっとする。

「冬乃」

「わっ」

ふいに背後から呼ばれて、私はびっくりしてドライヤーを取り落としそうになった。後ろに背広姿の佐々井君がぬっと立っていた。

「ど、どうしたの」

「ただいま」

「……おかえりなさい。もしかして呼んでた?」

佐々井君は小さく頷(うなず)くと、暗い廊下をリビングの方へ消えていった。髪を乾かすのをやめてリビングへ行くと、彼は上着を脱いでソファに腰を下ろしていた。十二時前に帰ってくるのも珍しかったし、まっすぐ寝室へ着替えに行かないことも珍しかった。

「気がつかなくてごめんね。今日は早かったのね」

「鼻歌、歌ってたね」

「え? 私が?」

「うん。楽しそうだった」

佐々井君は無表情にそう言った。ばつが悪くて私は下を向く。もしかして嫌みだろうか。彼はソファにもたれて目を細めている。不機嫌なのかそうでないのかわからない。顔色がやや赤黒く見えた。少し飲んでいるようだった。

私と佐々井君はずっと気まずい状態が続いていたが、彼はあいかわらず激務のようだったし、私も店が忙しくなって面と向かい合うこともなく、何もかもが曖昧(あいまい)になっていた。

「お風呂入る？　まだお湯落としてないから。それともお茶でも飲む？　おなかすいてるなら何か作ろうか」

「じゃあお茶ください。俺ね、今月末で会社辞めることになった」

普通に言われて、彼の言ったことの意味がすぐにはわからなかった。

「え？」

「退職することになった」

パジャマ姿の私は風呂上がりの洗い髪のまま彼の前にただ突っ立っていた。びっくりして何を言っていいか言葉が出てこない。佐々井君は首を傾げ、何かを試すような顔をしてこちらを見ていた。

「退職って……会社を？」

「うん」

「そ、それは自分から辞めることにしたの？」

「そう。辞めるのを決めたのはこっちだけど、自己都合じゃなくて会社都合。うちの営業所が港北営業所に吸収合併されることになって退職者を募ったんだ。退職金二割増しで円満に辞められる」

そんな話をされると思っていなかったので、驚きと共に混乱が押し寄せてきた。私がいくら何を言っても聞く耳を持たない様子だったのに、急に辞めることにしただなんて。うまく考えがまとまらず、私はぎくしゃくとキッチンへ行って薬缶をガスにかけた。ほうじ茶の缶を出して湯のみを並べる。冷蔵庫の脇に貼ってあるカレンダーが目に入り、今月末まであと十日ほどしかないことに気が付いた。いくらなんでも昨日今日に決まった話ではないだろう。どうして言ってくれなかったのかと釈然としなかったが、同時に佐々井君がやっと激務から解放されるのだという実感が湧いてきた。

「よかったね。やっと辞められるんだね」

流しの前から振り返って、私は佐々井君に言った。彼はソファにもたれて天井を見上げたまま「辞める辞める」と歌うように答えた。

「よかった。でもどうして急に」

「急じゃないよ。去年、××信用金庫が破綻(はたん)しただろう。もうずいぶん前から危ないって噂だった。新聞にも散々書いてあったよ。うちの一番の取引先がそこで大きい借金をしてたから、立ち行かなくなるのはわかってた。年末には金策尽きて不渡りを出した。うちも金は回収できないし、大量に在庫抱えてどうしようもなくなった」

いやに饒舌(じょうぜつ)な感じで佐々井君は言った。

「うちの事務所のテナント更新が今月いっぱいだったから、この機会に本部は横須賀営業所を整理するだろうってうすうすみんなわかってた。港北営業所だけで神奈川県はカバーできるって、秋月にうちが干されてたときに明白になってたんだ。所長が粘っても無駄だったんだ」

何を言っているのか私にはよくわからなかったが、ずいぶん前からこうなると佐々井君は予測していたようだ。もっとわかるように説明してもらいたかったが、彼の目がどことなく据わっていることに気がついて背中がひやりとした。

「だから冬乃、弁当ももう作らないでいいから」

「え？」

「店のことで大変なのに、僕の食事まで気を遣わせてすまなかった。もう自分のことは自分でやれるから。今までありがとう」

言葉は感謝の衣をまとっていたけれど、トーンは意地悪かった。

「ちょっと待って、なにそれ」

何かの栓が音を立てて抜けるような感じがして、思わず尖った声がでた。

「そりゃ忙しかったけど、しぶしぶやってたわけじゃないよ。なんで急にそんなことを言うの。それに会社のこと、前からわかってたならなんでもっと早く言ってくれなかったの」

「なんでって、君は店のことで忙しかったじゃないか」

「忙しかったけど聞く耳くらいあるよ！」

確かに毎日忙しくて疲れていたけれど、でも佐々井君の方がもっと大変だろうと思って、だから私も頑張ってきたのに。ざっくり切りつけられたような気がした。

「私はずっと心配して、会社を辞めたほうがいいって言ってたじゃない」

「だから辞めることにしただろう。なに怒ってるんだよ」

佐々井君も、私が怒りだしたことが不可解で不愉快だという顔をした。

「相談くらいしてくれたって」

「じゃあ君は菫ちゃんと店をやること、僕に相談したか」

「それは」と言ったあと言葉が見つからなくて、私は床に目をやった。素足に履いたスリッパが汚れている。

「僕が冬乃のことを心配してないとでも思ったのか。菫ちゃんとふたりでこそこそして、事後承諾で。変な男まで家に連れ込んで」

「なにそれ。気に食わないなら気に食わないって言ったらよかったじゃない！」

気が付いたら大きな声を出していた。

「店のことは確かに相談しなくて悪かったけど、それだって相談できる雰囲気じゃなかったからだし、モリのことは気にしてないって顔してたよ！　私には佐々井君の考えてることが全然わからない！」

かーっと頭に血が上るのが自分でもわかったが、その逆に頭の隅で、あれ、なんで喧嘩になっちゃったんだっけ、と冷静な私が首を傾げていた。

佐々井君は体のどこかが痛そうな顔をした。そして低い声で「だいたい君らは」と言った。

その時、火にかけた薬缶が沸騰して甲高い音を上げた。ふたりして台所に目をやる。私より一拍早く佐々井君がソファから立ち上がってガスを止めに行った。乱暴に音をたてて火を止めると、彼はこちらを一瞥した。

「だいたい君と菫ちゃんは、雑誌に顔写真なんか載せてよかったのか」

私は目をみひらく。佐々井君には雑誌に載ったことを伝えていなかった。単純に喜んでくれるとは思えなかったのだ。

「雑誌見たの？」

「君は隠したつもりだろうけど、モリがそのへんに置きっぱなしにしてたからね」

なんで喧嘩になったんだろうと、再び思った。私は争いごとが嫌いで、こうやって夜遅い時間、玄関も窓もぴっちり閉まっている家の中で問い詰められるのが何よりも苦手だった。密室にいることをありありと感じて息苦しくなる。叫びだして逃げたくなる。

「両親に見つかってもいいのか」

さらに言われて私はうつむいたまま答えた。

「……関東でしか売ってないから」

「可能性の話をしてるんだ。都会の若い女の子しか読まないような雑誌をあのふたりが目にするとは思えないけど、可能性がないわけじゃない。もし何かで知ったら連絡してくるだろう。店を構えたらもう簡単には逃げることもできないんだぞ。それでもいいと思って雑誌に出たのか」

佐々井君の言う通りだった。私はどこかでばれてもいいと思っていた。親にどこで何をしているのか知られるのが恐くて、知られてまた争いになるのが恐くて、生まれた土地から離れて縮こまって暮らしていたけれど、それで一生を過ごすのはつらすぎた。私は根を張りたかった。

黙っている私に彼は重ねて言った。

「自分の居場所を宣伝してもいいなら、僕たちはなんで長野を出たんだろうね」

「だから！」

私は佐々井君の顔を正面から見て、拳（こぶし）をぎゅうっと握って言った。

「だから私は別れて下さいって言った。私の親なんだから私が面倒みる。佐々井君がうちの親のことで苦しむことない」

「その話は終わったことだから蒸し返すな」

「終わってない。佐々井君は私じゃない人と結婚して子供を作ったほうがいい！　私じゃない人と家庭を作って幸せに暮らしたらいい！」

あ、言ってはいけないことを言った、と言葉にしてしまってから私は自覚した。

みるみる佐々井君の顔が歪（ゆが）む。目が充血して頬が小さく痙攣（けいれん）している。夫の顔をこんな間近でじっと見たのは久しぶりだった。老けたなと場違いなことを思った。私だって老けたのだ。出会ったときは中学生だった。

「そんなふうに思ってたんだ」

違う、と言いたかった。本当はそんなことは思っていなかった。別れたいだなんて一度も思ったことがないし、自分でない女の人が佐々井君の子供を産んだりしたら私は死んでしまうと思った。

生乾きの髪と靴下をはきそこねた足首がしんしんと冷たくなってきた。風呂(ふろ)で温まって解消したはずの疲れが背中にずっしりのしかかってきた。立っていられなくなって私はよろよろと椅子に腰を下ろす。佐々井君は投げ出すように「もう寝る」と言って部屋を出て行った。

リビングでひとりになると、私はテーブルにつっぷした。拭(ぬぐ)っても拭っても涙が溢(あふ)れた。明日(あした)も仕事なのだから泣いている場合じゃなくてもう寝なくては、体を休めるのも仕事のうちだと自分に言い聞かせても、そこから動くことができなかった。涙と洟(はな)を拭うのにティッシュを一箱近く使ってやっと力なく立ち上がった。しかし佐々井君の眠る寝室のドアを開ける勇気が湧かず、和室で寝ようと襖(ふすま)を開けた。私はそのままそこで固まった。

和室の真ん中には既に布団が敷かれ、大蜥蜴(おおとかげ)のような男が横たわっていた。片腕を曲げて首を支えこちらを見上げている。電気を落とした部屋の中で目が白く光った。

「一緒に寝る？」

モリはそう言った。聞かれていたと思ったら強い怒りがこみ上げてきた。

「出て行って」

彼は少しも揺るがない感じで「わかるよ」と言った。

「何があなたにわかるの。菫の部屋へ行って！」

彼は目を細めてかすかに笑い、子供のように枕だけ抱えて和室を出て行った。彼の姿が消えると私はそこにうずくまった。

何をやっても後悔するタイプなのだろう私は。

喧嘩のあと、心底落ち込んでしまって、どうして佐々井君を怒らせるようなことを言ってしまったのかと果てしなくくよくよした。私達にはお互いしかいないのに、何故お互いを苦しめるようなことをしてしまったのだろう。

出勤する途中の交差点で立ち止まった時や、ランチの仕込みの最中に、唐突に目からははらはらと水滴がこぼれ出て顔を濡らした。お客がいるときはさすがに気が張って涙が出るということはなかったが、客足が途絶えて一息ついた瞬間に、紛れていたはずの悲しい気持ちがこみ上げてきて視界が滲んだ。

目と鼻を真っ赤にして働く私に、バイトの朋絵ちゃんは「大丈夫ですか？　何でも手伝いますから言ってください」と何度も心配して声をかけてくれた。川崎君は気味が悪そうにして露骨に私から目をそらしていた。

佐々井君と別れることは、結婚してから何度も何度も考えた。でもそれは「佐々井君のことを苦しめたくない」という理由からであって、「私自身が佐々井君と別れたい」ということではなかった。私の本心は、「彼を苦しめてでも一緒にいたい」だということが、この喧嘩ではっきりした。彼と夫婦でなくなるということを想像しただけで、この世の終わりのような気持ちになった。

つらくてつらくて、でも働かなくてはならなかった。

冷たくだらんと下がる両手になんとか力を入れて包丁を握り、必死で野菜を刻んだ。フライパンがいつもより重く感じて前のめりになるように料理をした。オーダーがたてこんで頭が真っ白になって、でも手足が自動的に動いた。

がたがたになっていた気持ちが立て直されて、店の仕事さえあれば、佐々井君を失っても生きていけるような気がした。実の妹がそばにいて、親身になってくれるバイトの子もいて、お客さんがいてくれるのであれば天涯孤独ではない。淋しさなど感じている時間はないくらい次から次へとやることはある。

そういうふうに思ったほんの五分後に、私は鍋を洗いながら手元に涙を落としていた。佐々井君を失ってまで、この仕事を続ける意味が本当にあるのだろうかと不安の大波が押し寄せた。

気持ちは大きく右に左に揺れ動いた。どうしたらいいのかわからなかった。失うものの大きさに私は立ちすくんで動けなかった。

その週の定休日、普段なら一週間分の家事をこなすのだが、家にいると激しく気が滅入ってきそうで私は店に向かった。普段掃除が行き届かないところを磨いたり、新しいメニューを考えたりしようと思ったのだが、いざ店に来てみると何もする気が起こらず、私は厨房の隅に座り込んだ。

吊り戸棚の上のほうの物を取る時に使う踏み台は、どうしても疲れた時にちょっと腰を下ろすのに使っている。椅子よりずっと低いのでそこに座ると客席から見えない高さになる。

店の中には誰もいないのに、私は隠れるようにそこに座っていた。狭い厨房は横に一歩しか移動できないサイズで、まるでコックピットのように必要な物のほとんどを手の届く範囲に配置してある。

最近目のまわりをこすりすぎて瞼がひりひりし、頬も涙のせいでひどく荒れていた。接客業なのだからこれ以上汚い顔になってはいけないと思うのに、ただ何もせず座っていると再びじくじくと涙が目から沁み出した。最近食欲もなく店の余り物くらいしか食べ物を口にしていない。掌を広げてみると変に白く、そして小刻みに震えていた。

まずいんじゃないか。こんなことでは仕事も家も両方駄目になって失ってしまうのではないか。

大きな不安が襲ってきて、私は自分の両腕を抱えた。

恐いと思った。未来どころか明日がくるのが恐かった。一旦そう思うと恐怖がどんどん増幅されて体全体が震えてきた。

作業台の下のところに、仕入れ業者の電話番号や勤務シフト表やいろいろなメモが貼ってあるのが目に入る。そこに所さんの名刺も貼ってあった。私はそれをじっと見た。

何度も所さんに相談してみようかと考えていたけれど、その度に、まさか赤の他人なのにこんなことを相談できないと思いとどまってきた。困ったことがあったら話くらい聞きますよ、と所さんは言ってくれたが、誰だってそのくらいの社交辞令は口にする。真に受けるわけにはいかないと私はうなだれた。

だんだん頭がフリーズしたような感じになってきて、私はポケットから携帯電話を取りだした。登録してある所さんの番号を探して、震える指で発信ボタンを押した。

「あー、冬乃さん、こんにちは」

魔法のように所さんの声がした。でも魔法じゃない。私が電話をかけたのだ。

「あ、あの、佐々井冬乃です」

「わかってるわかってる。登録してあるから。お元気ですか？　お店から？　最近行けなくてごめんなさいね」

「すみません、あの、急に電話して」

所さんはちょっと黙った。そして言った。

「あー泣いてるねえ」

どうしてわかるんだろう。見られているわけではないのに、慌てて目をこすった。

「今どこにいるの？　よかったらこれから家に来ませんか？」

所さんの家は久里浜駅の山側にあった。店にファックスされてきた手描きの地図を見ながら、目印となる神社を探して見慣れない道を歩いた。

彼の家は普通の住宅地にある、古い造りの一軒家だった。古いといっても私が生まれ育ったようなボロ屋ではなくて、手入れされながら長く使われている昔ながらの大きな家だった。屋根の瓦が西日につやつやして見えた。

でも一番驚いたのは、玄関脇の駐車スペースに建てられた木製の小さな店だった。街角で時折見かける宝くじを売っている小屋や、パチンコ屋の景品交換所を連想させるサイズで、〈手作りパンとお菓子・にらさき〉という手書きの看板と、緑と白のストライプの日よけが目を引いた。可愛らしい小さな店だった。

中学校の制服を着た男の子がふたり、カウンターに並べてあるパンを選んでいた。小屋の中に所さんの奥さんがいて、私に気がつき、男の子達の向こう側から「冬乃ちゃん」と手を挙げた。

「ここ、すぐわかった？」

「あ、はい」

「そこから入って。あの人中にいるから。私もすぐ行くから」

そう言って奥さんは背の低い門扉を指差した。意外な展開にまごつきながら門を開け、平たい庭石を踏んで玄関に向かった。きれいに刈り込まれた松の木やどうだんつつじに囲まれた芝生の庭。そこに面した長い縁側もあった。玄関は最近あまり見なくなった引き戸で、チャイムを押すと中から「鍵開いてるからどうぞー」と所さんの声がした。

廊下の先の部屋から所さんがひょこっと顔を出し「ごめんね、いまちょっと手が離せなくて。上がってきてください」と言った。おずおずと靴を脱いで上がり、部屋を覗きこむとそこは広い和室だった。真ん中の大きなテーブルで所さんが両手を粉で真っ白にして何か生地をこねていて、再び面食らった。

「ごめんなさいね、こんな状態で」

「……お取りこみ中でしたらおいとましますが」

「いやいや、冬乃さんに食べさせたくてうどん打ってるんだよ。その座布団に座ってね。お茶淹れてくるから」

両手の粉を落とそうと彼は手をぱんぱんと叩き、粉が盛大に舞った。これは奥さんに怒られないのだろうかと不安になった。

「あの、お茶はあとで結構です。それよりこれ、やってしまったほうがよくないですか」

「そう?」

「手伝いましょうか?」

「大丈夫、大丈夫。結構得意だから」

私は「はあ」と言って腰を下ろした。和室は布団が六組は余裕で敷けそうな広さで、障子の向こう側には廊下とさっき外から見た縁側があった。カーテンを開け放ったガラス窓はよく磨きこまれていて庭に咲く小さな花まで透明に見渡せた。

「落ち着かなくてすみませんね。うちでこのテーブルが一番大きくて。女房は狭い台所でもパン生地器用にこねるんだけど、僕はなかなかね」

麺棒を前後にごろごろ転がしながら彼は言った。得意だというわりにはぎこちない。生地が均等にのびなくて苦戦しているように見えた。手伝うと言っても遠慮されると思って私はこう言いなおした。

「あの、面白そうなので私もやってみたいです」

「え、そう？」

所さんはぱっと顔を輝かす。明らかに助かったと顔にかいてあって笑いそうになった。

手を洗わせてもらうため和室の奥の台所に通してもらうと出汁のいい匂いがした。食器棚には大量の皿や茶碗が見え、シンクの上には大鍋が並べてある。きっとお客さんも多いのだろう。家のサイズから比べると確かに台所は広くないが、大きなオーブンと、様々な道具が機能的に置いてあって使いやすそうになっていた。私は試食会の時に奥さんが焼いてくれたブラウニーを思い出した。どうりでおいしかったはずだ。あれは売り物なのだ。

庭先にあった可愛らしいお店と所さんのうどん打ちに驚いてしまって、自分がどうしてここへやって来たかよくわからなくなってきた。さっきまでこの世の終わりのような気持ちでいたのが遠い感じになった。

「おー、うまいね」

所さんと場所を替わって麵棒で生地をのばしはじめると、彼ははしゃいだ声を出した。

「実家にいた頃、家族で時々お蕎麦を打ったりしたんです」

「そっか、蕎麦王国だもんね」

「父が好きで。もちろんお店で食べる方がおいしいんですけど、家族でやるのが楽しくて」

「そうだよね。自分んちで作って出来たてを食べるのがなんでもうまいんだよ」

うどんの生地は蕎麦と違って真っ白でもっちりしていた。そういえば佐々井君にはこういうものを作ってあげたことがなかった。結婚したばかりの頃一度だけ餃子(ぎょうざ)を皮から作ったら「すっごいうまいな」と感激して山のように食べてくれたことを思い出した。

そのとたん、収まっていた悲しい気持ちが頭からざぶんと波を被(かぶ)るみたいに襲ってきて、私は息を呑(の)んだ。心臓が苦しくて目をぎゅっとつむった。

「まあ、この人は部屋中粉だらけにして。しかもお客さんにやらせて」

そう言いながら奥さんが入ってきた。所さんは悪戯(いたずら)が見つかった小学生のように首をすくめた。

ふたりの様子が微笑ましくて笑おうとしたが、意思に反して傷口から血が止まらないみたいにまた涙をこぼしてしまった。慌てて拭(ぬぐ)う。手が粉だらけだったことも忘れていた。所さんはためらわずに近寄ってきて、やはり粉で真っ白な手で私の頭を撫(な)でた。それをまた奥さんが「あーふたりとも粉だらけで」と叱って、私は泣きながらちょっと笑った。

こういう人達の間に、なんで私は生まれてこなかったのだろう。

いや違う。私が子供の時、うちの家の中にもこんなふうにくつろいだ時間がいっぱいあった。その時間がなければ私はこんなに苦しまなくて済んだのかもしれない。最初から最低な家で最低な家族だったら、これほど傷つかずに済んだかもしれない。

奥さんはしゃくりあげる私の粉だらけの手を、濡れた布巾で子供にするように拭いてくれた。そして私の手をひいて隣の和室の隅に座らせると、押し入れを開けてするすると布団を出し、あっという間にそれを敷いた。

「ちょっと横になりなさい。疲れてるんでしょう。顔色悪いわよ」

「でも」

「お布団の中で泣いていいから。落ち着いたらおうどん食べましょう」

そんなことを言われるとは思っていなかった。「泣かないで」と慰められたことはあっても、泣いていいと言われたことはなかった。

私は人の家の布団にくるまり、一緒に出してもらったタオルに顔を埋めてひとしきり泣いた。いい大人がみっともない。そう思いながらも祖母の家に泊まりに行った、小さい子供の頃のことを思い出して涙が少しだけ甘やかになった。

泣きながら私は少し眠ってしまったようで、いりこ出汁の匂いで目を覚ました。窓の外はすっかり日が落ちている。恥ずかしくておずおずと襖をあけると、ちょうど三人分の丼がテーブルに並んだところだった。どこかからニュースを読む声がする。ラジオがかかっているようだ。

どう振る舞ったらいいかわからなくて伏し目がちに食卓について、所さんと奥さんと三人でうどんを頂いた。びっくりするほどおいしかった。人が作ってくれたものを食べるのはずいぶんと久しぶりだった。そう言うと彼らは顔を見合わせて笑った。

「この人がパンの粉を買ってる業者さんがね、たまにサービスでいいうどん粉を分けてくれるんだよ」

所さんと奥さんはお互いを、あの人はこの人は、という呼び方をした。

「あのお庭のパン屋さんはいつからやっているんですか？」

「十年くらいかしら。おばあちゃんが亡くなった翌年だったから」

「あの小屋ね、僕が作ったんだよ。ホームセンターで木材を買ってきて」

「最初、雨漏りがしてパンが全部濡れちゃって。あと夏は暑くてあの中入っていられないの。だから真夏はお休み」

ゆっくりとそんな話をしながら三人でうどんをすすった。

パンとお菓子作りはずっとやってみたかったけれど、この人が定年になるまでは趣味にかまけるわけにもいかなかったしね、と奥さんは笑った。所さんもそれをにこにこして聞いている。おばあちゃんの世話もあったし、娘のこともあったし。

私は大泣きしたあとの、頭の中身がじーんと痺れるような、心地よい倦怠を感じながら彼らの話を聞いていた。

この家にはこの家の、外からは計り知れない苦しみがあったのだろう。それは過去のことではなくて現在進行形なのだろう。私はぼんやりとそう思った。

「あなたを苦しめているものはどんなことなの？」

所さんが目を細めて私に聞いた。

ひどい夫婦喧嘩をしてしまって、と言おうとして、口をつぐんだ。私を苦しめているのは佐々井君だろうか。

「私の両親は」

息を吸う。吐く。佐々井君と菫にも言ったことがない、鍵付きの日記にも書いたことのない本心が溢れだす。

「私の両親は、自分のものと人のものの区別がつかない、あさましい人間なんです」

部屋の空気が張り詰めた。低く流れるラジオの音さえ硬くなった気がした。

「でも家族だから。私の家族だから」

もう涙は出なかった。でもこめかみがきーんと痛んだ。

＊

急にサウナに入りたくなって、俺は菫を誘って観音崎にあるホテルのスパへ来た。ホテル自体はだいぶ年季が入っているようだが併設のスパは真新しく贅沢な作りだった。露天風呂はもちろんのこと、ジェットバスや室内の大浴場からも目前に海が見渡せ開放感に溢れている。ロッカーや休憩用のソファも高級リゾート並みだ。

ホテルの前には洒落(しゃれ)た作りの美術館とレストランもあった。久里浜から車で十分ほどの距離にあるが、俺が厄介になっている質素で堅実な佐々井夫妻はきっとこんなところへは来ないに違いない。

日本の風呂は本当にいい。広々した温泉や健康ランドに入れなくなることを考えると、若い頃に勢いで刺青(いれずみ)など入れなくてよかったと思う。外国にも高級なスパはあるが、昼飯を食うくらいの値段でここまで充実した風呂に入ることができる国はないだろう。

高温サウナのベンチの上段に座って、額から顎(あご)へ汗が次々と流れていくのを感じながら、俺は「でも」と思った。

「そろそろ飽きたな」

思ったことがつい口からこぼれ出ていたようだ。下段にちんまり座っていたじいさんが、振り返ってこちらを見た。

「何に飽きたんだね？」

「あ、すみません、うるさくして」

じいさんが聞いてくる。

「独り言くらい別にうるさかないよ。仕事にでも飽きたかね？」

妙に人懐こい。でもそういうのが俺は嫌いじゃない。

「いえ、仕事は楽しいです。仕事と思ってないんで」

「へえ。それはいいね。どんなお仕事？」

「大雑把にいうとフィービジネスですね」

背中を向けたまま彼はちょっと黙った。薄い白髪の後頭部を眺める。どこかで見たことがあるようなじいさんだなとふいに思った。誰かタレントに似ているのか。

「それは手数料商売のこと？」

「ま、そうです。物とか情報を右から左にね。リアルビジネスは儲かりませんから」

そう答えるとじいさんは興味を失ったのか、肩をすくめて立ち上がった。タオルで前をおさえ、肉の落ちた尻をこちらに向けてサウナを出て行った。

ひとりになって俺は気楽になり、両腕を首の後ろに回して裸のまま横になった。ひのきの香りが鼻をくすぐる。

サウナに入りたくなったのは、フィンランドのことをふいに思い出したからだ。家は持っていないが俺は江東区の埋め立て地に倉庫をひとつ借りていて、今朝管理を頼んでいる男から、北欧で仕入れた物の在庫が捌けたと連絡があった。

ここ数年俺は北欧を回って古い家具や雑貨を買いつけていた。北欧アンティーク家具と謳ってネットショップに出すと、ただのボロでも面白いように売れた。デンマークやスウェーデンは大手の業者の手が入っていて俺のような個人では粗悪品でさえ手に入らなかったのだが、フィンランドに足を延ばした時、夏小屋と呼ばれるフィンランド人の別荘に行く機会があって、そこで使われていた古い家具や雑貨を一気に集めたのがうまくいった。

フィンランドの夏小屋は素朴なものがほとんどで、日本人が想像する金持ちの別荘とは趣が違った。森の中の湖畔なんかにひっそりと建っている。サウナ好きのフィンランド人は夏の休暇だけを過ごす小屋にもサウナを付けていた。日本の甘っちょろい温度のそれと違って、肌が焦げるような高温だ。そこで死ぬほど汗をかいて、耐えきれなくなったら小屋から飛び出て、桟橋から湖にぽちゃんと浸(つ)かる。夏の森は緑と酸素が膨張して体が空中に浮きそうなほどだ。狭い平地にぎゅうぎゅうに寄り集まってコンクリートとアスファルトに守られて暮らす日本の都市生活からは考えられない環境だった。

　フィンランドにいた時も、俺はある家庭に居候していた。若夫婦と小さい子供がふたり。近所には彼らの親も住んでいた。飾り気のない善い人達で、余所者(よそもの)の俺にずいぶんと親切にしてくれて、バカンスまで一緒に連れて行ってくれた。若夫婦の友人の女の子とデートを繰り返すようになり、本人と若夫婦とその両親全員から、結婚してフィンランドに住めばいいのにと匂わされた。そしてその頃にはものめずらしかった家庭のサウナにも飽きてきて、日本のたっぷり湯を張った浴槽が恋しくなっていた。

　俺は飽きることを恐れない。興味と飽きはセットになっている。そういうことを意識している人間は世界中探してもあまりいないということに気が付いた時、俺はずいぶんと驚いた。何か物事を始めたらそこにはいつか必ず終わりがやってくるのに。人間の感情は地球の自転と共に刻一刻と形を変えるのに。

　まあそうは言っても、自分の中に「飽き」の感情が芽生えるのは気分のいいものじゃない。気が付かなかったことにしてスルーしたいのはわかる。それは風邪の引きばなにちょっと似ている。喉がいがらっぽいかなと思った時はもう大抵風邪を引いているのに、認めたくなくて人は風邪をこじらすのだ。しかし風邪と違って飽きは気を付けたところで回避できない。

昨日、居候している家の和室で寝ていたら、夫婦喧嘩を聞いてしまった。世界中どこにでも蔓延っていそうな言い争いだなと寝がえりを打ち、聞くともなしに聞いているうちに俺はなんだか不思議な気持ちになった。こいつらは延々と同じことでぐしゃぐしゃ悩んでいるようだ。飽きないのかな、と俺は思った。それともとっくに飽きてはいても、飽きるという感情に耐えていく力があるのだろうか。それってすごくないか、と俺は珍しく感心したのだった。

冬乃に見つかって和室を追い出され菫の部屋に退散すると、昨日までは何も感じなかったのに急に部屋がごたついて見えた。菫が姉夫婦から貸してもらっている小さな部屋は、俺が転がり込んだ当初に比べていつの間にかずいぶんと荷物が増えていた。仕事の資料や書類、細々した文房具や買い足した服や下着が部屋の隅に積み上げてある。

俺はそのへんにあった大きい紙袋に、よく見もせず服から何から目についた物を放りこんだ。冬乃がついでだと言って洗濯し、きちんと畳んでくれた靴下なんかも放りこむ。起きたらまとめて捨てるつもりだった。

物を増やさないコツは、部屋を持たないことだ。買わないし借りない。俺は二十代前半にそのことに気が付いて、それからずっと人の家を転々としている。

荷物が増えるのがなんでこんなに辛抱ならないのか自分でも不思議なのだが、部屋を借りればカーテンや家電を揃えなくてはならないような気がしてしまい、部屋の体裁が整うとテーブルを置き食器を買い、毎日そこに帰って来て電灯を点けたり消したりして生きていかなくてはならない気がしてしまう。いつの間にか物が堆積して、感情も沈澱する。そういうことが俺はたまらなかった。それで部屋を借りるのをやめた。飽きたものはみんな袋に入れて捨て、必要なものはその都度調達すればよい。

サウナの熱気でだんだん呼吸が苦しくなってきた。全身の毛穴から汗が玉となって転がり出る。俺は愉快になってきた。汗と共に鬱陶しい飽きの感情も絞り出せそうだ。

風呂を出るとロビーのソファで菫がぼんやりと俺を待っていた。長い足を折りたたんで膝を抱えている。適当に乾かしたらしい髪がふわふわ横顔を包んでいた。俺はもっとフェミニンな女が好みなのだが、菫の拗ねた男子高校生みたいな容姿が俺は何故か好きだった。性欲とはちょっと違う。俺には兄弟姉妹はいないが年の離れた弟がいたらこんな感じかもしれないなと思った。

プールを見に行こうと菫が言うので、スパの建物を出て海沿いの岩場に沿って歩き、ホテルの敷地に入った。

低層で海岸沿いに延びるホテルの前庭に、小さいけれど美しい楕円形のプールがあった。ストライプのパラソルとパームツリーに囲まれた青いプールの向こうには東京湾が広がり、巨大なタンカーが悠々と横切って行く。空はかすかに茜色が差して、それが水面に映って揺れている。

「おお、きれいだなあ」

俺はデッキチェアに腰を下ろし、煙草を出して火を点けた。サウナで火照った体に海から吹いてくる風が心地よかった。菫はモッズコートのポケットに両手を入れたまま、芝生との境界になっているブロックの上を行ったり来たりしながら沖を見ていた。

「なあ、お前の親ってなんかおかしいの？」

ゆらゆら揺れていた菫の細い背中が止まり、首だけこちらに捻って俺を見た。

「なんでそんなこと聞くの？」

「佐々井夫妻が喧嘩してんの聞いちゃってさ。なんか問題でもあんの？」

「そんなことに興味をもつなんて珍しいね」

「言いたくないなら言うことないよ」

菫はブロックから降り、ゆっくりと俺のところまで歩いて来た。長めの前髪をすかし柴犬みたいな目がこちらを見ている。

「貧乏で生活保護を受けてる」

「ふうん」

「その上、娘に金をたかってる」

「それでねえちゃん夫妻は逃げ回ってるのか？」

菫は質問には答えず、隣のデッキチェアに腰を下ろした。首を傾げて俺の顔をしみじみ見たかと思うと「あんた太ったね」と急に言った。

「そうかな。日本は食いもんがうまいから」

「食い物なんかなんでもいいくせに」

そう嫌みでもない口調で菫は言う。俺は笑ってテーブルの上にあった灰皿で煙草を消した。そのまま右手をのばして素早く菫の腕をつかんだ。咄嗟に引っ込めようとした彼女の腕を左手で捕まえ、コートと下のシャツごと袖口をたくしあげる。

「火傷の痕、薄くなったな」

突然腕をまくられて、菫は不愉快そうに俺の手を振りほどいた。去年、俺が留守にしている間に菫は自分の部屋でボヤを出した。知らずに深夜帰ってきた俺は消火器の泡でぐちゃぐちゃになった部屋を見て驚いた。夕飯に揚げ物をしていて、目を離した隙に火が上がったと病院で菫は言っていたが、違和感を覚えた。菫はひとりの時は料理なんかしなかった。誰か客が来たに違いない。けれど何があったか言いたがらない。俺はなんとなく杏子が乗り込んできて暴れたのかもしれないと思っていたが、もしかしたらと急に思った。

「この火傷はお前の親のせいか？」

菫は冷たく俺を見る。

「なに言ってんの」

「どうして急にねえちゃんの家なんか行く気になったんだ？　なんで久里浜なんかで店を

やろうって思いついたんだ？」

「どうしたの。今日は私に興味があるんだね」

「どうしてだろうな」

興味が湧くと楽しい気持ちになる。俺は笑った。菫は俺が人の事情なんかどうでもいいことを知っている。きっと自分も人に対してどうでもいいと思いたいのだろう。菫は薄く、自嘲気味に笑ってプールの方へ目をやった。

「お金を失くしたかったからかな。漫画文庫が出ることになって、まとまったお金が入るんだなって思ったら重苦しい気持ちになってさ。人が聞いたら呆れるだろうけど、お金持ってると、なんていうか、罪悪感がすごくて」

「罪悪感？　親にか？」

「馬鹿馬鹿しいのは頭ではわかってる。でも預金があれば親に回さないでいることに罪悪感が湧くんだよ。でも渡したら渡したで自己嫌悪になるし。元手にして何かした方がマシかと思ったんだ。失敗して一文なしになったら、食うためにまともに働く気にもなるだろうし」

質問に答えているような答えていないようなことを菫は言った。

「残念だな成功して」

俺は立ち上がる。

「だがお前は経営に向いてない。まだ漫画の方がセンスがあったな。でも儲かってもたかられるだけだからやめたのか？」

　彼女は俺を無表情で見上げる。乾燥した頬がかすかに強張っていた。冷たい風が菫のコートの襟についたファーを揺らす。

「フランチャイズ元が店を欲しがってるよ。いい値段で売れそうだから売ったらいい。持ってたって俺がいなくなりゃ駄目になる。それとも駄目になるまで続けるか。望み通り一文なしになるか」

「やっぱりいなくなるんだね」

　菫はぽつんと言った。

「お前もいなくなれ」

「え？」

「興味を持ち続けるから罪悪感に縛られるんだ。同じ悩みにそろそろ飽きろ。人生の登場人物を変えるんだ」

　菫は乾いた唇をかすかに開き、呆けたような顔をした。

12

夜中のタクシーの後部座席、隣で女が泣いている。酒臭い息で「家になんか帰らない」と繰り返しながらおれの肩に額を強く押し付けてくる。心から鬱陶しくてもう返事をする気さえ失せていた。

バイトの有美と飲みに行ったのは今日が二度目で、本当はどこかに連れ込んでやってしまおうと思っていたのだが、こうなってみると下手に手を出さないでよかったという気になっていた。美人で世慣れている人妻と楽しくやれるはずが、気持ちが弾んだのは初めて飲みに行った時の最初の一時間だけだった。彼女は機嫌のいい様子でぐいぐい酒を飲み、意味ありげに腕に触れたり足をぶつけたりしてきたのに、気がつくと居酒屋のカウンターではらはら泣きだしていた。泣き上戸の女と飲んでも楽しくないので適当に慰め、店を出たところで抱きついて離れなくなったのでキスだけして、通りかかったタクシーに押し込んで帰した。そのあと店でシフトが合った時、いやにしおらしく謝ってきて、お詫びにご馳走するというので再び飲みに行ったらこの始末だ。どうも旦那とうまくいっていないようで、回らない呂律で吐きだす愚痴の八割が自分の夫のことだった。あとの二割は仕事がつまらないとか俺の知らない誰かの悪口で、ほとほとうんざりした。

短時間でテンションが上がったり下がったり、とにかく感情が乱高下する女だ。横須賀のカップルばかりいるようなバーで泥酔寸前の彼女に代わって結局おれが支払いをし、店を出てホテルのあるほうへ誘導しようとしたら、道端で有美は派手に胃の中のものを戻したのだ。そして子供のように号泣しはじめた。

女に泣かれるのは煩わしい。百花にでさえ泣かれると困惑したのに、最近は雇い主の冬乃まで店でぐじぐじ泣いていることがある。腹が立つような滅入るような、重い気持ちをおれは持て余した。

なんだかどうもおれは女運が悪い気がする。付き合っていたわけではないが、あの秋月から押し付けられたナオミという女もひどかった。何も考えずに楽しく付き合える女はいないものか。そう考えると杏子は泣かないし金は払ってくれるし、遊ぶにはいい女だったな。そうぼんやり考え、一拍置いてから自分の思ったことにぞっとした。

なに考えてんだ、おれ。あんなにひどい扱いを受けておいて、そんなふうな人間関係がよかったとか思うのか。

車が停まると半分眠りかけていた有美を揺すって起こした。左右に揺れる彼女の肩を支えて寝静まった住宅地を歩く。有美は何度も「やだー、帰りたくなーい」と繰り返したが、やがて「あそこがわたしのうちー」と指差したのでほっとした。そこには大きくはないが洒落た感じの白い家があった。

ほっとしたのも束の間、家の二階の窓に灯りが点いているのに気が付いて、おれは背筋を凍らせた。旦那が帰って来ているとどうして思わなかったのだろう。自覚していないだけでおれも相当酔っぱらっていたのか。

やってもないのに間男扱いされたらたまらない。おれはしがみついてくる有美を突き飛ばすようにして今来た道を走りだした。鈍い音と彼女の弱々しい悲鳴が聞こえたが振りかえらなかった。

住宅地を抜けて国道に出、バス停の前に置いてあった古い椅子におれはへなへなと座り込んだ。もちろんとっくにバスは終わっている。

「……帰りたくねぇ」

有美の繰り言が移ったかのように、口からそんな言葉がこぼれ出た。

そういえば明日(あした)は店に早く出なければならなかったなと思い出した。店は雑誌に載ってから急に流行(はや)りだして人手が足りず、冬乃に頼み込まれ、最初の約束より長時間働かされている。ここは浦賀で家に帰るより久里浜に行く方が断然近い。帰らない口実を見つけておれは通りかかったタクシーを止めて久里浜へ向かった。最近店の近くに漫画喫茶ができたので、そこに泊まればいいと思ったのだ。

漫画喫茶の前で車を降りたのに、気が付くとまた百花のアパートの前まで歩いて来ていた。

なぎさカフェで働くようになって、おれは休憩時間や仕事終わりに、ついここへふらふらと来てしまっていた。

もちろんドアを叩く気はない。ただ向かいのマンションの植え込みに隠れるようにして、暗い窓を見上げるだけだ。未練たらしいがどうしてもそれをやめることができなかった。我ながら気持ちが悪い。

ぼんやり立っていると目の端に何か白いものがひらりとした。見ると肩先に花びらが引っかかっている。地面から空へと吹き上げるように風がひと吹きし、花びらが盛大に舞ってきた。マンションの敷地に立つ桜が、夜の中で満開になっているのに気が付いた。

急にしんとした気持ちになった。こんがらがって熱を持っていた頭の芯が冷えていく。

窓を見上げながら、おれは何に未練を持っていたのか気がついた。彼女と付き合いはじめた頃、おれは芸人になることを目指していて、それに向かって精一杯爪先立ちになって手を伸ばしていた。百花もそれを応援してくれていた。人生がようやくまわりはじめて、可愛い彼女がいて、仲間がいて、苦労はみんなひとつの目標に集約されていた。あの頃の気持ちと状況をおれは忘れられないのだ。

どうしてこんなことになってしまったのだ。百花がいるのに杏子と付き合ったりしたからか。あのままお笑いの道にしがみついていれば、ブラック企業にぺしゃんこにされることもなかったのか。

いや、百花は力をあわせて一緒に家庭を持ちたいと言っていた。普通に子供を産んで育てたいと言っていた。おれだってその気持ちがあったのにどうして駄目になったんだっけ。ごちゃごちゃに散らかった部屋から、失くしてしまった小さな箱を捜すようにおれは記憶をひっくり返す。

そして捜し物の途中で、忘れていた別の持ち物を見つけたようにふと気が付く。そういえば前にモリは、なぎさカフェをやがては自分の会社で買い取っておれに任せたいようなことを言っていなかったか。あの横須賀の穴倉のようなレストランで。

もしそれが本当なら、バイトから脱してまともな職につけるんじゃないのか。前向きできちんと働くおれに戻ったら百花とよりを戻せるかもしれない。百花も雑貨屋やカフェをやりたいと言っていたことがあった。結婚してふたりで店をやることもできるんじゃないか。彼女はおれよりずっと商才がありそうだし、店はもっと繁盛して、おれたちだって子供を作ったり家を買ったりできるんじゃないか。

降ってわいたような考えに、おれは一瞬恍惚となった。そこに自転車を漕ぐ音が近づいてきて咄嗟に植え込みの中にしゃがんで身を隠した。巡回中なのか制服姿の警官がゆっくりと通り過ぎていく。おれは会社を辞めてから、繁華街で何度か職務質問をされ不愉快な目にあっていた。深夜にこんなところで何をしてると聞かれたら厄介なので、息をひそめて警官が去っていくのを待った。

自転車の赤いテールランプが夜の中へ消えていくのを確認してから、おれは立ち上がり漫画喫茶へ向かった。

漫画喫茶と店がすぐ近くだったので気が緩み、おれはすっかり寝坊して、五分ほど遅刻して店に駆け込んだ。冬乃は既に来ていて厨房にいた。何か濃いソースのいい匂いが漂っていた。

遅れてすみませんでしたと声をかけると、カウンター越しに冬乃はおれの顔をじっと見た。いつも人の顔をそんなにじろじろ見ないというか、人と目を合わせるのが苦手そうな人なのでおれはちょっと怯んだ。最近めそめそして腫れぼったい目をしていたのに今日はすっきりした顔をしている。

そこで派手に腹が鳴った。慌てて来たのでもちろん腹に何も入れていなかった。冬乃はほんの少し微笑んだ。

「これ、今日から春のランチで出すロールキャベツなんだけど試食してみる？」

そう言って皿に半分に切ったロールキャベツをよそってくれた。半分でもずいぶんでかい。デミグラスソースとチーズがかかっている。食べてみると挽き肉がみっちり詰まり、キャベツは歯ごたえがあった。

「どうかな」

「うまいです。すごいボリューミーですね」

「うん。最近若いお客さん多いから、このくらいの方がいいかと思って」

彼女はそう言うと、店の前に出す黒板に「限定ランチ・春の三浦のロールキャベツ」と大きく書き込んだ。

「冬乃さんって前も調理の仕事してたんですか？」

「そうなんですか。弁当もうまかったし、習ったことあるのかと思って」

冬乃はきょとんとしたあと耳を赤くし、黒板を持って外へ出て行った。おれはロールキャベツを咀嚼しながら彼女のエプロンの結び目を見送った。

そしてひとり、店の中を改めて見渡した。

この店がおれの店になる可能性があるのか。そう思うともう見慣れてしまった店内が違って見えた。いや、この店はすっかり冬乃のものだから、おれは二号店的なものを任されるのか。もし雇われであっても店長ならば、おれも冬乃のようにメニューを工夫したり、バイトよりずっと早く来て仕込みをしたりしなければならないわけだ。そう思っても不思議にうんざりはしなかった。おれだったらランチには絶対豚の生姜焼きを入れる。そして週に二日は人に店を任せて完全に休む。そして百花とうまいものを食いに行ったり、店に置く雑貨を探しに旅行へ行ったりするのだ。

また妄想がもくもく湧きおこって慌てて首を振った。あのモリを信用していいわけがない。あいつがおれにそんな幸いを与えてくれるわけはないではないか。

冬乃が戻ってきたので妄想を打ち消すようにロールキャベツの残りをかきこみ、急いで厨房へ行って食器を洗った。

「有美ちゃん来ないわね」

壁の時計を見上げて冬乃が言い、おれは手が滑って流しに皿を落とす。食器ががちゃんと鳴って冬乃が眉をひそめた。

「……割れてないっす」

「川崎君、有美ちゃんから何か聞いてない？」

「な、何も。おれは知らないです。何も知らないです」

余計に動揺が溢れ出た感じになっておれは慌てた。

「そう。じゃあ炊飯器のスイッチ入れてくれる？　今日の丼用のシャケにかたくり粉をはたいて、白髪葱は二本分お願いします」

「はい」

そして冬乃はカウンターの上に置いてあった携帯を手にし背中を向けた。小さく呼び出し音が聞こえる。有美にかけているのだろう。

昨日のあの様子では彼女はまだ起き上がれずにいるのではないかとおれは思った。強い酒をずいぶん飲んでいた。そういえば最後に突き飛ばしたような気もするが大丈夫だっただろうか。

冬乃は何度か電話をかけなおし、息を吐いて携帯をエプロンのポケットに入れた。「菫まで電話に出ないし」と独り言を言った。

「川崎君」

また呼ばれて、おれは葱の薄皮を剝く手を止めた。首がこわばる。

「やっぱりそこはいいから、悪いけど私の家まで行って菫を起こして連れてきてくれないかしら。ランチタイム、もうひとりいないときついから」

「え、でも……」

なんでおれが行かないと、と口に出さねど思った。が、顔には出ていたかもしれない。

「あのね、そのついでに」

冬乃は言い淀んで唇をかんだが、思い切ったように言った。

「どこかで安いTシャツかなんか買って着替えてくれないかな」

「え？」

「言いにくいけど、そのシャツすごく臭う。飲食店だからそういうのも気をつけてほしいの」

おれは固まった。確かにこのシャツは昨日の朝からずっと着ている。昨日の朝の段階でも洗濯してあったわけではなくて部屋の床に落ちているやつを拾って着た気がする。

「それと、悪いけどこれ頭に巻いて」

オレンジ色のバンダナを冬乃はよこした。厨房にたつ時、冬乃が巻いているものだ。

「フケが目立つから。ランチが終わったら銭湯かなんか行ってくれるかな。そこの銭湯、たぶん三時からやってるから。できれば歯も磨いて」

おれは返事ができなかった。ブラック企業にいた時、上司達から「お前は社会人失格だ」と責められた、あの時の感じが蘇った。額に汗が噴き出した。

「十一時半までには戻って来てね」

冬乃はそれだけ言ってふいと顔をそむけた。おれは茫然としながらエプロンを外して店の外に出た。

歩いているうちに、シャツだけではなくておれ自身が臭いのだ、不潔だと言われたのだとじわじわと理解した。確かに何日風呂に入っていないかわからない。歯だってちゃんと磨いたのはいつだか思い出せない。

冬乃は柔らかく諭してきただけだ。大したことではない。男なんだから不潔っぽくなることもある。そう自分に言い聞かせても、おれは頭が真っ白になるような気がした。足がうまく動かせなくてぎくしゃくした。

これでは百花とよりを戻すどころではない。

急に大きな羞恥にとらわれ、イオンの衣料品売り場に走って行って目に付いた安いシャツをろくに見ないで買った。トイレの個室でそれに着替え、着ていたシャツはまるめてゴミ箱に捨てた。そして洗面台で久しぶりにおれは鏡を見た。確かにひどい。無精ひげの生えた顔はなんだか青黒く、髪はぼさぼさでフケが浮き、鼻毛が盛大に覗いている。いつの間にこれほど人相が悪くなったんだ。これは職務質問されるはずだ。

胸がばくばくするのを堪えながら冬乃の家へ向かった。エレベーターでよその人と一緒になったら臭いと思われるという恐怖で外階段を駆け上がった。チャイムを何度も押すとややあって向こうからドアが開かれた。

そこには佐々井が立っていた。佐々井の家なのだから佐々井がいるのは当たり前なのに、おれはなんだかびっくりして立ちすくんでしまった。

「おう川崎。久しぶり」

佐々井はひどく嬉しそうに笑った。やつれた頬に無精ひげ、血の気のない顔色、ぼさぼさの髪をしてよれたパジャマを着ていた。すえたような臭いもする。いつでもこざっぱりしていた佐々井が長期入院している病人と見紛うような外見になっていて、さっき鏡で見た己の姿に重なった。

「なんだよ、どうしたんだよ。元気でやってたか？　お前ずいぶん痩せたなあ」

過去の戦争で共に戦った懐かしい盟友に話しかけるみたいに、彼は惜しみない笑みを浮かべている。

「あの、菫さんを呼びにきたんです。急に人が休んじゃって、ランチタイムに人手が足りなくて困ってて。菫さんに来てほしいって冬乃さんが」

狼狽しながらおれは言った。

「菫ちゃん、いないよ。昨日帰ってこなかったみたいで」

そうですか、と口ごもる。ではどうすればいいのか頭が回らない。玄関先でしばしおれと佐々井は見つめあった。

「僕が行こうか」

「え？」

「困ってるんだろ。皿洗いくらいしかできないけど」

「でも、佐々井さん、久しぶりの休みなんじゃ？」

「会社は三月いっぱいで辞めたよ。今無職なんだ」

おれは馬鹿みたいに口を開けた。驚きが足元から上がって頭のてっぺんへ駆け抜けた。

「え、え――――っ！」

「お前だって辞めただろ。そんなに驚くことか」

「でもでも、佐々井さん、辞める気配なかったじゃないですか」

「ま、いいけどな。着替えてくるからちょっと待って」

「あ、佐々井さん、シャワー浴びてください！　そうしないと、たぶん冬乃さんに怒られます！」

怪訝（けげん）な顔で彼は振り向いたが、わかったよと肩をすくめた。

佐々井が身仕度を整えてくるのを待って、ふたりで連れだって店に向かった。歩きながら「あんなに頑張ってたのになんで会社辞めたんですか」と聞くと、佐々井は秋月の会社が破綻（はたん）したことと営業所の統合があったことを簡単に説明してくれた。そうか、おれは佐々井のアドバイス通りもう少し粘っていれば、もっとましな条件で会社を辞められたのだなとどんよりした気持ちになった。

店の前まで来ると佐々井は立ち止まり、黙ったまま外観を眺めていた。軽く深呼吸をするようなそぶりをみせたので首を傾げていると、「なあ川崎」と薄く笑って言った。

「また釣りでも行こうか」

おれは思わず抱きつきそうになるほど嬉しかった。聞いてもらいたいことが山のようにあった。今の胸の内のもやもやを、馬鹿にしないで聞いてくれそうな相手は佐々井しかいなかった。


口笛を吹きながら冬の街を歩いてく。いつの間にか知らないうちに涙がこぼれてゆく。So Good Night いつか君の胸に抱かれて。Good Night どこか行きつく所もなく。

海からの風に乗って佐々井の大きすぎる鼻歌が聞こえてくる。一年前は苛々して聞いていたが、今は懐かしくてしみじみした。スーツ姿で佐々井と一緒に釣り糸を垂れていたあの時、その先に地獄の苦しみが待っているとはかけらも思わなかった。

佐々井に誘われて、次の定休日に早速釣りにやってきた。午前中に久里浜駅で待ち合わせると、佐々井はレンタカーで現れた。彼は晴れやかな顔をしていて、フェリーで千葉に渡って黒鯛を釣ろうと言った。ずいぶん本格的に遊ぶつもりなんだなとおれはちょっと戸惑ったが、この前会った時よりも佐々井が元気そうなのでよしとした。

小学生の時遠足で久里浜から出るフェリーに乗ったはずだが、子供だったのであまり記憶にない。車ごとでかい船の腹に入って行くのは面白く、いつも働いている場所のすぐ近くなのに急に旅行感で気持ちが沸きたった。ここのところしょぼいことばかりだったので、船が動き出すと「すげー！　フェリーかっけー！」と子供のようにはしゃいでしまった。

佐々井は隣で若い父親みたいに「なー、気持ちいいだろ」と頷いていた。甲板の鉄柵から乗りだすようにしておれは海風に吹かれた。四月の風はまだ冷たかったが爽快だった。

金谷港に着くと、佐々井は観光案内所で釣りポイントを尋ねていた。地図をもらい、助手席でおれがナビをした。

しばらく海岸線を走ったところに土産物屋と釣具店と食堂がいっしょになったような店があって、そこの馬鹿に広い駐車場に車を停めた。店の向こう側に、波に浸食されてぎざぎざになった岩場が広がっている。釣り道具やクーラーボックスや折り畳み椅子をふたりで両手いっぱいに持ち、岩場をつたって海へ向かった。おれの前を歩く佐々井は窪みに何度も足をとられよろけていた。

よさそうな足場を見つけて準備をし、竿を高く振り上げて波間へと投げた。昼前の太陽は白く強く、おれは目を細めた。最近日射しにさらされることなどない生活をしていたので目がつぶれそうだ。佐々井は海に突き出した大岩に登って釣り糸を垂れていた。帽子を目深にかぶっているので表情はわからない。

波が岩場に当たって砕ける音が響き、磯臭さはだんだん鼻が慣れていって感じなくなっていた。空は透明な水色で、薄雲はどんどん形を変えて遠くに流されている。足元の岩と岩の間の水たまりを小さなカニが横切っていくのが見えた。広くて開かれていて、でも誰もまわりにいなかった。

世界は少しずつ形を変えてゆく。俺達は流れ星、これからどこへゆこう。So Good

Night いつか君の胸に抱かれて。Good Night どこか行きつく所もなく。

あいかわらず音痴の佐々井が、詩を吟じるように歌っている。明るいトーンのわりに絶望的な歌詞だなとおれは思った。

佐々井の背中は少し左右に揺れているように見えた。海面から五メートル以上ありそうな場所なのでおれはひやりとした。大丈夫だろうかと様子を見ていると、彼は視線に気が付いたのかふと下にいるおれを見た。そして大丈夫だよというようににっこりと笑った。

昼飯はその土産物屋にあった食堂で食べた。食堂といっても店の一角が畳敷きになっていて、そこに昔の海の家のように簡素なテーブルと座布団が置いてあるだけだったが、靴を脱いで畳にあぐらをかくと妙に落ち着いた。窓からは広々と海が見渡せる。

おれはてっきりクーラーボックスの中に冬乃が作った弁当が入っているのかと思っていた。そう言うと佐々井はちょっとはにかんだような感じで「喧嘩中なんだ」と言った。

へえ、と思った。安定しきっているように見える彼らでも喧嘩をしたりするのだな。

「この前はありがとうな」

唐突に佐々井は言った。

「何がですか?」

「喧嘩して、冬乃とずっと口をきいてなかったんだけど、店の手伝いでちょっとだけ話せたから」

「おれの功績じゃないですよ、そんなの」

礼を言われて逆に落ち着かない気持ちになった。

「それに喧嘩中だって、頼めば弁当くらい作ってくれるんじゃないですか、冬乃さんなら」

「いや、なんかさ、ついむきになっちゃって、もう作らないでいい、自分のことは自分でやるみたいなこと言っちゃって」

あーあ、だめじゃん、とおれは友達に言うように笑って囃(はや)し立てた。そんな子供っぽいことをこの人でも言うんだな。

「ちゃんと謝りましたか?」

そう言うと彼は目を丸くしたあと、ふっと口元を緩めた。

「……そうだな。謝ったほうがいいよな」

そういえばあの時、おれは臭いを指摘された直後で、自分のことでいっぱいいっぱいであまりよく見ていなかったのだが、冬乃は佐々井が店に現れて、ずいぶんとぎくしゃくしていたように思う。佐々井は店の中がどんなふうになっているのかも知らなかったようで、どうも店に来たのが初めてのようだった。佐々井は慣れていない様子で皿を運んだり洗ったりしていた。

割烹着(かっぽうぎ)を着たおばちゃんが頼んだラーメンを運んできた。立ち上る湯気が海風で冷えた顔の皮膚を覆った。しょうゆ味のシンプルな中華麺(めん)だった。最近どこへ行ってもこだわりのラーメンみたいな店ばかりなので、その主張のなさにほっとした。

「佐々井さんて、これからどうするんですか」

おれが聞くと佐々井は丼に視線を落としたまま答えた。

「どうもこうも、なるべく早く職を探すよ」

つまらなそうに言ったあと、またさきほどと同じようにふっと笑った。

「そう言いたいところなんだけど、なんかちょっと疲れたかな」

「そりゃそうですよ。おれ、佐々井さんがどれだけ無理してたか知ってます。失業保険だって出るんでしょ。冬乃さんの店がうまくいってるんだから、しばらく休んだっていいと思います」

「そうかな」

「そうっすよ」

この人だってあの会社で受けたダメージが大きいのかもしれないとおれは思った。ちゃんと自分に損にならない形で辞められるまで辛抱する理性と体力があった佐々井はおれと違って大人なのは明白だが、背中を向けて全速力で逃げたおれと違って、痛手やすり減ったものの大きさは半端ではないのかもしれない。

差し向かいでラーメンをすすっていると、若い母親が幼稚園の制服を着た子供を連れて店に入ってきた。子供は「おばあちゃん、ただいまー」と大きな声で言って、さっきラーメンを運んできたおばちゃんに駆け寄っていった。奥から白い上っ張りを着た白髪頭のじいさんも出てきた。一家でこの店をやっているのかもしれない。おれたちの隣のテーブルで定食を食べていた観光客らしい熟年夫婦が立ち上がって会計し、土産物コーナーに積んであった泥付きの野菜をあれこれ選びはじめた。佐々井は割り箸を持ったままその様子をぼんやり見ていた。

「こういう店いいな」

　ぽつんと彼は言った。

「そうですね。でも、佐々井さんと冬乃さんがお店やったらきっとこんな感じになりますよ」

　何気なく言ったことに、佐々井はきょとんとした。

「おまえ、今日は先輩みたいなこと言うな」

「すみません、生意気なこと言って」

「いや、そうじゃなくて。人に言われると、そうかもなって思ってさ」

「あの、もっと生意気なこと言っていいですか？」

「おう、言え言え」

「冬乃さんと一緒になぎさカフェやればいいんじゃないですか」

　佐々井はおれを見つめた。無表情だ。

「最近思うんですけど、もしおれが百花と結婚できたら一緒に働きたいと思うんですよね。そういうのって考えが甘いってわかってはいるんですけど……」

「百花ちゃんと結婚することになったのか？」

「いえ、違うんです。おれがだらしないせいでふられました。だからただ乙女が夢みるみたいに思ってて自分でもキモいんですけど。なんかモリが前に、なぎさカフェの二号店を出して、それをおれに任せてくれるようなことを言ってて、そんな都合のいい話あるわけないって思いながらも期待しちゃって。もし本当なら百花とよりを戻せるかもって」

「モリが？　そんなことを!?」

佐々井は眉をひそめた。

「そんな話うさんくさいですよね」

「うーん、まあなあ」

そこでお店のおばちゃんが丼を下げにきて、食べてみてねと土産物の和菓子とお茶をだしてくれた。佐々井は黙り込んでしまい、おれは居心地が悪くなって茶をすすった。やっぱり気に障ったのだろうか。

「前にも言った気がしますけど、おれ、佐々井さんが考えてることがわからないです」

居心地が悪いあまり、ついそんなことを言ってしまった。

「責めてるんじゃなくて、その、説明不足というか、何を考えてるのかわかりにくいっていうか。もっと思ってることをいちいち言ってくれてもいいっていうか」

「そうなんだろうな。冬乃もそんなこと言ってた」

しょんぼりした感じで佐々井はうつむいた。ちょっと可哀想になっておれは尋ねる。

「どうして冬乃さんと喧嘩しちゃったんですか？」

「そうだなあ。長い話になっちゃうけど」

「いいっすよ別に」

「僕が冬乃と付き合いはじめたのは高校生の時でな」

そんなとこからかよ、とおれは胸の内でつっこんだ。佐々井は照れくさそうに片頬で笑った。

「女の子は苦手だったし、恋愛とかそういうのはよくわからなかったけど、冬乃はなんか話しやすくて、いろいろと気が合ったし、だんだん仲良くなって。最初は同情もあったな。可哀想な子だなって思って」

「可哀想って冬乃さんが？」

「あっちはあっちで僕のことを可哀想だと思ってたみたいなんだ。うちは父親が早くに亡くなってて母ひとり子ひとりで。貧乏で家もぼろだったし」

おれは目をぱちくりさせた。佐々井がこんなことを話すのは初めてかもしれない。こちらから話をふっておいてどぎまぎした。

「冬乃の家は、傍目(はため)には仲のいい家族なんだけど、いや、実際仲はよかったと思うんだけど、なんというか、両親の子供に対する愛情がちょっと大きすぎる感じがして、冬乃も菫ちゃんも荷が重そうにしてた」

「愛情が大きすぎる？」

「束縛っていうのかな。子供は自分の体の延長って意識が強いっていうか。門限も厳しかったし、外を向くことを許さないような雰囲気があった。冬乃は高校生の時に既に主婦みたいな生活をしてたよ。体があんまり丈夫じゃない母親の代わりに家事のほとんどをやってたし」

佐々井は言葉を選び選びゆっくり話した。

「付き合ってはいても高校生の僕にはどうもしてやれなかったな。僕は僕で高卒で勤めはじめたから、冬乃とは一時疎遠になってたんだけど」

おれは神妙に頷いて耳を傾けた。

「でも菫ちゃんが漫画家になって家で仕事をするようになって、冬乃はアパートでひとり暮らしをはじめて、久しぶりに会ったらちょっと感じが変わってた。笑顔のトーンが明るくなって、あ、家の重圧からだいぶ解放されたんだなって思ったな。僕も仕事を覚えて少し余裕が出てきたところだったし、またよく会うようになって、自然に結婚しようってことになって」

佐々井は言葉を切って、小さく息を吐いた。

「でもなあ、やっぱり娘を嫁にだしたと普通に思うような親じゃなかったんだよな。冬乃の両親は電器屋をやってたんだけど、量販店に押されてどんどん売り上げが尻すぼみになって、冬乃と菫ちゃんの収入に頼って生活してたからな。なんというか、僕も彼らを支える収入源みたいなことになって」

「えっ、じゃあ佐々井さんが冬乃さんの両親を養ってたんですか？」

「いやいや、それは別に驚くことじゃなくて」

おれが眉をひそめたのを見て、佐々井は慌てて手を横に振った。

「今時の都会の人の感覚は違うかもしれないだろうけど、田舎だし、舅と姑に送金したり面倒をみたりするのは普通のことだよ。共同体だからな、年配の人を若いもんが助けるのは当たり前だし普通のことだ。人として当然だ」

当たり前、普通、当然と彼が強調すればするほど、佐々井の本心が逆のベクトルを向いているのではと感じた。話の続きを待っていると、佐々井は何故かそこで黙り込んでしまった。

おれは菓子をつまんで口に放り込み、ぬるくなった茶をすすった。胡坐を崩して足をテーブルの下に投げ出し、両腕を後ろについて窓の外の海に目をやった。佐々井は動かず、目を伏せたままだ。かもめが鳴く高い声が響き、波が寄せては返す音が間断なく繰り返される。そのまま五分近くたち、しびれを切らして咳払いの真似をすると佐々井はゆらりと顔を上げた。

「そういえばさ、川崎の家の墓ってどこにあるの？」

「はあ？　なんすか、その質問」

酒も飲んでいないのに唐突に話が飛んだ。夫婦喧嘩に至る長い話の続きはどうしたんだ。

「いや、結婚してすぐに僕の母親が死んでね。納骨しないまま久里浜に引っ越してきちゃって。墓をどこかに建てないとならないんだけど」

ごく冷静な顔をしているが、なんだか佐々井は様子がおかしかった。

「うちの墓はたぶん、父親の実家が小田原（おだわら）にあるからそっちだと思いますけど」

「たぶんって、墓参り行かないのか」

「行かないっすよ。来いとも言われないし」

佐々井は不審気な顔をした。おれはいらっとしてきた。

「もうちょっとわかるように話してもらっていいですか。佐々井さんは要するに、冬乃さんが結婚したのに実家にべったりだったのが気に食わなかったんですか？　それとも冬乃さんじゃなくて親が気に食わなかったんですか。ていうか、久里浜に越してきたのはそもそもどうして？　最近の夫婦喧嘩の話に行きつくのはまだまだ先ですか？」

佐々井はおれの顔を見つめた。驚いたことに目がうるんでいる。彼は首を振った。そして片手で顔の右半分を覆って下を向いた。

「川崎さあ」

くぐもった声で佐々井は言う。

「おまえ、死にたいと思うことってある？」

おいおいおいおい。この人やばくないか。

佐々井は片膝（かたひざ）を立て、そこに載せた腕で顔を覆って背中を丸め動かなくなった。この人泣いてる？　涙を流さないで泣いてる？　そう感じておれは固まった。

女に泣かれるのは困るが、男に泣かれるのはもっと困惑した。

「……さっきさ、岩の上に立ってて波がこう足元にざぶんてきて、ちょっと足を踏み込めばいろいろ終わるような気がして」

「先輩、それ駄目です」

　おれはテーブルを音をたてて強く叩いた。店のおばちゃんが首を伸ばしてこっちを見た。

「佐々井さん、疲れてるんですよ。今日はもう帰りましょう」

「いや大丈夫」

「全然大丈夫じゃないです。医者行ったほうがいいです。心の医者に行ってください」

「そんな大袈裟な」

　佐々井は笑ったがおれは笑えなかった。本当に帰りますよと念を押して、荷物をまとめて車に積んだ。佐々井はそれほど抵抗しないでついてきたのでおれが運転して港に戻った。帰りのフェリーの中で、おれは佐々井が甲板から海へ飛び込んだりしないように、ずっと横に張り付いていた。佐々井はブルゾンのファスナーを首元まで締め、魂が抜けたような顔をしてただぼんやり座っていた。

　翌日、おれは佐々井の様子が変だったことを冬乃に伝えるべきだと思って早めに店へ行った。

　しかし、いざとなると冬乃にどう話しかけたらいいかわからなかった。この前臭いを指摘されてから、夜と朝の二回シャワーを浴び、シャツもジーパンも洗いたてのものを身につけるようにしていたが、なんとなく冬乃に近づくのが恐いような気がしていた。

十一時になると朋絵が出勤してきた。冬乃は笑顔をみせ「急にお願いしちゃってごめんね」と朋絵に言った。朋絵は「全然大丈夫です」とにこにこ答えた。おれは耳をそばだて、そうか有美は今日も来ないのかと思った。

有美はあれから一度も店に顔を出していなかった。先週無断欠勤をしたあと、冬乃にしばらく休みたいと連絡があったそうだ。おれの顔を見たくない、というだけの理由ならいいが、もしかしたら怪我でもさせてしまったのだろうかと思うと落ち着かない。かといって有美に連絡する気力もわかず、あちらからもメール一本こなかった。

そこで尻ポケットに入れてあった携帯がメールの着信音をたてた。冬乃が顔を上げる。

マナーモードにするのを忘れていた。

「川崎君、仕事中は携帯、上の部屋に置いてきてね」

平らな声で冬乃が言う。おれは慌てて謝り、店の奥の階段から二階に上がろうとすると、後ろから冬乃に「ついでに黒糖を一袋とってきてもらっていい。ストック棚の下のほうにあると思うから」と頼まれた。店の二階には和室があって、そこには様々なストック品が置いてあり、鞄や私物も置かせてもらっていた。休憩もここでしていいと言われているのだが、磨りガラスと砂壁に囲まれたしみったれた和室にいると気が滅入るので、あまり好きではなかった。

メールは有美からではないかと思ってあけてみると、意外な人からだった。

『てつおくん元気？　ぼくね、また大東京にでていくからね！　来週会いに行くからあいてる日を教えてね。ラブ&ピース・紅シャケ』

はあ？　と思わず声が出た。田舎に帰ったあとまったく連絡はなかったが何かあったのだろうか。紅シャケ君だけではなく、ここのところもう芸人時代の知り合いとはまったく連絡を取り合っていなかった。火曜日なら仕事が休みだから大丈夫とさっと返信して、おれは携帯を鞄に突っ込んだ。

和室に置かれたストックの棚から黒糖の袋を見つけ出すのにちょっと時間がかかり、やっと見つけて持ち上げようとしたら意外に重くて腰がぎきっとなった。痛みをこらえて息を止め、そろそろと腰を伸ばしてみる。運動らしい運動もしていないし筋肉が落ちているのかもしれない。

冬乃はここのところ急速におどおどしたところがなくなって、ものをはっきり言うようになってきたと思う。そして昨日佐々井に聞いた話を思い出す。親の面倒をみるにはあれこれ金もかかるだろうし、佐々井が仕事を辞めてしまったから、冬乃は仕事に本気をだしたのかもしれない。

親の面倒というのは、おれには遠い話に思えた。おれだって親はいるし、兄貴があてにできるとは思えない。しかし親って持ち家もあって貯金もあって年金とかも貰(もら)えるんだろうから、子供が心配しなくてもなんとかやっていくものなんじゃないのか。

いやしかし、とまた妄想がむくむく頭をもたげた。もし百花と結婚して、百花の親が貧乏でその上病気になったりしたらどうなるのだろう。おれはそこまで関知する気があるのか。百花の親には会ったこともないし、どんな人達なのか聞いたこともない。

下で人の話し声が聞こえてきた。食材業者が来たのだろう。おれは変な感じになった腰をかばうようにして黒糖の袋を持ち、階段を下りて行った。

すると、店の中央の椅子に、スーツ姿の男が脚を組んで座っているのが目に入り、おれは驚いて立ち止まった。

やせ気味でセルフレームの眼鏡をかけた男は三十代中頃のサラリーマンに見えた。冬乃がその男の横に立ち、朋絵は厨房から心配そうな様子で顔をのぞかせていた。二階に行っていた、たった五分ほどの間に現れたようだ。業者の営業マンにしてはふんぞり返っている。客かと思って、いらっしゃいませと一応言ってみた。

「君が川崎君？」

男は下から舐めるようにおれを見て言った。

「……はい」

スーツも眼鏡も趣味がよくて顔もイケメンと言える部類だった。外見だけだったらソフトで清潔感があり、いかにも女にもてそうだ。なのに何故かいやな感じがした。店にいいがかりをつけにきたクレーマーだろうか。

「有美の家の者です。うちのが君に怪我させられたって言っててね。話を聞きにきたんですけど」

脚を組んだまま、椅子の背に体を預けて男は言った。そして芝居がかった感じで胸ポケットから折りたたんだ紙を出した。

「診断書。第五趾基節骨骨折で全治四週間」

「え？」

「足の小指の骨折だけど、腫れあがって歩けない。骨がくっつくのに三週間はかかるそうだ」

男はおれに視線を向けたまま、部下の女の子に書類を渡すようなしぐさで診断書を冬乃のほうへ無造作に渡した。

「君が家の前で有美を突き飛ばすの、二階からちらっと見ましたよ。有美はなかなか君がどこの誰か言わなかったけど」

おれは血の気が引いていくのを感じながら、頭を必死で回して何を言うべきか考えた。しらを切ったほうがいいのか、今すぐ光の速さで謝ったほうがいいのか。

「付き合ってたそうじゃないですか、うちのと」

「つ、付き合ってなんか」

「ふうん」

男はテーブルに肘をついて、手で顎を覆った。そして診断書に目を落としたままの冬乃のほうを見た。

「店長さんのせいだとまでは言わないですよ。バイト同士のいざこざですもんね」

労るような口調がかえってチンピラっぽかった。冬乃は顔を上げ、意を決したように眉間に皺を寄せ、そして深々と頭を下げた。

「申し訳ございませんでした」

おい、なんでお前が謝るんだと、おれは自分のやったことを棚に上げてかっときた。こんな明らかに因縁をつけようとしている奴になんで素直に謝っているんだ。つけあがらす気か。

男は満足気に鼻を鳴らした。

「有美はまあ、辞めさせますよ。彼女が自分で言うべきことなのに、代理ですみませんでした。彼女ももう店に来にくいと思うので」

「はい」

「バイト代は精算して振り込んで頂ければいいですから」

男は言葉は丁寧でも、いつの間にか全身が殺気だっていた。ちょっとでも異を唱えたらポケットからナイフを出しそうでおれはにわかにぞっとした。

「そして、君ね」

男はおれをもう一度見る。

「傷害事件として通報してもいいが、でもまあ事を荒立てるのもなんだから示談にしていいですよ」

足が震えてくるのを感じた。嵐のような既視感に襲われる。これはまるで秋月だ。秋月にわけも分からず土下座をして、無力感でぺしゃんこになりながら想像した未来が現実になった。おれの前に立ちはだかる暴力。しかしそれは自分で招いたことだった。モリのことも杏子のことも、あのナオミという女のこともみんな同じことだ。

おれはいったい何度、同じ過ちを繰り返せば気が済むのだろう。

「五十万でどうですか？　そのくらいなら持っていなくても誰かに借りられるでしょ？」

目の前の男は、このまま外へ出て電車に乗って会社に行ったら柔和な顔の社会人として一日を過ごすのだろう、そう思うとおれは叫びだしそうだった。群れの中にこうやって悪人はさりげなくまざっている。

いやしかしと、おれは混乱する頭で思った。おれはじゃあ善人だろうか。

「すみません、あの」

冬乃は素早く厨房へ行き、すぐに戻ってきた。銀行の封筒を彼女は男に差し出した。

「これで今日のところはお引き取り願えませんか。もうすぐランチのお客さんがいらっしゃいますし」

男は封筒を受け取って中から札を出し、ゆっくり数えた。一万円札が五枚。男は部下の書類の出来に一応満足したというような顔で頷き、やっと立ち上がった。そして何も言わず、足元に置いてあった革の鞄を持って店を出て行った。振り返りもしなかった。

店の中にいやな沈黙が漂った。冬乃が大きく息を吐いた。そして言う。

「ああいう人はお店をやってるとときどきくるものよ。私の実家は田舎の電器店だけど、それでもあんな人が来たことあった」

「ふ、冬乃さん」

「あなたにはがっかりした」

冬乃は射るような視線をこちらへ向けた。おれは腰から力が抜けていくのを感じた。

「いま、あの人に渡したお金は退職金だと思って気にしないでいい」

へなへなとおれは床に座り込んだ。言葉が何も出てこない。

「川崎君は、このお店のことを、自分が働いてるところなのに、自分のことのように思ってくれたことがなかったよね。有美ちゃんもそうだった。それが悲しかった。もう帰っていいから。明日から来なくていいから」

軽蔑しきってこちらを見ていた冬乃の目がそらされた。馬鹿みたいに口を開けたまま、おれは震えて力が入らず、冷たい床から立ち上がれなかった。

13

ゴールデンウィークが終わったあとの定休日、菫と横浜で待ち合わせた。話があるから外でランチでもしようと呼び出されたのだ。

最近菫は週のうち半分以上はどこかに泊まってきていて、この誘いも直接ではなくメールでだった。話なら家か店ですればいいのにと返信を書きかけ、思いなおして消去し、日時を決める返事にした。家でも店でも、久里浜ではしたくない話なのだろう。

巨大ターミナル駅は平日の昼間でも人で溢れていて、地上には見上げるようなビルが立ち並び、地下には蟻の巣のように縦横無尽にショッピング街が張り巡らされている。私は人をかきわけ、何度も地下通路で迷いながら、やっとの思いで菫の指定したホテルに着いた。外資系ホテルに入った中華レストランはきらびやかで、受付で名前を言うとチャイナドレスの女性に奥の席へ案内された。菫はもう来ていて、何か書類のようなものに目を通していた。

縁なしの薄くて透明な眼鏡をかけ、麻のテーラードジャケットを羽織っていた。上着の下はいつものようにTシャツとデニムだったけれど、全然違う雰囲気の人に見えた。曖昧な仕事でぶらぶらしている人ではなくて、きちんとビジネスをしている人みたいだ。菫は私に気がつくと笑みを浮かべた。丁寧で他人行儀だった。

「ここは中華街に負けないくらいおいしいんだよ。ビールも飲もうか」

「ううん、私はいい。菫はどうぞ」

「じゃあ遠慮なく」

小さな丸テーブルに、向かい合わせではなくはす向かいに座った菫は、この店は何がおいしいとか中華街のどこのなんという店は有名だけどおいしくないとかそういう話をした。その饒舌ぶりに、もしかしたら菫もすごく緊張しているのではないかとふと思った。慣れない高級店に呼び出されて、どんな話をされるのか不安で上ずっていた気持ちが少し鎮静した。

店は昼食の客で賑わっていたが、テーブルとテーブルの間に余裕があるのでうるさいという感じでもない。厚手の白いテーブルクロスに持ち重りがする長い箸、大きな食器に芸術的に盛られた前菜は驚くほどおいしかった。中華は久しぶりだし、人が作ってくれるものは何でもありがたいし、どんな状況であれ妹とふたりで食事ができることも嬉しかった。せいろに入った点心が湯気をたてる。コースの最後のご飯は選べるようになっていて、私はお粥を、菫は葱そばを頼んだ。

食事の間は大した話はしなかった。天気の話、横浜駅の工事がいつまでも終わらない話、京浜急行の快特と特急の違いがいつまでも覚えられないとかそういう話だ。菫は一杯だけ生ビールを飲んだ。このまま和やかに食事を終えて、笑ったまま菫と手を振って別れられたらいいのにと強く思った。

ボリュームのあるコースだったので全部は食べきれないと思ったのに、中華粥が想像以上においしくて、平らげてしまった。

「ねえ、たとえばだけど、もし店でモーニングをやるなら中華粥もいいんじゃないかな。週末のブランチセットとかもいいかも。スープボウルで出せるし」

思いついたことを口にすると、菫は頰を強張らせて視線を静かにそらした。さっきから途切れることなく何か話していた彼女の唇が冷たく結ばれる。

やはり川崎君のことで何か言われるのだろうかと、私はれんげを置いて下を向いた。先月の終わりに、私の独断で川崎君を首にした。菫に事の次第を説明して謝ったとき、彼女は深く溜め息をついたものの許すとも許さないとも言わなかった。ゴールデンウィークの前にアルバイトがふたり急にいなくなって、その足りない人手を菫と佐々井君が埋め、あとは朋絵ちゃんの妹さんが手伝ってくれた。高校二年生の彼女は髪を明るい栗色に染めてマスカラで縁取られた目元が真っ黒だったけれど、不良っぽい外見に反して真面目に働いてくれた。学校が休みの時、またバイトに雇ってほしいと言っていた。

このあと新たにアルバイトを採るのか採らないのか、私と菫はまったく話しあっていなかった。菫は店の仕事が終わるとすっといなくなって、そのまま外泊してしまうことが多く話す機会がもてなかった。今日はそのことを相談するつもりで来た。この先も菫が積極的に店に出る気がなく、朋絵ちゃんとふたりきりで店をやるなら、メニューや営業時間を考え直す必要があった。

あいた食器が下げられ、デザートのマンゴープリンと温かいジャスミン茶がテーブルに置かれた。

「話ってなに？」

菫がなかなか本題を切りださないので、私から口火を切った。

「うん。冬乃ちゃん、実は店のことなんだけど」

彼女は一拍おいて言った。

「なぎさカフェを売ろうと思うんだ」

「え？」

「店を売ることにした。冬乃ちゃんにはずっと一生懸命やってもらったから、悪いと思ってるんだけど」

何を言われているのかわからなくて、私は聞き返した。

「売るって……どういうこと？」

「フランチャイズ元が今ならいい値段で買ってもいいって言ってる。手放すのにいいタイミングだと思って」

「なにそれ、ちょっと待って。まだ開店して三カ月だよ？　売上だって出てるじゃない。手放すってなに？　いいタイミングってなに？」

「私も単なるオーナーチェンジで、おねえちゃんとバイトの朋絵ちゃんがそのまま働けるって話だと思ってたんだけど、向こうは従業員も自分のところの社員を使いたいみたい。

今、その件では交渉してるんだけど」

　あっけにとられて私は言葉を失った。菫はこちらを見ようとせず、中国茶の小さな湯のみを持って口に運んでいた。こんな接待みたいなご飯を食べさせられていい話であるわけがないとは思っていたが、そんな話を聞かされるとは思っていなかった。

「今なら店も新しいし、雑誌で集客できたところだし、いい値段で買ってくれるって。だからおねえちゃんにもまとまったお金が渡せると思う」

「……なに言ってるの？」

「今のところ二千三百万で店ごと買うって言ってる。手数料とか手続きの費用もあるし、モリの会社も出資してるから冬乃ちゃんに渡せるのは多くても五百万くらいになっちゃうかもしれないけど。それだけあれば当座は大丈夫でしょう」

　私は震える手をテーブルの上でぎゅっと握った。

「どうして……、どうしてうまくいってる店を売ろうなんて思うの。その発想から私にはわからない」

「うまくいってるから売るんじゃないかな」

　うっすら笑って言われてさらに言葉を失った。

　驚きが徐々に体に沁（し）みてくると、ゆっくりとパズルのピースがひとつずつ嵌（は）まっていくように、様々なことが腑（ふ）に落ちていった。

　いつからだろうか、菫が家に居る時間がだんだんと減っていた。リビングや風呂場（ふろば）にあった菫の私物も徐々に消えていって、開いたドアからちらりと見えた菫の部屋は、以前は洋服や雑貨で溢れていたのにいつの間にかがらんとしていた。菫の気持ちが離れていきつつあることは感じていたのに認めたくなくて目をそらしていた。だいたい最初からわかっていたのではないか、彼女がずっと久里浜にいるわけがないと。

それにあの店は、考えてみれば一ミリも私のものではなかった。雇われて月給をもらって働いていただけだ。労使協定も就業規則もない。何も契約していない。

店は私のものではなく、菫とモリのものだ。そのわりにはふたり共ずっと他人事のようだった。川崎君と変わりない。

「モリ君が売るって言ったのね。菫はそれに賛成したのね」

私は言った。菫は答えない。

「最初からそのつもりだったのね」

「そうじゃないよ」

「ううん。菫が熱心だったのは準備の段階だけだった。店が出来上がったら興味を失ってた。そうなるって菫は自分で最初からわかってたはず」

声のボルテージが知らず知らず上がって、テーブルの向こうから給仕が不審そうな目でこちらを見た。そうか、私が冷静さを欠かないように菫はこういう場所を選んだのだと、またひとつ納得が加わった。

「おねえちゃん、ごめんね」

菫はうつむいて言った。幼くてまだ私のあとをついて歩いていた時の彼女の姿がオーバーラップしてさらに私は混乱した。何かが胸を締め付けたが、それは郷愁という甘やかなものでなくもっと痛い感じのするものだった。それを振り切るように私は言った。

「わかった。菫には菫の考えがあるんだと思う。私は店に一銭も出資してないただの従業員だから、オーナーが決めたことにいいも悪いもない」

菫の硬い表情にすっと安堵がよぎったのが見え、その時初めて明確な怒りがこみ上げた。息が止まりそうに苦しかった。

「はいわかりましたって言いたいところだけど、でもこんなに人を傷つけてごめんなさいで済まされるわけはないよ。それはわかってる？」

「だからお金を渡すって言ってる。おねえちゃん無職だったじゃない。そこに仕事を作ってあげて、給料を出して、その上五百万渡すって言ってるじゃない。それで次の仕事もゆっくり探せるでしょう」

「私には感情がないと思ってるの！」

掌でテーブルを叩いてそう言うと、菫は怯えた目でこちらを見た。妹が私に対して怯んだところを見せたことなんて今まで一度もなかったように思う。

長い間を置いて、やがて菫は右手で前髪をかきあげた。こんな時ですら、彼女の骨ばった長い指や男の子のようなしぐさに見とれてしまった。

「何かをはじめる時、おねえちゃんは終わる時のことを考えないの？」

急にそんなことを言われて私は怪訝(けげん)に思い、眉(まゆ)をひそめた。

「なんのこと？　私は何かはじめる時はできる限り続けていく覚悟でやるよ。だから簡単にははじめないし」

「人の気持ちは変化するものじゃないの。人の命はいつか終わるんだし」

「詭弁(きべん)を言わないで」

　菫は言い返してこなかった。怯えは消え、表情からはもう何も読み取れない。

　給仕が私達の手をつけていないデザートを見て見ぬふりをして、新たにお茶を注いでゆく。ランチタイムの客が次々と立ち上がり店が静かになっていった。

「店を売るって、それはもう決まったことなの？」

　ちいさな子供みたいに彼女はこくんと頷(うなず)いた。

「どうして相談してくれなかったの」

「相談したら反対したでしょう？」

　私は目を見開いた。子供の頃から何度も聞いているその台詞(せりふ)を、こんな場面でも妹が口にするとは思わなかった。

「自分の意にそわない人の意見は、最初から聞くのもいやなのね。悪いってわかってても事後承諾させればいいって思ってるのね」

　菫は身じろぎもせずただうつむいている。

「どうしてなの？　店を手放したいのなら私に譲ってくれたらいいじゃない」

くっと菫は短く笑った。

「おねえちゃん二千三百万払えるの？」

「そんなの払えるわけが……」

「姉だから、ただ同然で譲ってもらえると思ってる？」

怯えていたはずの妹の目に、急にぎらりと憎しみが光った。私は息をのんだ。

この子はもしかしたら私のことを心底憎んでいるのだろうか。いつから？　もしかしたら私が思っているよりずっと前から？

仲のいい姉妹のはずだった。子供の頃は一緒の部屋で寝起きして、同じ漫画を回し読みして、喧嘩らしい喧嘩もせずに、同じ屋根の下、朝晩同じご飯を食べて大きくなった。

「……店はいつ売るの？」

「早ければ一カ月後には引き渡したいかな。この話はまた来週にでも詰めよう」

「菫、もう家には帰ってこないのね」

彼女は私の問いに答えず、このあと用事があるからと伝票を持って立ち上がった。


ホテルを出た私はふらふらと横浜駅まで戻った。すぐ電車に乗る気にもなれず、私は駅のコンコースにあったコーヒースタンドに吸い込まれるようにして入った。

中華のしっかりしたランチを食べたはずなのにものすごく血糖値が落ちている気がして、

私はカプチーノと一緒にレジ横に置いてあった粉砂糖のかかったワッフルも買った。店は狭い上に混んでいて、隅のほうにひとつだけあいている椅子を見つけて座った。左右の人と肩が触れ合いそうに近い。

ワッフルは甘く、カプチーノはとろりと濃かった。無心にそれらを口に入れ、咀嚼(そしゃく)し飲み込んだ。食べ終わると小さなテーブルに両肘(りょうひじ)をついて顎(あご)を乗せ、息をついて目をつむった。とたんに雑踏の音が押し寄せる。指先はまだかすかに震えていたが、下がり切った体温が徐々に上がってくるのがわかった。

声をあげて泣きだしたい、という気持ちが少しずつ収まってきて、目を開けると沢山の人がそれぞれお茶を飲んだり、携帯の画面をのぞき込んだり、連れの人と何か小声で話している姿が見えた。

田舎育ちの私は都会の人混みに圧倒されるばかりで、どうしても人混みだけは慣れないだろうと思っていたのに、いま何故だか喧騒(けんそう)に優しく包まれている気がした。錯覚かもしれなくても、その錯覚が起こったことが私には驚きだった。泣きたい気持ちを、知らない人々の営みがなだめてくれている気がした。

さっき見た、菫の目に一瞬だけれど確かに燃えた憎しみを私は思い浮かべた。

私に店をやらせて、何も聞かずに取り上げるほど、そこまで憎んでいるのか。私を傷つけずにはいられなかったのは何故なのか。

肉親だと思っていたのに。菫のことも両親のことも、肉親だからいろいろあっても本当には私を傷つけるつもりはないのだろうと思ってきた。でも違うのかもしれなかった。利用したかっただけなのだろうか。私は利用価値があったから使われただけなのだろうか。肉親と他人の違いは何なのだろう。それとも私は、菫や両親に与えた分、同じだけのものが返ってくると期待していたのだろうか。期待が裏切られたと思う方が打算的なのだろうか。

頭の中には果てしなく問いかけが駆け巡ったが、不思議と静かな気持ちだった。街の音に耳を澄ませて、絶望感と無力感に浸っていると、ふと気持ちの底の方で何か不思議なものがかすかに湧いてきて、私は顔を上げた。

まるでお腹の中で、まだ勾玉みたいに小さい赤ん坊が、かすかに子宮の内側を蹴ってくるような、そんな感じがした。私は妊娠したことがないのにそんなことを思った。

私はその、かすかな力を逃すまいと息を止めた。そして両方の手のひらを広げてじっと見つめた。深い水底からかすかに湧きだす酸素みたいに淡かった気持ちが、だんだんと確実に発泡してくるのがわかった。

なにか、以前にはなかった力のようなものが湧いてくるのがわかった。私はもう以前の私じゃない。なにもできない私じゃない。

食い入るように手のひらを見つめていた私は顔を上げた。

店のカウンターの向こう側、コーヒーを淹れて客に手渡している制服姿の女性を見る。レジを打って客につりを渡している。少なくともあの仕事は私にもできそうだ。店のガラス窓の向こう、弁当屋がワゴンを出してちょうど納品に来たらしい男性と売り子の女性が話している。売り子も配達も両方ともできそうだ。私の隣でノートパソコンを広げている若いサラリーマン。これは難しそうだが、でも教えてもらえばできないこともないかもしれない。

世界が違って見えた。私は立ち上がって店を出て、電車に乗った。その間に掃除の人や駅員やホームにある小さなパン屋で働く人を見た。できるのかもしれない。ああやって私も働けそうな気がする。赤い電車が滑り込んできて、私は電車に乗る。車両の両脇の窓の上にずらりと広告が貼ってあるのを見た。結婚式場の介添え人もできるかも。和食屋、居酒屋なら大丈夫。高級なレストランだって補助的な仕事ならなんとかなるかもしれない。マッサージは鍼灸師の資格が必要だろうけど取れないこともないかもしれない。車の運転は得意なので介護タクシーというのもできるかもしれない。悲しいのに、生きていけそうな気がした。こんなに泣きたいのに、なんで力がみなぎってきているのだろう。

そんなことを目まぐるしく考えているうちに久里浜に着いた。改札を抜けてバスターミナルを見下ろすと、もうそこは見知らぬ町には見えなかった。夫が待つ家へと私は急いだ。

家に戻ると、部屋の中からカレー粉と肉を炒めた匂いが漂っていた。

靴を脱ぎながらただいまと声をかけたが返事がなく、リビングを覗いても佐々井君の姿はなかった。台所のレンジの上には鍋が載っていて、蓋を取ってみると挽き肉と豆のカレーが出来あがっていた。どこかに出掛けたのだろうかと部屋を見渡すと、和室のふすまが半分開いていて、そこから裸足（はだし）のつま先が見え、反射的に息を呑（の）んだ。

川崎君が店を辞める時に言った「佐々井さん、死にたいって言っていました」という台詞が蘇（よみがえ）る。体中から血の気が引いた。

手足が震えだし、ものすごい重力が全身にかかった。よろける足を必死に動かして、息を止めたまま手を伸ばしてふすまを開ける。畳の上に佐々井君がごろりと寝転んでいた。

毛布も枕も使わず、ただいつも着ているよれたスウェットの上下のまま、体を丸めて横たわっている。背中の肩甲骨が浮き出て、乾燥した踵（かかと）が白っぽい。私は硬直したまま彼の姿をじっと見下ろした。胸のあたりがかすかに上下していて、小さな寝息が聞こえた。生きている。死んでいない。私は大きく息を吐いて、ふすまの脇に座り込んだ。そこで佐々井君がぽっかり目を開けた。

「……あれ、もう帰ってたの」

寝ぼけ眼で彼は言った。

「寝てたの？」

間抜けな質問を私はした。

「ああ、うん。なんか天気がよくて、そこから日射しが入ってきて、気持ちよくてうつらうつら」

ほっそりした指で佐々井君は出窓をさした。お母さんのお骨が置いてある窓辺からは、傾きはじめた日射しが斜めに差し込んでいた。彼はのっそり起き上がり、頭を掻いてあくびをした。

「……すごく、びっくりした」

「あ、カレー？　なんか辛いものが食べたくなって。そうだ、久しぶりに料理したらちょっと疲れて、ここで横になってたら寝ちゃったんだ」

びっくりしたのはもちろんカレーのことではなかったが、訂正しないでおいた。

「ありがとう。あれ、前にも作ってくれたよね」

「そうそう、社宅にいた時だから、ずいぶん前だよな。適当に思いだしながら作ったから、あんまりうまくないかも。味見してみてよ」

佐々井君は照れくさそうに言って立ち上がり、廊下へと消えて行った。トイレの戸が開けられる音がする。

私は鍋からカレーをスプーンですくって口に入れてみた。挽き肉とひよこ豆のドライカレーは、みじん切りにした玉ねぎと人参、しょうがとにんにくも入っていて、旨みが複雑でおいしかった。彼はキャンプや釣りに行って、外で料理をするのが好きな人だから元々手先は器用なのだ。以前は休みの日によく料理をしてくれたのだが、久里浜に越してきてからは台所に立つ余裕もなくなっていた。このドライカレー、ランチメニューにいいかもと思ったとたん、そうか、もうあの店で働けなくなるんだと思いだした。

動悸はようやく治まってきた。よかった、佐々井君は生きている。料理ができるくらいに元気になった。彼は死んだりしない。私は自分に言い聞かせるように、心の中で何度も繰り返した。

「ちょっと出掛けてくる」

　戻ってきた佐々井君はパーカーとジーンズに着替えていた。

「出掛けるってどこへ？」

「うん、洗剤とかトイレットペーパーがもうないから買い物行ってくる。夕飯にはまだ早いし」

「メールくれれば帰りに買ってきたのに」

「うん、まあいいよ。今日はずいぶん気分がいいから散歩がてら」

「じゃあ私も行く」

「いいよ。帰ってきたばっかりで。休んでなよ」

「一緒に行く」

　佐々井君のあとを追って私は今さっき脱いだ靴を玄関で履いた。大丈夫だとわかっていても、先程の衝撃が抜けきらず、彼をひとりで出掛けさせるのが不安だった。

　外へ出ると佐々井君は駅とは反対の方向へ足を向けた。

「たまにはホームセンターのほうへ行こうよ」

「そうだね。海のほうへちょっと散歩してみようか。疲れは大丈夫なの？」

な」

「昼寝したから大丈夫。でも料理は思ったより体力要るな。冬乃はそんな仕事をして偉い

偉いと言われて、私は目を丸くした。偉いのはあんなに過酷な仕事を続けた佐々井君なのに。

夕暮れというにはまだ少し早い時間だが、日射しはもう赤みを帯びて、太陽に熱せられたアスファルトが少しずつ冷えはじめていた。気持ちのいい風が海のほうから潮の匂いを乗せて吹いてくる。轟音に顔を上げるとヘリコプターが一機、迷彩色の腹を見せて真上を飛んで行った。

佐々井君の手にそっと触れてみると、自然と手をつなぐことができた。そのまま緩めに手をつないで歩道を歩いた。

佐々井君は会社を辞めたあと、話しかけても何も言葉を発しなくなっていた時期があった。家の中に閉じこもって一歩も外へ出ようとしなかった。風呂にも入らず、パジャマも下着さえも着替えない。ブラック企業で身を粉にして働いてきたのだから疲れているのだろう、しばらくそっとして休ませてあげようと最初の一週間くらいは思っていた。けれどだんだん心配になって、せめてシャワーを浴びて着替えてと言っても返事すらしない彼をどう扱ったらいいかわからなくなっていた。

まずいのではと思っても、店の仕事もあって、時間が解決するのを待つしかないのだろうと自分に言い訳をして、佐々井君をそのままにしていた。

川崎君が突然、無断欠勤のバイトの代わりに彼を店に連れて来たのはそんな頃だった。菫を呼んで来てと言ったのに具合の悪い佐々井君を連れて来るなんてとその時は一瞬腹が立った。でも、着替えて靴を履いて、手伝いとはいえ働く佐々井君を目の当たりにして、安堵したのも確かだった。その後、夫は川崎君と釣りにも出掛けて、ああ、これでもう大丈夫かもしれないと胸を撫で下ろしていた。

その翌日、バイトの有美ちゃんの旦那さんが脅迫まがいなことを言いに来て、川崎君を首にした。彼は店を出て行く時、地面に付きそうなほど深く頭を下げて、「最後に余計なことを言わせて下さい」と前置きしてこう言ったのだった。

釣りをしている時、佐々井さんが死にたいって言っていました。どこまで本気で言ったのか僕にはわかりませんが、いつまでも元気がないようなら医者に連れて行ったほうがいいかもしれません。気をつけてあげてください。

びっくりした私は、川崎君が脅しで言っているとはどうしても思えず、その夜夫に「一緒にお医者へ行こうか」とおそるおそる切り出した。すると佐々井君は妙に素直に頷いたのだった。

何か困ったことを相談できるのは今の私には所さんしかいなくて、迷惑を承知で彼に相談すると、すぐに地元で評判がいいという心療内科を紹介してくれた。診断は軽い抑うつ状態で、休息と多少の服薬が必要ということだった。それを聞いて佐々井君はぼんやりと頷いた。白髪の女医さんは、本人にではなく私の顔をまっすぐ見て、「大丈夫、すぐに良くなりますよ」と微笑んだ。

その日から佐々井君は下着を着替えてくれるようになり、やがて一日おきぐらいにはシャワーを浴びるようになり、私の問いかけにもだんだん返事をしてくれるようになった。家で一日中ぼうっとしていることには変わりなかったが、私が仕事に行っている間にコンビニへ新聞を買いに行ったり、洗濯物を畳んだりしておいてくれるようになった。

きっと佐々井君は、川崎君と釣りに行った時、体中に充満していた悪いガスがしゅうっと抜けたのだろう。私も所さんに両親のことを聞いてもらったとき、ぱんぱんに張って破裂しそうになっていたものが緩むのを感じた。あの時、生まれて初めて他人に悩みを打ち明けた。ふたりともあのまま風穴をあけず、どんどん膨らませていったらどうなっていたかと思うとぞっとする。

虫のいい話だが、私は川崎君に対してあまりにも冷淡だったのではないかとあれから後悔している。彼にお礼を言わなくてはならないのだが、首にした手前、連絡をするのが躊躇(ためら)われている。

ホームセンターはフェリー乗り場の脇の敷地にある。せっかくの海沿いの土地に、窓のない巨大倉庫のようなホームセンターを建てるなんて、山に囲まれた場所で育った私には最初理由がわからなかったが、鉄道の駅を中心に住宅が密集しているので陸の縁にしか建てようがなかったのかもしれない。考えてみれば東京湾は昔から工場地帯なわけで、なんだかもったいないと思うのは余所者の理屈なのかもしれない。

洗剤とトイレットペーパーとティッシュを買い、ホームセンターの裏へと回った。そこは広々した長い岸壁が続いており、貨物船も停泊している。黄色と黒の縞模様のブロックの隙間で、釣り糸を垂れている人の姿が幾つも見えた。

「へえ、こんなところがあるんだ。知らなかった」

佐々井君は感心したように言った。

「ここって、花火大会の時は有料席を作ってチケットを売るらしいよ。お客さんに聞いたの」

「そうか、ここから見たら迫力あるだろうな」

久里浜港と小さな砂浜を眺めながら、佐々井君がトイレットペーパーと洗剤、私がティッシュの五個パックを提げてぶらぶら歩いた。なんで先に買っちゃったんだろうと笑った。

佐々井君は釣りの人が気になるらしく、うしろからそっとバケツの中を覗いたりしていた。とうとう我慢できなくなった様子で「ここは何が釣れるんですか？」と質問する。話しかけられたおじさんは少し驚いていたが、それでも笑顔を作って、湾の中にイワシやアジの回遊魚が入ってくることがあって、そのときは面白いように釣れると教えてくれた。

「ランチはどうだった？」

今日は菫と横浜でお昼を食べるとだけ言って出掛けた。

「おいしかったよ。中華は久しぶりだったし」

「そう。菫ちゃんはなにか話があったの？」

「うん、まあ。あ、あそこにちょっと座ろうか」

店の裏手の壁に沿って飲み物の自動販売機が三台並べてあり、古くてそっけないベンチふたつと灰皿が置いてある場所があった。ちょうど休憩していた作業着姿の男性が立ち上がって、ホームセンターの搬入口に向かって行くところだった。

佐々井君はその自動販売機で缶の飲み物をふたつ買った。片方がスポーツドリンクで片方がミルクティーだった。両方差し出してきたので私は紅茶をもらった。暮れていく栈橋を眺めながら私達はそれを飲んだ。

風が冷たくなってきたなと思った時、隣で佐々井君がふうと深く息を吐いた。

「佐々井君、疲れたんじゃない？　肌寒くない？」

「大丈夫だよ。心配性だな」

「そりゃ心配するよ」

「そうだな、そりゃ心配するか」

下を向いて彼は笑った。前髪が目を覆う。会社を辞めてから散髪にも行っていないのでずいぶんと髪が伸びてしまっている。

「こうやって飲み物を売ってて、ベンチが置いてあって、ここに簡単なパラソルでも開いて何か食い物を出したりしたら、もう店になるんだな」

ぼそっと佐々井君がそう言った。意味も意図もわからなくて私は黙ったまま首を傾げる。

「ええと、いや」

　はにかんだように彼は首元を掻いた。

「先月、川崎と釣りに行ったじゃない」

「うん」

「あのとき、岩場に立ってたら、なんか死にたいなあって気持ちになったんだよな」

　どう返事をしたらいいのか、私は内心緊張して手に持った缶を握りしめた。

「あ、大丈夫、今はそんなこと思ってないから。その時も、現実が辛すぎるとか、生きているのが苦痛だとか、そういうふうに思ったわけじゃないんだ。なんていうか、ほら、高いビルとか屋上から真下を見ると、ぞっとする反面、ここから一歩踏み出せば簡単にいろいろ終わるんだなって思うことないか。あんな感じかな。恐いんだけど引っ張られる誘惑っていうか」

　私は少し考えて頷いた。

「うん。子供の頃はじめて海に行った時、波打ち際に立ったら波が引いていく力が恐くて、でもちょっとわくわくするような複雑な感じがしたな」

「そうそう。そういう感じ。頭の中の配線がこんがらがって、ほぐすのに疲れて、いっそ鋏でぱちんって切っちゃったら楽になるって思ったっていうか」

「……私が追い詰めたんだね」

「いや、それは違うよ。冬乃のことを責めてるんじゃないんだ。僕自身の問題だ。わりと自分は辛抱強い、辛抱くらいしか取り柄がない人間だって思ってるところがあったから、自分でもこんな気持ちになることがあるんだってすごく驚いてさ。驚いた勢いで、つい目の前にいた川崎に話しちゃったんだよな」

「川崎君は深刻に受け止めてたよ」

「そうなんだよ。川崎の反応を見て、最初大袈裟な奴だなあって思ったんだけど、あれ、もしかしたら普段の僕だったらこんなこと他人に言わないはずだよな、だいぶ疲れてんのかなって気がついて。帰り道に、川崎がもう帰りましょうって言ってくれなかったら、もしかしたらやばかったんじゃないかって思って、そうしたら体が強張って動けなくなって、どんどんおかしくなってきて。明らかに変だったよな。どこにも出掛けないでずっとパジャマで、冬乃が話しかけてきてるのがわかってるのに返事するのが億劫で」

口下手な夫がこんなに自分の気持ちを話してくれることはめったにないことで、私は一言も聞き洩らすまいと全力で耳を傾けた。

「ええと、それで僕は何が言いたかったかっていうと」

頑張って、と心の中で思った。息子が教室で発言するのを見守る、授業参観にきた母親みたいな気分だ。

「今まで悪かった。会社の仕事が大変で、それに固執して、冬乃が何を考えてて、どうしようとしてたかうまく想像してやれなくて」

「そんなことない。そんなことないよ」

私は強く言った。

「いや、そんなことある。むきになって、勝手に疲れて、冬乃が菫ちゃんと楽しそうに店をやるのを僻んだりもした」

　あまりに素直で恐いくらいだった。むしろその素直さを疑りたいような気さえしてしまう。

「川崎に言われたことが他にもあって」

「うん」

「一緒に働けばいいのにって。川崎は、もしも自分で店を持てるんだったら、百花ちゃんと一緒に働きたいんだって言ってた。なんか別れちゃったらしいんだけど縒りを戻してそうしたいって。それ聞いて、あ、そうかって、そんな簡単なことをなんで僕は思いつかなかったのかって」

　佐々井君は海へ顔を向けたまま、訥々と続ける。

「菫ちゃんの店だからって、遠慮も僻みもあったけど、僕も一緒に働けたらいいなって思ったんだ。店の二階の、あの物置にしてる和室を見たときに、冬乃と僕ならここに住めばいいんだよなって思った。そうすりゃ家賃がまるまる浮くだろう」

「佐々井君……」

「いや、なぎさカフェで僕の分まで給料を出せと言ってるわけじゃなくて、それはたとえばの話で。別々に働いてすれ違って誤解しあうより、たとえば夫婦でやってる小さい八百屋みたいに、そんなふうに一緒に働いたほうがいいんじゃないかって思ったんだ」

　私は息を呑(の)んだ。同じことを佐々井君が思いつくだなんて、思ってもみなかった。

「冬乃が店でお客に飲み物や食べ物をだしてるのを見てそう思ったんだ。店ってそんな大袈裟なものじゃなくてもできるのかもしれないって。いや、むしろそれは冬乃が得意にしてることで、僕は素人なんだけど。とにかく掘立小屋でも屋台でも、案外できるんじゃないかって初めて思ったんだ」

　一緒に働くという言葉が、天から一粒の雫(しずく)みたいに落ちてきて、かすかだけれど確かに私達の乾いた土にじわりと沁(し)み込んだのがわかった。

「おじいさんは山へ柴刈(しばか)りにおばあさんは川へ洗濯に、じゃなくて、一緒に柴刈りに行って、一緒に洗濯に行くってことかな」

「なんだそれ」

　佐々井君はハハハと笑った。

「嬉(うれ)しい」

「そうか」

「私達にもできるかな」

「できるような気がしてきた」

「でも、私の両親はそれで失敗したよ。別々の仕事をしてたら、こんなふうにならなかったかもしれない」

ずっと前を向いていた佐々井君が、私の顔をまじまじと見た。そして指で顎のあたりを擦りしばらく考えていた。

「リスク回避って意味では別の職業のほうがいいかもしれない」

コンクリートに投げ出された自分と夫の足元、二足の古びたスニーカーを私は見つめた。

「駄目なら駄目でまた考えることにして、一度やってみようか」

「本当に？」

「なぎさカフェは、僕を雇う余裕があるの？」

頷けたらどんなにいいだろう。ずっと堪えていた涙がとうとう零れた。

「佐々井君、なぎさカフェはもう売ることになったの。私も解雇される。今日、菫に呼ばれたのはその話だった」

佐々井君はほとんど表情を変えずに私を見つめた。私と夫は、新婚の頃だってこんなには見つめあったことはなかったというくらい、長い時間お互いの目の中を見ていた。

いつの間にか空の色が深まって、藍色にあたりを染めていった。貨物船の上に透明な白い月が見えた。

翌週の日曜日の夕方、所さんの奥さんが店で貸し切りのパーティーを予約してくれていた。店を売ると菫に聞かされる前に受けた予約だった。

楽しい会の前なので黙っておこうかと迷ったけれど、変に隠して言い出しにくくなるよりは早めに話そうと思い、前日に所さんへ電話をした。

店の売却の話はどんどん進んで、来月の末には店を明け渡すことになった。菫は私と顔を合わせづらいのか、用件は全部メールで知らせてきた。「改装のため休業しますと張り紙をしておいて」とメールがきたときはさすがにかちんときて、そのくらい自分でしに来たらと言い返したくなったが、少し考えてやめておいた。菫が私に会いたがらないのは、ばつの悪さや責任感のなさというよりも、私を恐がっているからと思えて仕方なかった。傷つけたほうより傷つけられたほうが精神的には優位に立っていることが不思議だった。

パーティーの日、所さんの奥さんは大きなケーキの箱を抱えて、予約の時間より早くやって来た。

今日は彼女が長年続けている英会話サークルの集まりで、帰国することになったアメリカ人の先生の送別会をするという。彼らの先生は代々、横須賀基地に赴任してきた夫と共に日本に来ている奥さんなのだそうだ。自作のケーキを持ち込むことができるお店が少なく、なぎさカフェでやらせてくれたら助かると彼女に頼まれたのだ。

「あとでうちのも来るから。終わったら話そうね。大丈夫?」

「大丈夫です。ありがとうございます」

心配してくれたのがわかって鼻の奥がつんとしたけれど、私は笑って答えた。

時間になるとサークルのおばさま達と一緒に、背の高いアメリカ人女性もおずおずと店に入ってきた。年配の人をなんとなく想像していたのだが、私よりも若そうな人だった。

ティーパーティーということでどんなメニューにしようか迷ったのだが、会費はあまり高くない方が助かると言われていたので、いつも店で取り寄せている食材を使ってオーソドックスなオードブルとサンドイッチ、そして定番メニューのスープを出すことにした。

その英会話サークルは平均年齢七十二歳で、一番年長の人は八十五歳だというが、皆お洒落（しゃれ）をしていて生き生きして見えた。道を黙って歩いていたら普通の年配者に見える人ばかりなのに、アメリカ人の先生と当たり前に英語でおしゃべりしているのに驚いた。

サンドイッチが捌（さば）けたあたりで、奥さん作のケーキとスコーンをテーブルに出した。白いホールケーキに茶色の猫がデコレーションされたそのケーキを見て、アメリカ人の先生が「オー、おいなり！」と歓声をあげた。

猫は先生の飼い猫で、名前を「お稲荷（いなり）」という。それを昨日電話で聞いて笑ってしまった私は、こっそり作ってあったお稲荷さんをサービスですと言ってケーキの横に出した。それを見てまた先生が「リアルおいなり！　ラブリー！」と大きく笑った。

バイトの朋絵ちゃんが、ケーキを切り分けてお皿に載せる。孫みたいな年齢の彼女を囲んでおばさま達は盛り上がった。

紅茶のお代わりを注いで回って、使った食器を下げる。食べ物は全て出したし、もうパーティーも終盤の雰囲気になってきてほっとしていると、店のドアがそっと開いて所さんが顔を覗（のぞ）かせた。明るい色のジャケットにネクタイ姿だった。彼はサークルの仲間や先生とも顔見知りらしく、一通り皆とにこやかに挨拶（あいさつ）をしてから私のほうへやって来た。

「お疲れ様」

所さんは柔らかく笑った。

「今日はありがとうね」

「いえ、そんな。それはこちらの台詞です」

店の隅に所さんと並んで立ち、歓談する人達の姿をしばらく眺めた。やがて彼が口を開いた。

「女房がね、お店をやってたのは冬乃ちゃんなのに、どうして追い出されなくちゃならないのって昨日怒って怒って。キーキー言いながらケーキ焼いてた」

アハハと私は笑った。

「心配して頂けて嬉しいです。でも大丈夫です」

「本当に大丈夫？」

「はい」

「あなたがここで働きたいのなら、まだ粘りようもあると思うよ。店にこのまま残れるように交渉するのに、弁護士を紹介することもできるし」

私はちょっと目を瞠った。そんなことはまったく思いもつかなかった。少し考え、でも首を振った。

「ありがとうございます。このお店が好きだし、ここでずっと働けたらよかったとは思います。でも私はただ雇われてただけだから」

「あんまり怒ってないみたいだね」

所さんはこちらを覗き込んで言った。私はエプロンの端を指でいじりながら再び考えた。

「怒ってないこともないし、悲しいことは悲しいんです」

「うん」

「私、ちょっと前まで自分は何にもできない人間だって思ってたんです。今でも私なんかにできることはすごく少ないって思いますけど、でも今まで自己評価が低すぎたと思うんです。何にもできない、働く自信がないってただ嘆いて、できないんだからしょうがないってどこかで開き直ってたところもあったと思います。自己評価が低すぎるのって、高すぎるのと同じくらい鼻もちならないのかもって最近気が付いたんです」

「ほう」

「菫が店をやらせてくれたから、今そう思えるようになったんです。こういうのって偽善っぽい考え方なのかもしれないんですけど」

彼は大きくひとつ頷くと、目を細めて続きを促した。

「菫は」

私は言葉を切った。

「菫はモリ君みたいになりたかったんだと思います。どこにも何にも属さないで、誰からも縛られないで、成層圏から人間を面白がって見下ろしてるみたいな」

「あれはよくない男だ。そもそもあの男が悪いと僕は思う」

妙にはっきりと所さんは言った。何か断言するようなものの言い方を彼がしたのを初めて聞いた気がした。

「人の弱みにつけこんで、人の好意を食い物にするタイプだ。都合が悪くなれば、選んだのはそっちだ、自己責任だなんて言って逃げていくような人間だ。盗人たけだけしい」

険しい顔をして所さんは言った。

「でもきっと人はああいうのに弱いんだ。人の心の撫でかたをよく知っている。人たらしだ。僕はあなたより少し長く生きているから、ああいうのを何人も見てきたよ。わかりやすく悪い人間より、もっと気をつけないといけない」

所さんは妙に力説した。私がぽかんとしていると、彼ははっとして笑顔を作った。

「いや、ごめんなさい。言い過ぎたね」

照れくさそうに彼は頭を掻いた。私は首を振って笑ったが、少し恐い気持ちになっていた。所さんが恐いのではなく、モリには私も佐々井君も魅力を感じていた部分があった。そこが恐かった。

「それで旦那さんはこれからのこと、なんて言ってるの？」

「一緒に働こうって言ってくれました。別々に働くんじゃなくて、たとえば、小さい八百屋さんをやるみたいにふたりで働こうって」

「なるほど、それはいい」

彼はぱっと笑顔になった。

「いろいろ手段はあるよ。夫婦で一緒に働ける仕事は、そうだな、このあたりなら三浦半島の別荘地管理の仕事を募集してるのを見たことがある。トラック一台で小さい運送会社をやっている知り合いもいるし、便利屋とか、移動販売もできるだろう。本当に八百屋をやったっていい。道の駅みたいな店もいいんじゃないかな。小さい規模で農業をやるのも悪くないと思う。三浦で農家をやっている若い人を知ってるよ。うちの女房を巻きこんでパン屋をやるっていうのもいいな。いまぱっと思いついただけでも結構ある」

一気に仕事を並べられて、私はあっけにとられた。

「協力するよ。僕がわくわくしてきたな」

「……あの、韮崎さんて、どんなお仕事をされてたのですか？」

「僕は横須賀市の職員だったの。農林水産課でずっと地産地消推進の部門にいてね。退職したけど、まだその部門の手伝いをしてる」

「そうだったんですか」

どうりで地元のことに詳しいはずだ。

「でも、そんなに良くして頂く理由がないです。私は娘でも親戚でもないし」

「なに言ってるの。今、わくわくしてきたって言ったでしょう。楽しくてやってることだし、僕は若い人に協力したいよ。あなただって人が喜ぶのを見るのは好きでしょ？　肉親じゃなくても親切にしたって変じゃないよ」

そこで店の中がわっと沸いた。アメリカ人の先生が、涙を浮かべながらひとりひとりにハグして回っている。朋絵ちゃんまで背の高い彼女と抱き合ってもらい泣きをしていた。

その様子を見ながら私は呟いた。

「私は両親への気持ちにけりをつけないといけませんよね。問題はやっぱりそこなんじゃないかと思います」

所さんは笑みを浮かべたまま私の肩をそっと叩いた。

「力まなくていいよ。けりなんかつかないよ。でも気持ちに区切りをつけるのはいいことかもしれないね。生きていくということは、やり過ごすということだよ。自分の意志で決めて動いているようでも、ただ大きな流れに人は動かされているだけだ。成り行きに逆らわずに身を任すのがいいよ。できることはちょっと舵を取るくらいのことだ」

私はしばらくじっと所さんの顔を見ていた。やがて彼の笑顔が滲んできて、水滴になり頰を伝って落ちた。

店の中は、打ち解けて賑やかに語り合う人達の声で溢れていた。


次の定休日、私と佐々井君は早朝に起きて家を出た。

両親に会ってきたいと伝えると、ひとりで行かせるのは心配だし、僕も挨拶したいから一緒に行くことになった。

久里浜から故郷の須坂までは、電車と新幹線を乗り継いで四時間はかかる。もうひと月もすれば私は職を失うのだから、そのあとにすれば時間に余裕をもって行くことができる。でも、彼らに会う勇気がいつまで続くか自信がなかったし、翌日仕事があれば、何があってもこちらに戻って来る理由になると思ったのだ。

まだ通勤ラッシュが始まる前の横須賀線に乗って東京駅に出、新幹線に乗り換えた。久しぶりに乗った長野新幹線は、研修で神戸に行った時、東海道新幹線で感じたような高揚感はなかったが、佐々井君は隣に座っているし、それなりに気持ちは弾んだ。朝、急いで作ってきたお握りを食べたら、緊張しているはずなのに強烈な眠気に襲われた。私達はもたれあって眠った。

ふと目を覚ますともう新幹線は長野県に入っていて、東京駅は晴れていたのに、雨粒が窓を叩(たた)くように濡(ぬ)らしていた。車窓の風景は真っ白に霞(かす)み、見慣れた山々を望むことはできなかった。

長野駅に降り立つと、圧倒的な懐かしさに襲われた。横浜駅や東京駅で降りると今でも東西南北がつかめず、体の中の磁石が狂って不安にかられる。それと真逆の、どちらに体を向けても自分が立っている位置がつかめる安心感。土地勘があるとはこういうことなのだとしみじみ思った。

乗り継ぎの時間があまりなかったので、駅に隣接した、住んでいた頃には入ったことがなかった観光客向けの蕎麦(そば)屋で昼食を済ませ、売店でビニール傘を一本買い、地下にある窓の外は本降りの雨が続いていて、梅雨が一足先にきたかのような肌寒さだった。特急は長野市内の住宅街を抜け、増水した千曲川を越えて走った。

須坂駅に降り立つと懐かしさは頂点を迎え、痛みに近くなった。変わらない石のホーム、古い階段と錆(さ)びの浮いた陸橋、改札口を抜けた所で売っている地元の野菜や野沢菜。観光地のポスターと、私が子供の頃からずっとある地元企業の看板、見るもの全てが埋めた記憶を呼び覚まして、私は言葉を失くしていた。

両親は今はもう、昔から住んでいた電器屋の店舗を併設した家には住んでいない。生活保護を申請する時に県営住宅へ引っ越したのだ。そこまでバスで行こうと思っていたのだが、一日に朝と夕の一本ずつしか便がなく、タクシーで行くことにした。

私達がずっと手をつないで、窓から食い入るように外を見ていたからだろうか、タクシーの運転手が「観光の方?」と声をかけてきた。どう返答しようかと迷っていると、その人はきさくに話しだした。

「最近はまた観光のお客さんが増えてきてるんだよ。横町(よこまち)のあたりは若い人がやってる洒落(しゃれ)た店もできたしね。ワイナリーなんかも評判がいいみたいで」

私と佐々井君は顔を見合わせる。信号で停まると、人好きする感じの初老の運転手は赤い日よけが出ている店を指差した。

「ほら、あのお店。小さいパン屋なんだけど、おいしいんだよ。遠くからわざわざ買いに来る人もいてね。帰りに寄ってくといいよ」

実家があった場所からそう離れていない所なので、私は目を瞠った。前に何が建っていたかは思い出せない。

私と佐々井君が、久里浜ではなくこの町で何か商売をするという選択肢もあるのだと私は急に思った。できるわけがないと思っていたが、できるかもしれないと気が付いて、私は夫の手を強く握りしめた。

車は町を抜け、川を渡り、山の方向へ走った。どの道にも思い出がある。つらいことだけではなく、楽しかったこともいっぱいあった。


町の外れにある県営住宅は、平屋の長屋のような建物で、同じ造りのものが何棟も連なっていた。その向こうには雑木林が広がっている。高い建物がまわりになくて空が広い。その広い空間の中に、ぎゅっと固まって家が建っている。

引っ越しの時、私も菫も手伝わなくていいと強く言われたので、ここへ来たのは初めてだった。家の裏には汚れた灯油のタンクがずらりと並んでいる。粗末なトタン屋根を雨が濡らし、壊れた雨どいから水が滴り落ちていた。冬は寒そうだ。雪かきをしてくれる人はいるのだろうか。並んだ玄関の戸の脇には錆びた郵便受けがあり、そこに日野と書かれた家を見つけた。

緊張で吐きそうだった。傘をさしたまま震える指で呼び鈴を鳴らしたが誰も出て来ない。

佐々井君が引き戸に手をかけ静かに引くと、戸はすんなりと横に開いた。

そのとたん中から大きな話し声が聞こえて体が強張（こわば）ったが、すぐにそれはテレビの音だとわかった。玄関にはサンダルや靴だけではなく、枯れた鉢植えや空の段ボール箱が散乱していた。

のっそりと母が顔を出した。最後に会った時よりもさらに太っているように見えた。背が低いので巨体というわけではないが、歩くのも大儀そうだった。口のまわりの赤く腫（は）れた出来物が目立つ。自分の母親なのに、一瞬人間ではなく何か野生動物のように見えてしまった。母の方も私達を見て、森で熊に会ってしまったように息を吞（の）んだのがわかった。

「お母さん、久しぶり」

「あんた、来るなら来るって電話しなさいよ」

もちろん長時間かけて来て留守だった時の徒労を考えると電話をしようとは思った。でも、どうしてもできなかった。歓迎されるかされないか、思い巡らすことさえ恐かったのだ。

「まあ、佐々井さんも」

「お久しぶりです」

なんだ、誰だ、と奥から父の声がした。

「冬乃と佐々井さんが来たよ」と母が振り向いて言う。妙に長い間があいて、短い廊下の先の襖（ふすま）が開いて父が顔を出した。

父のほうはさらに痩せていた。首のあたりがよれたTシャツの中は骨しかないような印象だ。肉が落ちた顔の中で目だけがぎょろりとし、白い眉が不自然に伸びている。

「お父さん、上がってもいい？」

「その男はいやだ。おれはそいつが嫌いだ」

そう言い捨てて父は部屋へ戻っていく。右足は以前のように軽くひきずっていた。佐々井君はそう言われるのを予想していたような感じで頷いた。私を見て「僕は外にいるよ」と言った。

「でも雨が」

「大丈夫。玄関の外にいるから。冬乃が呼んだら聞こえるところにいるから」

背中をそっと押されて、私は家の中に入った。埃っぽい廊下を通って父が消えていった部屋に入ろうとし、立ち止まった。

狭い和室は、足の踏み場もないくらい散らかっていた。

雑に畳んで積み上げた新聞紙や、折り込みちらし、食べ終わった弁当のパック、洗う前なのか後なのかわからない洗濯物の山や、毛布やタオルがぐちゃぐちゃに置かれていた。入り口から長押へと斜めに洗濯ロープが渡され、そこにも衣服が山のように掛けられている。母は昔から片付けが不得意だったが、ここまで荒れているとは思わなかった。部屋が狭く見えるのは、散らかっているだけではなくて、昔実家にあった家具がぎゅうぎゅうに押し込められているからだった。

茶の間の向こうにも部屋が見え、そこには布団が敷きっぱなしになっており、やはり古い家具が並べられている。

小さな台所と和室が二間。奥にトイレと風呂があるようだが、これがこの家の全てなのだろう。ごたごたに荒れたその中に、そぐわない大きさの液晶テレビが煌々と点いていた。

どこへ腰を下ろそうかと困惑していると、母が「ここ座んなさい」と、物をよけて座布団を出してくれた。子供の頃からうちにあった座布団カバーだった。母は畳の上にじかに置いてある湯沸かしポットから急須に湯をつぎ、そのへんにあった湯のみにお茶を淹れて私の前に置いた。

「どうしたの、突然」

私はそれには答えず、質問を返した。

「お母さん達は元気だった？」

「まあ、なんとかやってるよ。住むところはあるし」

父は私に背中を向けて、テレビを見つめている。画面には賑やかな午後のワイドショーが映っている。

「これ、作ってきたの。お父さん、好きだったなって思って」

私は鞄の中から大きなタッパーを取りだした。牛のしぐれ煮とごぼうを炊きこんだご飯をお握りにしたものだ。佐々井君と新幹線の中でひとつずつ食べた。父はちらりとそれを見、しばらく無表情でいたがふいに笑顔になった。

「おう、冬乃のそれ、うまいんだよな」

手をのばして早速父は握り飯を口に持っていった。

「うん、うまい。前よりうまい気がするな」

「もち米を少し入れてみたの」

母も表情をゆるめて手をのばしてきた。私も一緒にひとつ取って口に入れた。三人でもごもご食べてお茶をすすりテレビを眺めた。ベテラン俳優の浮気のニュースにコメンテーターが気の利いた冗談を言って、私達は静かに笑った。

このまま何も切り出さず、ただ様子を見に来たことにして立ち去ってしまおうか。そんな誘惑にかられた。何もなかったことにして、このままでいいことにして、帰ってしまおうか。それでいいじゃないかという気になってくる。

長い間会っていなくて、だんだん両親のことを怪物じみたもののように感じていたが、こうして会ってみれば慣れ親しんだ家族で、ふたりはどこにでもいる田舎の年寄りに見えた。体が土地を覚えているように、体がこの人達と密接に暮らしていた日々のことをよく覚えている。痛い思いをしてそれを無理に剝がすことはない。自然に剝がれる日を待てばいい。彼らの寿命がくる日までやり過ごせばいい。

素手でお握りを持ったので手がべたついて、それを洗おうと立ち上がった。流しで手をざっと洗いふと見ると、昔から電話台として使っていた棚が台所の隅にあり、その一番下に薄汚れたノートパソコンが押し込まれているのが目に入った。構える間もなく、あの時のことが鮮明に蘇って強い立ちくらみがした。

佐々井君が買ってきたノートパソコンだ。実家で何か両親のために調べものをしようと彼がそれを取りだしたとたん、「こんなものを買うくらいならもっと仕送りをしろ！」と父が怒鳴って床に叩きつけた。鈍い音がしてそれは壊れた。ダウンロードしたばかりの音楽ソフトには佐野元春のアルバムを二枚入れたきりだった。どうしてとってあるのだろう。捨てられなかったのだろうか、捨てるのも面倒だったのか。あの時の佐々井君の、白く強張った顔を今でもくっきり覚えている。私はそこに立ち竦んだ。

何もなかったことにしたかった。

渡しても渡してもお金がないと言われた。お前たち姉妹を育てるのにかかった金を、恩を、お前たちは返すべきだと毎日のように言われた。

自分たちの生活もあるからそんなにはお金を渡せないと思い切って言ったが、渡さないと社宅までやって来て、こちらが財布を開くまで帰らなかった。

佐々井君のお母さんが突然倒れて亡くなった時に、死亡保険でまとまった金が入ったはずだ、それでうちにも援助しろと父は言った。母もその横で頷いていた。お悔やみも言わずにそんなことを言いだす両親を見て、もう彼らは子供の時に好きだった人達とは別人になってしまったのだと実感した。

それを断ると両親は、子供が面倒をみてくれないのなら国に頼るしかない、生活保護を申請すると言い出した。ただ脅しで言っているのだろうと思ったら、そのあとすぐ、申請に必要だからと、親の生活を援助できない理由と宣誓の書類を書くように言われた。

保護の申請をすることを私と佐々井君は反対したが、菫は「いいじゃない」と賛成した。面倒をみないでいいとあっちが言うのだからそうしたらいいと簡単に言った。どちらにせよ、もうあのふたりは働けないし働く気もないのだから国の援助を受けるのは間違ったことではない、というのが菫の意見だった。

そして両親のことを「あいつらは人を追い詰めてでも、自分達は楽をしたいのだ」と吐き捨てた。佐々井君は激怒した。

「君こそ昔から自分の姉になにもかも押し付けている。人を利用するだけして知らん顔だ」

そう言って責めた。私達はそれで決裂したのだった。菫は私の顔をしばらく見たくないと言った。私と佐々井君は話し合い、仕送りだけはするが彼らから離れることを決めた。両親が来ない場所へ逃げるために長野を出た。

そういうことも、もう全部いいことにしたかった。でも、できそうもなかった。

「今日来たのはね」

心臓の鼓動が激しくなり、リズムが乱れた。私は胸をおさえながら言った。母は訝しげに私を見上げる。

「私のキャッシュカードを返してもらいに来たの。あと印鑑も」

きょとんとしたあと、母は何を言われたのか気が付いて顔を険しくした。

「あんたのカード?」

「子供の時に銀行で作ったやつ」

「あれは、お母さんが作ったやつでしょ」

「名義は私だよね。お年玉も、バイト代も、就職してからのお給料もみんなそこに入れてた。でも引き出すのはお母さん達だった。今も私が入金して、お父さんとお母さんが使っている」

「あんた、親になんて口をきくの!」

母が涙声で叫んだ。都合の悪いことを言われると、すぐに涙が出る母が、私はどこか羨ましかった。

自分の口座を親に管理されることに初めて疑問を持ったのは、大学生になった時だった。家族の稼ぎは家計なのだから、一括して管理するのだと父に言われ、何かおかしいと思いながらも逆らえなかった。必要なお金は、母に頼んで家計から出してもらっていたが、もちろん十分な金額ではなかった。ひとり暮らしをはじめてもその状態は変わらず、だから親にばれないようにバイトをかけもちした。

就職しても結婚しても私の手の中にあるのは通帳だけだった。結婚してからはさすがに別の口座を作ったが、そこに振り込まれた自分の給料を、半分は佐々井君の口座に、半分は親が引き出すその口座に入れ続けた。入金すると親に引き出される。また入れればまた引き出される。通帳に印字されるその数字を見るとその度に混乱と無力感と、親がちゃんと生きて生活しているという安心感とがないまぜになった。

　家のお金と自分のお金、その境目のことを考えようとすると、嵐のような罪悪感に襲われて吐き気がした。だいたい自分の家というものが、両親とのそれなのか佐々井君とのそれなのかがよくわからなかった。

「返してもらえないなら、名義は私なんだから、もうその口座を解約する。印鑑がないくらい失くしたって言えば手続きでなんとでもなるし」

「何を言ってるの、冬乃」

「それを言いに来たの」

「親に死ねって言うの？」

「生活保護の支給を受けてるんだから生きていけるでしょう」

　父は背中を向けたままだ。でも痩せた両肩に力が入っているのがわかった。

「なんて冷たいことを言うの。あんたは親がこんな暮らしをしてるのに、手伝いどころか会いにも来ないし、住んでる場所も電話番号も教えないで。どうしてそんな冷血な子になったの」

　泣きながら母はわめいた。脂肪でまるまるした指で目をこする。

「佐々井さんがそうしろって言ったのね。だから嫁になんかやるんじゃなかった」

　うめく母の背中に私はそっと触れた。

「ねえ、お母さん、生活保護を不正受給すると逮捕されるよ」

部屋の中の空気が凍りついたのがわかった。

「まさかって思うでしょ。でも立派な犯罪だからね。私はもう、そういうことに加担したくない」

「不正受給なんかじゃない！」

母が大きな声を出した。そうだ、ふたりとも働ける体と心を持っていないのだから不正受給なんかじゃないのかもしれない。父がゆらりと振り向いた。何故かほんのり優しげに目を細めている。

「他人みたいなことを言うんだな」

父のその顔が恐くて私は息を呑んだ。

「ひとりで育ったみたいな、いっぱしな口をきくんだな」

ものすごい後悔の大波が襲ってきた。かつて毎日のように受けていた圧迫が蘇る。逆らってはいけないものに逆らった恐怖に背筋がぞっとした。それでも私は絞り出すように言った。

「ねえ、お父さん、お母さん。世界は広くていろんな人がいる。私は知らない土地に引っ越してそれを知ったよ。他人なのに助けてくれる人がいて」

「帰れ！」

父に怒鳴られ、私は言いかけたことを呑み込んだ。足に力を入れて何とか立ち上がり、黙って廊下へ出た。

玄関で靴を履こうとすると、母がよろよろと追いかけてきた。すがるようなその目を見て気持ちが揺すぶられた。脂肪に埋もれた象のような小さな目。

「ごめんね、お母さん」

「菫は元気なの？」

「……元気よ」

「あの子、火傷は治ったかしら」

「火傷？」

「お父さんと菫の家に行って、その、お父さんが暴れて火傷させちゃって」

私は母の赤くなった両目を見つめた。この人は私と菫を産んだ人だ。優しくさせてくればいいのに、何故そうさせてくれないのだと問い質したかった。部屋を片付け掃除をして、健康にいい食事を三食作って、病院に送り迎えをして、一緒にテレビを見て、同じ屋根の下で眠って、そうやって暮らしていければよかったのに。

「お母さん、菫のことも諦めてあげて」

「諦めるって何を？」

私は答えず玄関を出た。コンクリートのたたきに膝を抱えて座っていた佐々井君が顔を上げた。

雨はもう上がっていて、ビニール傘を玄関先に置いたまま、私達は手をつないで国道へ向かって歩きだした。空は広く、風は冷たかった。

新幹線のデッキから私は菫に電話をした。

彼女はなかなか電話に出ようとしなかったが何度もしつこくかけ続けると、降参したように電話がつながった。

「今、須坂へ帰ってきたよ」

そう言うと菫は電話の向こうでしばらく黙り込んだ。

「おねえちゃん、その話は今じゃないといけない？」

「うん、できれば」

菫は大きく息を吐いた。そして「あの人達、元気だった？」と聞いた。

「そうね、普通にしてた」

「ふーん」

「火傷させたのはあのふたりだったのね」

「……させたってこともないけど」

「菫のところにはずっと来てたの？」

「そう。いつの間にか来ちゃうんだよね。ま、引っ越すたび住所教える私がいけないんだけど」

ごほんとひとつ、菫は咳をした。電話の向こうでは何かざわめきが聞こえた。外にいるのだろうか。

「あの時もさ、キノコ持ってきたからって無邪気に笑って。天ぷらが食いたいって言うからしぶしぶ揚げてやってたのに、お父さん、冬乃の住所を教えろって暴れだして。もめてたら引火しちゃってボヤだよ」

今度は私が黙り込んだ。菫は私の久里浜の住所を教えなかったのだ。

電話の向こうから「日野さーん、その段ボール運び出していいですかー」という大きな声が聞こえた。はーい、と彼女は声のするほうへ答えた。

「あの人達、やっぱりおねえちゃんのことは、嫁に出したから遠慮があったよ。私には容赦なしだったね」

そう言って彼女はいやにおおらかに笑った。笑うしかないというふうに。

「菫、どこへ行くつもりなの？」

「どこでもいいじゃん」

「モリ君と一緒に住むの？」

「だから、関係ないってば」

まとわりつく小さい虫を追い払うような、そんな言い方をした。

「菫、これだけは言っておく。いつでも連絡をくれていいから。いつでも会いに来てくれていいから。私達はたぶん久里浜から離れないし、携帯の番号も変えない。どこへも行かないからいつでも訪ねて来て」

「なにそれ」

「私達の親は、重い荷物みたいなもので、そのことでしか私達はつながれないかもしれない。でもその荷物を一緒に持つのは私だから。それは動かしようがないことだから」

「私はあんなひどいこと、おねえちゃんにしたのに？」

「お酒ばっかり飲まないでちゃんと栄養のあるものを食べてね。おなかを冷やさないようにして。コーヒーは控えて、夜はちゃんと眠ってお昼前には起きるようにしないと体によくないよ。シャワーだけじゃなくて湯船であったまって」

「うわ、なんなの」

「どこへ行ってもいいから、電話して。何かあってもなくてもメールして」

とうとう菫は噴き出し、じゃあねと言って電話を切った。

横で黙って立っていた佐々井君が、「おねえちゃんぽかったよ」と笑った。

新幹線はトンネルにさしかかり、デッキが大きく左右に揺れはじめた。両足を踏ん張って転ぶまいとした自分の懸命な顔が、デッキの暗いガラス窓に映った。

14

梅雨の走りの雨が降り続いている。おれは雨合羽を着てスーパーマーケットの入り口に立ち、次々とやって来る車を誘導していた。

雨の日ほど車で来店する客は多い。夕方になってさらに買い物客は増え、入り口には駐車待ちの車の列ができはじめた。先頭の赤い軽自動車の中には、ハンドルを握っている若い母親と後部座席でふざけている小学生くらいの男の子ふたりが見えた。間断なく雨の雫が流れるフロントガラス越しにも、母親が苛々しているのが手に取るようにわかる。

雨足はどんどん強くなり、アスファルトを叩いて飛沫を上げている。完全防水のはずの雨合羽なのに、どこからかじわりと冷たい水が沁み込んでくるのがわかった。長靴の中の靴下も水浸しで、歩くたびにいやな音をたてる。進行方向を間違えた車と、出口に向かって来る車がクラクションを鳴らしあって、駐車場全体が殺気立っていた。

突然、腿の後ろを誰かがスパーンとローキックしてきて、おれは膝から頽れた。赤色棒が地面に転がる。あまりの痛みにおれは唸った。

「おら、なにやってんだ、坊主!」

同じ雨合羽を着た、背の低い男が鋭くおれを怒鳴りつけた。

「そんな棒の振り方じゃ運転席から見えねえだろうが! もっと大きく腕回すんだよ!

あっちこっち詰まってんだろ！」

バイトのまとめ役のじじいが地面に落ちた棒を取り上げ、奥から進んできた車を止めて、左側から来た車を先に出口へ誘導した。

おれはよろよろ立ち上がり、じいさんが乱暴に返してきた赤色棒を受け取った。地面についてしまった両手が泥でぬめっている。激しい雨が肩と背中を叩いた。顔が強張って「すみませんでした」の一言も出てこない。

このバイトに応募したのは、インターネットで「パーキングスタッフのバイトはどこも楽勝」と読んだからだったが、どっこもひとつも楽ではなかった。

そこで、でかいワンボックスカーがバックしてくるのに気がつき、おれは「オーライ！オーライ！」と声を張り上げ腕を大きく回した。気を抜くと不注意な車にどつかれて殺されそうだ。

八時近くになって車の列がやっとさばけた。土砂降りの中で茫然と突っ立っていると、今度は優しく肩を叩かれた。

透明のビニール傘をさした人懐こい笑顔があった。ああ懐かしいと反射的に思った。にかっと笑った紅シャケ君の歯並びはあいかわらずがたがただった。

「いやいやー、哲生君、ずいぶんスリムになったでないの」

紅シャケ君はおしぼりで手を拭きながら、前に会った時よりさらに訛った感じでそう言った。

「そうかな」

「なまら男前だわ」

「いいよ、慰めてくれなくて」

おれは肩を落としつつ生ビールのジョッキを持ち上げた。紅シャケ君のそれとごちんと合わせる。バイトが終わったあと、上大岡駅そばの適当な居酒屋に入った。再び上京してきた紅シャケ君とは、会おうとしてもなかなか予定が合わずにいた。昨日彼から「急だけど明日会いに行っていい？」とメールがきたのだった。

「バイト先までこなくてもよかったのに」

「いやー、哲生君に会えるのが嬉しくて早く着いちゃってさー」

無邪気な笑顔の紅シャケ君を見つめた。おれなんかに会うことがそんなに嬉しいわけがないと咄嗟に思った。彼も社交辞令を言うようになったのかとおれは視線をそらす。紅シャケ君は気にした様子もなくテーブルの向こうから身を乗り出してきた。

「で、どう？　パーキングスタッフ」

「どうもこうも、一日外に立ちっぱなしで」

「うんうん」

「パーキングスタッフなんてこじゃれた名前に騙されたよ。ただの駐車場係」

「そっかそっか」

「今日みたいに雨だと合羽着てても下着までぐっしょりだし、晴れてりゃ暑いし日に焼けるし排ガス浴びまくりだし、おれ以外はシルバー人材センターから来てる妙に元気なじいばっかで、詰所で漫画読んだり菓子食ったり、暇潰すのに苦労するくらい楽だってネットで読んだのに」

そこまで言っておれは口を噤んだ。にこにこして聞いている紅シャケ君を見て、急に恥ずかしくなったのだ。大した仕事じゃないのにそれさえちゃんとこなせなくて、文句だけは一人前なおれ。

「紅シャケ君はどうなの？」

「うん、部屋は片付いたよ。つっても荷物なんか全然ないんだけど、前みたいに汚な部屋にならないように気をつけてる。バイトはとりあえず近所のコンビニ」

「……いや、部屋とかバイトの話じゃなくて」

「あー、すみません、ビールお代わりくださーい。それとこのマグロのカマね、ふたっつください」

店員を呼び止め、彼は注文した。

「カマって頭じゃないの？　ひとつでいいよ」

「なして～？　うまそうだからふたっつ食べようよ～」

ミュージカル風に大きく両手をひろげ、彼は歌うように言った。まわりの客が何人か振り向く。奥の席にいた女の子がふたり、面白そうに笑っているのが目に入った。

紅シャケ君はこの春、ある在京の小劇団のオーディションを受け、それに合格した。彼からメールでそのことを知らされた時、おれはすぐに検索し、その小劇団がサブカル畑での評判が高く、今やチケットを取るのに苦心するほどの人気だということを知った。主宰者はまだ若く、おれと三つしか年が違わなかった。

そういう目で見るからか、紅シャケ君は確かに舞台映えするように感じた。胸板は薄いけれど肩幅はあるし、手足が長くてスタイルがいい。小学生のまま大人になったような風貌も、それが魅力で存在感だと言われればその通りに思える。おれにしてみれば、男前が上がっているのは彼の方だった。ラスタカラーの着古したTシャツも、くしゃくしゃの髪型も、前はかけていなかった黒縁の眼鏡も、新進の俳優っぽく見えて眩しかった。

それにひきかえ、おれのくすみっぷりはひどかった。冬乃から不潔ぶりを指摘されて洗濯済みのものを着るようにはしているが、髪は千円の床屋で短く切っただけだし、駐車場のバイトは汗と排ガスで汚れるので、ホームセンターの作業着売り場で買ったTシャツと作業ズボンだ。

ぼんやりとおれは目を泳がせた。店のカウンターの向こうでは、中年の男と女が一心に働いているのが見える。夫婦だろうか。手を動かしながら客と何か談笑している。バイトらしき店員もきびきびしていて、偶然入ったにしては気持ちのいい店だった。おれは冬乃と佐々井を思い出す。あのふたりも労を厭わない人達だった。

なぎさカフェを首になったショックは、なかなかおれの中で薄れていかなかった。おれは一生このままなのだろうか。その場しのぎの仕事をして、やる気がないのがばれて後ろから蹴飛ばされ、這いつくばって生きていくのか。同じ失敗を反省もなく幾度も繰り返すのか。

「ねーねー、今日ほんとに哲生君のうちに泊まっていいの？」

紅シャケ君に顔を覗きこまれはっとした。

「あ、もちろん。せっかくなんだからゆっくり飲もうよ。おれの部屋狭いけど、実家だから客用の布団はあるし」

「うん、嬉しいなあ。友達の家に泊めてもらうなんて初めてだよ」

「初めてってことないだろう」

「田舎じゃ友達いなかったからさー。東京に出てきて、人が沢山泊まりにきてくれて僕ほんとに幸せだったんだー」

紅シャケ君が嘘を言っているとは思えなくて、おれは気持ちがきしんだ。さっきどうして、彼が社交辞令を言ってるだなんて思ってしまったんだろう。

「それであのね、僕、酔っぱらう前に哲生君に言わなくちゃいけないことがあってお願いごとっていうか伝言なんだけど、ジョージ君の」

「ジョージの？」

今更おれに何の用事だろう。

「猫沢さんが独立してプロダクションを立ち上げたのは聞いてる？　前の事務所の役員だ

った島田さんが社長で、あとジョージ君がマネージメントに入ったんだよね」

「は？」

「そこでね、営業をやってくれる人を今探してて、で、僕が、哲生君は営業職だったじゃないって言ったら、ジョージ君が哲生君に聞いてみてくれないかって、僕言われて、その、僕が様子をみてくるのが一番いいってみんなが言って」

何の話をされているのかわからなくて、おれは馬鹿みたいに口を開けたままになった。つっかえつっかえ紅シャケ君はもう一度説明をはじめたが、同じことをぐるぐる話すだけだった。

猫沢さんはおれが事務所を辞めたあと、完全にブレイクして毎日のようにテレビで見るようになった。ピン芸人の賞を取ったのは知っていたが、彼があの事務所から独立したということはもちろん知らなかった。ジョージは芸人をやめて裏方に回ることにしたのだろうか。何かあったのか。紅シャケ君の要領を得ない話をじっと聞いていると、タレントは猫沢さんを含めて五人しかおらず、猫沢さんの奥さんが経理を担当し、今足りないのは営業経験のある人間だということがとりあえずわかった。ジョージは何を思っておれに声をかける気になったのだろうか。

「ちょっと待って。そんなこと突然言われても、おれ、なんだか頭がこんがらがって」

「そうだよね。僕もよくわかんなくて、哲生君、ごめんねごめんね」

紅シャケ君の話を聞いているうちに、胸の中に乱気流が巻き起こり息苦しくなってきた。

これはなんだ。嬉しいのかつらいのか、有り難いのか悔しいのか。

「お給料は、ほんとに安くて申し訳ないくらいなんだって言ってたよ」

金か、いや金じゃない。

おれははっきりと嫉妬していた。かつておれは目の前にいる紅シャケ君のことを見下していた。世界に適応できない可哀想で残念な子だと。

そしておれは、自分がやめたお笑いの世界にしがみついているジョージ達を、やはりどこか見下していた。まだそこにいるのかよ、そのままずっとそこにいたって、いずれはやめなきゃならない日がくるのに。芸能界でやっていけるようになるのはほんの一握りの人間だけだ。やりたいことをやっているから充実しているなんて綺麗事だ。もし芸事で食えるようになったとしても、汚い芸能の世界ではちょっとしたことでひっくり返される。コネをつけるために全方位に媚を売って、馬鹿みたいに時間を食われ、いいようにこき使われてぼろ雑巾みたいになるのだと。

その紅シャケ君が、這いつくばるおれに手をさし伸べている。

憐れまれていると思うと、その手を振り払い、馬鹿にすんなと大声で言いたかった。しかしおれは、自分の卑屈さが、実は高いプライドが、そう感じさせているのだと薄々わかっていた。紅シャケ君のピュアさを疑ってでも自分を擁護したいなんて、自己愛がでかいにも程がある。

「なんかね、ジョージ君、とりあえず電話してほしいって」

おれはありったけの力をかき集めて、なんとか笑った。

「うん。わかんないけど、おれのこと気にしてくれてありがとう」

目の前のビールジョッキの中身を飲み干し、通りかかった店員におれは焼酎を頼んだ。


何か鳴っている音が遠くから聞こえてきた。眠りの底から浮きあがって、それが耳元で鳴っていることにやっと気が付いた。携帯だ。そう思ったとたん着信音は鳴りやみ、再び眠りに沈んでいくおれの腕を引っ張り上げるようにまた電子音が鳴りだした。開かない目で枕元を探り電話に出た。

「ちょっと哲生君！　大丈夫なの!?」

電話の向こうから女の声が聞こえた。

え？　と携帯の画面に目をやる。〈通話中・百花〉と表示されている。

「今どこにいるのよ」

彼女は尖った声で言った。

「どこって……」

見回すと自分の部屋だった。

「自分の家の自分のベッドですけど」

「なんだ、もう！　じゃあいい。心配かけないでよね」

放り出すように彼女は言うと、一方的に電話は切れた。何が起こったのか理解できず、おれは上体を起こして首を振った。すると頭全体がきりきりと痛んだ。ベッドの下には一組布団が敷かれ、そこで男が口を開けて眠っていた。紅シャケ君だ。

記憶の糸を、こめかみに力を入れて手繰り寄せる。そうだ、昨日の夜、紅シャケ君と飲んだのだった。

でも、どうして百花が電話をしてきたのだ？　おれ百花と別れたんだよな。それとも別れてなかったのか、よりを戻したのか。いやいや、妄想が混ざってきてるな。自分のもうろく加減にぞっとしていると、階下から母親が呼ぶ声が聞こえてきて、紅シャケ君がぽっかり目を開けたのが見えた。

母親はおれと紅シャケ君のために、ずいぶん立派な朝食を作ってくれていた。炊きたてのご飯としじみのみそ汁、焼いた塩サバと上品そうな煮物、まだ湯気をたてている出汁巻き卵。食器も普段使いのものではなくて、正月にしか出てこないものだった。

ダイニングテーブルに並んだそれらを見て、紅シャケ君は「わーいい匂い！　高級旅館みたいです！　お母さん、ありがとうございます！」と感激を露わにしていた。

あらあらそんな、冷蔵庫にあったもので作っただけよと母親はくねくねして謙遜していたが、客用の布団をおれに頼まれた時点できっと準備していたに違いない。

こんなん作んなくていいんだよババア！　とテーブルを見た時、反射的に思ってしまったのだが、身内の張り切りが恥ずかしいと思うなんて、おれってまだまだ子供なんだよなと、何故だかすとんと思った。私は庭仕事でもしてるわねとエプロンを外し、母親は部屋を出て行った。

「いいお母さんだねー」

紅シャケ君に言われ、おれは昭和の頑固親父のようにむすっとしたまま飯を口に運んだ。自宅のダイニングで紅シャケ君と差し向かいで飯を食うという妙な状況だし、二日酔いで頭は痛いし、昨日から不測の事態があれこれあっておれは混乱気味だった。

「ねえねえ、百花ちゃんとはいつ結婚するの？」

おれは飯を頬張ったまま返事ができなかった。

「昨日さー、哲生君が酔い潰れちゃったから、僕、悪いと思ったんだけど、哲生君の携帯使って百花ちゃんに電話したんだよね」

「へ？」

「駅前からタクシー乗ったのに、哲生君てば家の住所も言えなくてさー。で、百花ちゃんに電話して聞いたんだよ。僕も酔っぱらってたから、なんか驚かせちゃったみたいでさ、謝っておいてね、ごめんね」

そうか、それで百花から電話がかかってきたのか。彼女にはとっくにふられたのだと言おうかどうかおれは迷った。うまく説明できそうもなかった。

「それと、哲生君さー、昨日の話、断っていいんだからね」

「え？」

「事務所の営業に来てほしいって話」

箸の先で、魚から骨を器用に外しながら彼は言った。

「仕事も住むとこも全然違っちゃって、哲生君と前みたいに無意味に遊んだりできなくて、僕は淋しくてつまんないんだけど、でもそうもいってられないよね。結婚するんだから、将来ちゃんと食べられるかどうか保証のない仕事なんてしてられないし、遊ぶ時間なんてないよね」

邪気のない感じで紅シャケ君は言った。おれはちょっと考えて彼に尋ねた。

「紅シャケ君は、どうして一度辞めた世界に戻ろうと思ったの？」

「僕？ 僕はさー、田舎に帰ってさ、やっぱり仕事が決まらなくて、バイトすら続かなくて家族に馬鹿にされたわけよー」

へへへと恥ずかしそうに彼は笑った。

「僕って子供の頃からあたま弱いっしょ。だから馬鹿にされるのは慣れてるんだけど、やっぱ家族にそうされるのって胃にずっしりくるんだよなー。でさー、僕が阿呆で役立たずだと家族はにこりともしないけど、他人は笑ってくれるなーって思いだしたんだよ。どうせ馬鹿にされるんなら他人からされたほうがいいってしみじみ思ったんだよな」

おれは茶碗と箸を持ったまま動けなくなった。どうせ馬鹿にされるなら他人からのほうがいいというのは考えてもみなかったことだった。それが悲しい考え方だと誰が言えるだろう。

なんだか急速に自分がじれったく感じた。かったるく、窮屈で重い。まるでブラック企業にいた時着ていたスーツと革靴のようだ。急に飽きた。おれは自分という乗り物に飽き飽きした。脱ぎ捨てたいのに何故脱げない。おれはおれの考えから出て行けず、おれはおれをいつまでも変えることができない。紅シャケ君のように発想の転換ができない。

食い終わって紅シャケ君がトイレに立つと、おれは庭に面したガラス窓から外を見た。麦わら帽をかむった母親が地面に丸くなって雑草を抜いていた。おれは一度も庭の手入れなんか手伝ったことはないし、そこがどうなっているか考えたこともなかったが、芝はいつも整えられて花壇には季節ごとの花が咲いていた。

おれは百花と結婚して家庭を持ちたいと思ったけれど、それは純粋にそう思っていたのだろうか。邪心だったんじゃないだろうか。家庭というのは家の庭と書くけれど、おれはそこがどんな庭か思い描いたことがあっただろうか。

おれは兄のようにはならない、ずっと呪文のように唱えてきたけれど、その兄にすらなれないのではないだろうか。

「ねえ、ちょっと」

母親のことを最近何と呼んでいたっけとおれは戸惑った。十代の頃は普通にお母さんと呼んでいたが、いつの間にかそれが恥ずかしくなって呼ばなくなった。母ちゃんも母さんもしっくりこない。ましてやババアでもない。

「ねえ、あのさ」

母親がこちらを振り向いた。軍手で額の汗を拭い首を傾げておれを見る。泥が顔にちょっとついた。

「何？　ご飯足りた？　お代わりだったら炊飯器にあるわよ」

「そうじゃなくてさ」

「だから何？」

「裕一郎の住所って知ってる？」

母はゆっくり立ち上がり、おれの顔を黙って見つめた。おれはうつむいた。

兄を見てみよう、その思いつきが一旦（いったん）心に浮かんでしまうと、自分の中でコントロールできないほど大きくなってきた。次の日曜日、ちょうどバイトのシフトが入っていなかったので、おれは兄の家へと出掛けた。

会えなかったら会えなかったでいい、むしろ会いたくないし会うのが恐くもあったのだが、どんな所に住んでいるのか見てみないと気が済みそうにない。

母から手渡されたメモによると、兄の住所は茨城県のつくば市だった。コンクリート工場で働いているという。結婚して子供がいて、中元と歳暮がここ数年必ず贈られてくるそうだ。おれはてっきりもう交流はないのだと思っていたので驚いた。それではちゃんとした社会人みたいではないか。盆暮れの付け届けで、ヤンキー時代に両親やおれにかけた迷惑をちゃらにするつもりかと軽く腹が立った。

交通手段を検索してみると、どうやらつくば駅からバスに乗らなければならないようだ。

早起きをして東京に出、秋葉原から出ているつくばエクスプレスに乗った。

電車は平らな関東平野を真っ直ぐにひた走った。途中で乗客はどんどん降りていき、おれは四人掛けのシートにひとりになって窓の外を眺めた。それにしてもいつまでたっても終点に着かない。京急と違って車両の動きがスムーズで揺れが少なく、おれはいつの間にかぐっすり眠ってしまっていた。気が付くと電車は高架を走っていて、田園風景の真ん中をつっきっていた。

しかし到着したつくば駅は、長閑な田舎の風景の終点にあるとは思えない大きな街にあって度肝を抜かれた。洒落たデザインのビル群と白いコンクリートに囲まれている。バスターミナルで馬鹿でかい路線図を見上げて目的のバスを探した。やって来たバスはおれがいつも目にしているものより小型で、なんというか宮崎アニメに出てくるネコバスみたいだ。そのバスに乗るとほどなく高い建物は姿を消し、空が広くなった。

片側三車線の国道に延々とロードサイドショップが続く。それらすらまばらになってきた頃、バスは大通りから折れて畑に沿った道を走りはじめた。乗客のほとんどは老人で、まわりに店も家もないようなバス停でひとりひとり降りて行く。ちょっとだけ住宅が集まった場所に入ったかと思うとすぐ抜けて、また風景は田畑と雑木林になった。

道は乾いて埃っぽい。見上げるような鉄塔が遥か彼方まで並び、送電線が渡っている。どこまでも広くてまっ平らだ。携帯のマップに表示された、兄の住所の赤い矢印までもう少しのところまできている。道幅が狭まり両側の林がバスを覆うようになってきた。交差点を通過すると突然、視界に大きなコンクリート工場のプラントが現れ、おれは思わず「あっ」と声を上げてしまった。そこで車内アナウンスが目的のバス停を告げた。おれは慌てて立ち上がった。

道の向こうに見えるコンクリート工場には堆く砂利が積まれ、そこにヘルメットと作業着姿の男が数人小さく見えた。あの中に兄がいるかもしれないと思うとひやっとして、後ずさるようにして住宅地の方へ向かった。

そのあたりは新しい造成地なのか、整備された四角い区画が雑木林の間に広がっていた。家々はまだ新しく、建築中の家も目につく。どの家も敷地が広く、家と家の間隔が広い。横浜で生まれて育ったおれには見慣れない。土地に余裕があるのはいいが、歩いて行ける最寄駅がないというのはどういう気分なのだろう。

それにしても家はあるのに歩いている人がひとりもいなかった。後ろから追い越していった乗用車が、速度をゆるめておれの顔を見ていったのがわかった。こんな場所に見慣れぬ人間が歩いていたら不審人物だと思われるとやっと気が付いた。通りかかった家の庭先に繋がれた犬が吠える。おれはたちまち後悔しはじめた。何をやっているのだろう、通報される前にもう帰ろう。

背中を向けたとたんまた吠えられた。むくむくした白っぽい犬だ。家と犬と静かな暮らし。百花が望んでいたものだ。感慨に浸ってその犬をじっと見ていたら、玄関が開いて女が顔を出した。まともに目が合ってしまった。

「あれ？　もしかしたら哲生君ですか？」
女に言われ、おれはその場で固まった。

兄の家は小ぶりの二階建てだった。一階のリビングは実家の半分ほどの広さしかない。リビングの隣には引き戸で区切った小さな部屋があり、そこには子供用の布団が敷かれて赤ん坊が眠っていた。彼女は子供に視線をやってからおれの目を見て人差し指を立て、「いま寝たとこなの」と小声で言った。

信用金庫の名前が入ったカレンダーや土産物らしきこけし、子供の玩具(おもちゃ)やゲーム機やダイレクトメールの束など生活感が目につくが、散らかっているというほどでもない。惣菜(そうざい)とミルクの匂いがした。座るように言われて、おずおずと布張りのソファに腰を下ろした。

棚の上に写真たてがあった。台所で背中を向けている兄の女房を横目で見ながら手にとってみる。幼稚園の制服を着た子供ふたりが前に立ち、女房は赤ん坊を抱っこしている。その横に裕一郎が立っていた。身体を斜めにしてレンズを見ている。その構え方が昔の兄を思い出させたが、口元には柔らかい笑みを浮かべている。おれはその写真をさっと元の位置に戻した。

湯のみとお茶受けをおれの前に置き、彼女は顔を寄せてきて言った。
「何日か前におかあさんから電話があって、息子が行くかもしれないからよろしくって言われてたの」

ババア、とおれは内心呟く。

「あ、怒ったら駄目だよ。それが親心ってもんなんだから」

おれは「はあ」と引きつった顔で少し笑ってみせた。

「裕一郎は今日休日出勤でさ。でも五時には帰って来るからそれまでいてよ」

「いえ、おれもう帰りますから」

「なんでよ、会いに来たんじゃないの？」

兄の女房は首を傾げておれを見た。目尻に皺が一本よる。若い女じゃない。冬乃と同じくらいの歳かもしれないが、おばさんとお姉さんのどちらかに二分したら、まだお姉さんに入る部類だ。なんというか透明感のある女だった。髪も染めていないし化粧も濃くない。兄の女房なんてヤンキー上がりの煤けた女に違いないと思い込んでいたので、おれはどぎまぎしていた。

そこで赤ん坊が高い泣き声を上げた。ああ起きちゃったと口の中で言って、彼女は寝ていた赤ん坊を抱き上げてリビングに戻ってきた。赤ん坊といってももう結構大きくて、子供の歳などわからないが、一歳くらいにはなっていそうだった。

「いいからゆっくりしていけばいいじゃない。今日はたまたま私も仕事休みだし」

もう声を小さくする必要がなくなったからか、彼女はよく通る声で言って笑った。

「お仕事されてるんですか？」

「してるよー。うちはこの子で三人目なんだから専業主婦なんてしてられないよ。私は美容師なの、美容師」

「あ、そうなんですか、僕ついこの間まで美容ディーラーに勤めてて」

「そうなんだ、なんてとこ？」

会社名を言うと彼女はにっこりした。

「知ってる知ってる。私は川崎出身だし、最初の美容室は横浜だったから」

会話のフックが見つかって、おれは少し安堵した。

「ええと、じゃあ兄とは横浜で？」

「知り合ったのはこっちだよ。裕一郎が横浜でやんちゃしてたのは付き合ってから知ったんだ。前科があるって、付き合いはじめてすぐに聞いてさ。そりゃーもー引いたよ」

そりゃーもー、と彼女は繰り返し言った。

「それでも結婚しようと思ったんですか？」

「まあねえ。二年くらい付き合ったけど、その間いやなこともなかったし、お店の人とかタクシーの運転手とか、そういう人にも丁寧で敬語だったから、そんな悪い人じゃないのかなって思ってさ。子供ができちゃったからまあ入籍したのよ。でも何かあったらいつでも離婚できるように仕事は辞めないんだ。あ、これ本人にも言ってるから大丈夫」

赤ん坊をあやしながら彼女は笑った。冗談めかしているが本気かもしれなかった。

「上の子達、今日はじーじとばーばの家に行ってて、これから迎えに行くから一緒に行こうよ。で、スーパー行って買い物して、あ、何が食べたい？　なんでも作るよ。で、裕一郎を拾って帰ってきて、みんなでご飯食べようよ」

あっけらかんと言われておれは絶句する。兄どころか子供やじーじとばーばにまでおれは会うのか。なんて挨拶するんだ。

「ね、そうしよう。裕一郎も喜ぶと思うよ」

「……あいつ、喜びますかね」

「喜ぶに決まってるよ。あの人、あんまり横浜の家の話はしないけど、弟の話は最初っからよくしてたんだから。お笑い芸人になるんだって言って、テレビ欄に君の名前がないかどうかよく見てるのよ」

赤ん坊がまたふああと泣きだし、彼女は「はいはい、おっぱいですかー」と言って隣の部屋へ入って行った。このままでは兄貴の女房のおっぱいまで目撃してしまう。もういろいろと限界で耐えきれずに立ち上がった。

「すみません！　また来ます！」

そう言い捨てておれは部屋を飛び出し、スニーカーを履くのももどかしく玄関を出た。

裕一郎もあの調子で彼女の人生に巻き込まれたのだろうか。おれは尻尾を巻くようにして兄の家から退散した。巻き込んだり巻き込まれたり、みんなそうやって生きているのだろうか。おれにはまだ人をどうやって巻き込んだらいいかわからない。

秋月の別荘は、伸びた下草と剪定していない庭木にすっかり覆われ鬱蒼としていた。門柱の脇には売り出し中の札が立っている。

まわりに人の気配がないことを確かめて、おれはアプローチから前庭の方へ回ってみた。馬房の屋根にも枝がかぶさっている。中にはもちろん馬はいなかった。もう使われていない別荘は不気味に見えた。軒下には蜘蛛の巣が渡り、テラスに出したままのテーブルと椅子には錆びが浮いている。おれが馬を洗う時に使った青いホースは、地面から這い出たミミズのように白っぽく乾いていた。海へ向かってなだらかなカーブを描いている芝の庭には雑草が生えまくり、家と違って緑は潑剌と葉を伸ばしている。

おれはテラスの端に腰をおろして、吹いてくる海風に目を細めた。水平線が日射しを受けてちらちらと光っている。

「夏草や……」

おれは呟いてみた。学のないおれにはそのあとに続く句が出て来ない。

ここでバーベキューをした。金持ちっぽい男女がいっぱい来ていた。そいつらに使われるおれのような下っ端も何人かいた。信じられないほどうまい牛タンと、菓子みたいに甘いとうもろこしを食った。シャンパンとチョコレートの箱が際限なく回ってきた。気だるい感じの音楽が流れ、白髪頭の男女が抱き合うようにして踊っていた。

不思議といやな思い出ではなかった。虚飾の限りを尽くして今は滅びたとしても、それは幻ではなく確かにそこにあったものだ。おれはちゃんと覚えているし、全員とは言わないまでも、あのパーティーに来た人々の記憶に残っているだろう。

秋月が張った見栄の記憶。見栄というのはそれを誇示する相手がいなければ成立しない。誰も見ていない、誰も評価しないところで孔雀が羽を広げても美しいという判断は生まれない。おれはそれを確かに見たし彼の力にひれ伏した。凋落があるということは繁栄があったということだ。

だからおれは、ざまあみろという気持ちにはならなかった。

おれの、まったくものにならなかった芸人時代も、ぼこぼこにされて満身創痍になったブラック企業時代も、冬乃のカフェで働いた時間も、なかったことではなくおれの中に貯蔵されている。

昨夜おれは久しぶりに佐々井に電話をした。紅シャケ君に言われたプロダクションの仕事のことを相談したくて、おれにはその手のことを相談できるのはやはり佐々井しかおらず、冬乃のカフェを首になって合わす顔がなかったが、思いきって電話をしてみたのだ。

「いいじゃないか、それ」

佐々井はおれの話を聞くと、すんなりとそう言った。

「そうですか」

「営業職っていうのは基本的にはどこへ行っても同じだから。あんな会社だったけど、ちゃんと職歴として営業職って書いていいんだからな」

それを聞いて、電話を持つ手が少し熱くなるのを感じた。

「あの、一応履歴書提出して、面接があるみたいなんですよ」

図々しいと思いつつおれは言った。

「佐々井さん、履歴書見てもらえませんかね。できれば、その、面接の練習も」

「おう、いいよいいよ。長野の会社で面接はやったことあるから」

佐々井の返事に、脳全体がじーんと痺れる感じがした。そして彼はつけ足した。

「冬乃が会いたがっているから、飯を食いにうちへ来なよ」

おれは自分の部屋で正座をしたまま電話を耳に押し当てていて、そのまま前に体を折った。ごちんと額が床に当たった。そのままの姿勢で、すみませんでした、申し訳ありませんでした、と何度も繰り返した。佐々井はなに謝ってんだと笑った。

秋月の別荘で、おれは夕暮れが降りてくるまで、膝を抱えて海を見ていた。


百花とはすんなり会えた。紅シャケ君が酔っぱらって電話をしてくれたおかげだ。

会ってくれないかと頼むと、次の休みの日はやることがあるのだけれど、それを手伝ってくれるのならと言われた。ちょっとした力仕事だという。もちろん了解した。必要とされることの心地よさに踊りだしたいような気分だった。

久里浜駅で待ち合わせ、久しぶりに百花の顔を見た。前より髪が伸びて後ろでひとつにくくっていて、彼女にしては珍しく、ただのジーンズと薄手のパーカーという軽装だった。

いつも何かしら可愛いものを身に着けている子だったのに、化粧から何からシンプルというか簡素だった。

百花の頼み事は、段ボールを運ぶことだった。駅からアパートへ行く途中のドラッグストアの裏に「ご自由にお持ち下さい」と張り紙がしてあり、そこには使用済みの段ボールが平たく畳んで重ねてあった。

百花は来週、久里浜から東京へ引っ越すのだと言った。転職をして、インテリア小物を扱う会社に採用になったのだという。バイヤーの見習いのようなことができるのだと百花は嬉しそうに話した。おれは咄嗟に、「おめでとう」も「よかったね」も言えなくて、ただ間抜けに「あ、そうなんだ」と呟いた。内心では「そりゃないぜ」と思っていた。

段ボールをふたりで三往復して運んだ。彼女の部屋の中は、もうだいぶ荷造りが進んでいる状態だった。真っ黒になった手を洗わせてもらっていると、百花が麦茶を注いでくれた。和室に小さなちゃぶ台が置いてあって、そこに向かい合って座る。ダイニングに置いてあった丸テーブルも和室のベッドも姿を消していた。売ってしまったのだという。

「東京の部屋は六畳一間で、あんまり狭いから大きい家具はみんな処分したの。布団なら畳んで押し入れに仕舞えば広々するしね。服もだいぶ減らしたのよ。そんなとこでも家賃、ここより高いんだよ。築は古いんだけど駅近だから」

「そんなところ、女の子が住んで大丈夫なの？」

「オートロック付きワンルームなんて住めないもん。大家さんが下に住んでるからまあ安心でしょ。心配したらきりないし」

眩しい笑顔に目がつぶれそうになる。おれは麦茶のコップを置いて畳に手をついた。

「百花さんっ」

突然の大声に、彼女は肩をびくりとさせた。

「おれと結婚してください！」

畳に額をこすりつけた。頭を下げることが板についてきたなと、他人事のように思った。

「結婚して一緒に住んでください！　僕に守らせてください！」

そう言って頭を下げたまま、一から十まで数を数えた。百花から何の気配も伝わってこないので、そろそろと頭を上げた。彼女は目を細めて観音様のような深い笑みを浮かべていた。

「だめ？」

オッケー？　オッケーなのか？　一瞬喜びかけたが、よく見るとその顔は嬉しくて笑っているというより呆れて笑うしかないという顔だった。

百花はあっさり肩をすくめた。やっぱり。そりゃまあ駄目だろうなとは思っていた。

「別れたじゃない、私達」

「だからよりを戻して」

「何のために？」

「だからそれは……」

高校の教室で、もうついていけなくなって久しい数学の問題を当てられた時のような途方に暮れた気持ちがした。おれは必死に頭を巡らせる。

「家庭を作るためだろう？　百花言ってたじゃん。結婚して子供を作って犬を飼って、普通に暮らしたいって」

「言ったかもしれない」

「言ったんだよ！」

百花は首をぐるりと回して天井を見、何か考える顔をした。そして何故か足を組み換え胡坐(あぐら)をかいた。ふうと息を大きく吐いた。

「それはまあ、私が悪かったです」

「ええ？」

「なんかその時、人に頼りたくなっちゃってたんだよね。川崎君に頼るしかないんだって思いこんじゃって」

「頼ってよ！」

「今日頼った」

「こんなこと、いつでもやるよ！」

「じゃあそれでいいじゃない。結婚しなくても」

「おれが稼げない男だから？　ブラック企業辞めて、そのあとのバイトも首になって、今は駐車場でぐるぐる赤色棒振ってるだけの男だから？」

「そうなの？」

　なんだか話が嚙みあわず、おれは歯ぎしりしたい気持ちだった。

「百花、結婚してカフェとか雑貨屋とかやりたいって言ってたじゃん。一緒にやろうよ。おれ、今ならできると思うんだ。小さい店でいいじゃんか。会社辞めたあと、おれカフェに勤めて、そこでノウハウとか少しは覚えたから大丈夫だと思う」

　我ながら胡散臭いことを言うなあと思った。おれが女だったら、こんなことを言う男など信用しない。

「でもそのカフェ、いま首になったって言ったよ？」

　おれは絶句した。

「とにかく一緒に生きていきたいんだよ。なにかして一緒に働こうよ」

「うーん、お店を持つのはいつか実現させたいことだけど、今は大きい会社で勉強させてもらえるのが有難いかな。個人じゃ扱えない金額を回せるわけだし。それにさ、一緒に生きるのと一緒に働くのは別のことなんじゃないの？」

　ぐうの音も出ず、おれは肩を落とした。どう考えても説得できる気がしなかった。

「よーし、わかった。おれがちゃんと就職できたら結婚してくれるか？　実は仕事の口がありそうなんだよなー」

「なんでよ。しないってば。付き合ってもないのに」

「じゃあ付き合ってよ」

「だからうまくいかなくて別れたんでしょう。やだもうー、しつこいなー」

百花はとうとう笑いだした。そんなことより荷造り手伝ってよと言って勢いよく彼女は立ち上がった。伸びやかでばねのある太ももにおれは釘づけになった。しつこいことは大事だと、おれは心の手帳に大きく書きつけた。


六月の最後の日、久しぶりにスーツ姿でおれは家を出た。日射しが強く照りつけ、あっという間にワイシャツの中は蒸れ、久しぶりに履いた革靴が重かったが、おれは口を真一文字に結び、脇目もふらず東京へ向かった。

紅シャケ君が紹介してくれたプロダクションは中央線の阿佐ケ谷にある。今日は面接でそこへ向かっている。

その会社に入れてくれとジョージに電話をしたら、何も入れてやるとは言ってねえと鼻で笑われた。よく聞くと、書類選考だけは通して面接から受けさせてくれるという話だった。何もおれだけに打診したわけではなくて、ちゃんと募集をかけていて、採用一名か二名の枠に三十名の応募があったということだ。

ジョージは「でもまあ受けてみなよ」とあいかわらず尊大な口のきき方をしたが、考えてみれば今まで絶縁状態だったのだから、彼なりにおれを許してくれているということなのかもしれない。

自信はないが、受けてはみよう。佐々井は面接のシミュレーションを何度もしてくれ、営業経験はあるのだから大丈夫、と励ましてくれた。冬乃は受験生を抱える母親みたいに、受かりますようにと言ってカツ丼を作ってくれ、お守りまで渡してきた。

阿佐ケ谷駅で降りて改札を出た。久しぶりにこっちへ来たな、そういえば杏子の部屋は中杉通りの路地を入ったところにあったんだよな、そう思っていたら、目の前に停まったタクシーの後部座席が開いて、背の高い男が降りてきた。

おれは凍りついた。モリだ。ばかでかいリュックを背負っておれの前を通過して行く。

「あんた！」

おれは思わず呼び止めていた。モリは普通に振り向いた。おれの顔を見たが、何の表情も浮かべず、どろんとした目のまま視線を逸らして歩き出す。まさか覚えていないのか。

「おい、モリ！」

腕を捕まえて振り向かせた。彼の目の焦点がおれの眉間あたりに結ばれる。無精ひげの生えた口元をふと歪めた。笑ったようにも、ただ口を曲げただけのようにも見えた。うっすらと、熟しすぎて腐っていく柿のような臭いがした。

「おお、川崎君。スーツでどうしたの。就職活動？」

平淡な声で彼は聞いてきた。その目には何の興味の色もなかった。モリの目には何も映っていないとおれにはわかった。ただ条件反射で出てきた言葉を発音しただけだ。

おれは手を離した。何を言っても無駄なんだと思った。関わっても仕方がないのだと力が抜ける感じがした。

「おれは、お前のようには絶対ならない」

あ、そう、と簡単に頷くと、彼は改札に向かって歩いていった。雑踏の中へ大きなリュックが消えていく。その背中をおれは突っ立ったまま見送った。

了

強く眩(まぶ)しい光

堀本裕樹

山本文緒さんが十五年ぶりの長編小説を執筆されて、単行本の『なぎさ』が出版されたとき、短い推薦文を書かせていただいた。

それは、〈傷ついた流木を撫(な)でる優しさと、再び海に還す強さを持った物語です。「信じる」尊さを波音のように教えてくれました。〉という拙文であったが、今回もう一度、じっくりと読み返してみて、やはり自分の感じ取った『なぎさ』の印象は、初読のときとほとんど変わることはなかった。

ただ、そこにもう一つ付け加えるとすれば、自分をなんとか変えたいと思っている人や、変化していく自分に恐れをなしてブレーキをかけている人の背中を温かくそっと押してくれる物語であるということだ。

『なぎさ』は主に二人の語りで進行していく。最近夫との関係がうまくいっていない主婦の冬乃と、冬乃の夫である佐々井の部下・川崎の二人である。

主人公の一人である冬乃は、故郷の長野県須坂(すざか)市で中学生のときに知り合った一学年上の佐々井と時を経て結婚した。穏やかでシャイなところのある二人は、「あなた達結婚したらいいじゃないの」という佐々井の母のひと言がきっかけになって、結婚することを考え、所帯を持つことになったのである。

佐々井が勤める会社の社宅で、子どもができたときのことに思いを馳せ、大きい家を買って、佐々井の母と一緒に住むことを二人で話し合う日々が、「一番いい時期だったかもしれない」と回想する冬乃は、今は神奈川県の久里浜に住んでいる。ある訳があって、夫婦で久里浜に引っ越してきたのであった。

そこに冬乃の妹である菫が現れる。久里浜に越してくる前に菫から、「しばらく会いたくないし声も聞きたくないから連絡しないでくれ」と言われたにもかかわらず、突然妹のほうから姉に電話が掛かってきたのである。

冬乃と菫は姉妹だが、まるでタイプが違う。「ほとんど同じ背丈なのに、妹は背の高い人と認識され、私は図体の大きい女と言われた」と思い返しながら冬乃は、スタイルのいい菫をうらやみつつ、愛おしく懐かしい気持ちになる。元漫画家の菫は、冬乃よりもずっとスタイリッシュな生き方をしていた。

長いあいだ音信不通だった菫が冬乃の前に現れたのは、住んでいた部屋でボヤがあったからだった。それで菫は、姉である冬乃を頼ってやってきたのである。

やがて、しかしこの不意の菫の登場が引き金となって、毎日夫に弁当を作って、ネットカフェで消極的な職探しをするばかりの冬乃の暮らしに変化を与えていくことになるのであった。

もう一人の主人公である川崎は、恐ろしく暇な会社で就業時間だというのに、上司の佐々井に付きしたがって久里浜の海で釣りをする毎日を過ごしていた。お笑い芸人を志望し売れない若手として活動していた川崎は、久しぶりに同窓会で会った百花と付き合いはじめることになる。そのうち、百花との結婚を考え出すようになり、芸人の道を諦めて、サロンにシャンプーなどの品物を卸す美容ディーラーの会社に就職したのだった。仕事のない会社には当然張り合いも感じず、上司の佐々井も今一つ何を考えているのかわからない。まだ二十五歳の川崎は鬱屈を抱えながら、こんな会社は辞めようと内心決意する。

しかし、あるとき会社の状況が一変する。取引が中断されていたサロンチェーンのオーナー秋月と会社が和解することになったのだ。そこから暇を持て余していた会社に異常な仕事量がもたらされるようになると、川崎は休みなく奴隷のようにこき使われるようになる。会社はいわゆるブラック企業の顔を見せはじめるのだが、日々の業務に加えて、尊大な秋月があれこれと川崎を呼び出しては、使い走りのような用事を言いつけるのだった。お得意様のサロンのオーナーの言いつけだけに逆らえず、川崎はどんどん疲弊していく。上司の佐々井も同じく過重労働に追い込まれてゆくのだった。

そんな佐々井の労働状況が悪化する一方で、菫が不意に言い出したカフェ開業の話が足早に進んでいた。それを提案されたときは、あまりの妹の浮ついた考えに腹を立てた冬乃だったが、結局菫の行動力と説得に押し切られるかたちで弱気ながらも、「なぎさカフェ」をオープンさせることになるのであった。

さて、『なぎさ』のアウトラインを追ってみたが、冬乃と川崎の二人の視点を軸にして、ここにさまざまな人間模様と複雑な肉親とのあいだでの問題が絡み合い、物語は丁寧な筆致を以て奥深く描かれていく。

なぜ、この二人を主人公にしたかを考えると、細かく分析すればいろいろ理由は挙げられるだろうが、端的に言えば、こう言えるかもしれない。

大切な人と心の深いところで通じ合いたいと思っているけれど、うまく通じ合えずに孤独を抱えていることが二人に共通しているのではないか。そして誰かに、特に自分が大切に思っている人に必要とされたいと強く願っている。

冬乃にとって大切な人は夫の佐々井であり、川崎にとっては結婚したいと思っている彼女の百花であろう。

しかし、深く通じ合いたいと胸のなかで思っているだけでは、好転していかない。その壁を突破するためには、自ら積極的に行動して、思いを伝えるための言葉を発していかなければ物事の前進はありえないのである。と同時に、相手のことを思いやる気持ちも大事に持ち合わせておきたい。そのことを一歩ずつ良いほうに、積極的な生き方に変えてゆく冬乃に特に教わったように思う。教わったと書いたが、勿論この物語は教条主義的なものではない。あくまで山本さんによって丁寧に深く人物の成長過程が描かれるなかで、自然に読者が感じられる気づきである。

冬乃がだんだんと変化するさまが、カフェ開業に沿って描かれているのだが、山本さんの筆は決して急がない。物語の進行とともに冬乃の心境の変化を根気よく、ゆっくりと細密に捉えて描きあげてゆくのである。

　冬乃は時間を見つけて、まず走り出す。久里浜をまるで探検するように楽しみながらランニングしはじめる。

「菫と一緒にカフェをやることに決めてから、私の中で明らかに何かが動きはじめていた。凪いでいた海にさざ波がたち、やがて大きなうねりになる予感がしていた」と、冬乃はその変化の予兆を敏感に感じ取り、自分の人生のうねりを受け止める心持ちを整えてゆくのだった。そうしてフードメニューを考え、試食会を開き、神戸に研修に出掛け、アルバイトを使ってカフェを切り盛りしていきながら、冬乃は夫の佐々井ときちんと向き合うことや、長年冬乃が背を向け遠ざけてきた両親との確執に対峙するまでの心の強さを身に付けてゆくのであった。

　冬乃のそんな強くなっていく姿に、読者は励まされる。精神的な強さを取り戻しながら、優しさを失わない冬乃は、みるみる魅力的な女性に変わっていくのである。それは妹の菫のスレンダーな容姿と一見スタイリッシュに見える上辺の魅力ではない。冬乃が獲得していく豊かさは真摯に努力し、苦悩した果てに我が身に備わるであろう、もっと人間としての本質的な魅力であり輝きといえる。

　冬乃一人の描き方を見てみても、そこに読者の胸を打つ熟成されたリアリティがあり、山本さんの真心が滲みだしているのである。

そしてこの物語の懐の深さは、冬乃よりもまだまだ人間として未熟な川崎をもう一人の語り手に据えたところであろう。二十五歳の川崎は、大切な人である百花と心から繋がりたいと思い、誰かに必要とされたいと願っているけれど、若さゆえの投げやりな気分と思慮の足りない部分が目立つ。百花と付き合いながらも、芸人時代に世話になり、痛い目にもあった年上の杏子と浮気をしたり、ブラック企業を辞めて、「なぎさカフェ」を手伝うようになっても自堕落な暮らしに傾いてしまうのだった。そんな川崎にも山本さんは希望を与え、これから彼の頑張りしだいでまともな生活に、まともな人間になっていくよう光を当てている。

そう、この物語のもう一つの魅力は、主人公を良い方向に導く脇役がなんともいえず、いい味を出していることだろう。

川崎に対して、無邪気に助け船を出すのは紅シャケ君である。同じ芸人仲間であった紅シャケ君は芸人の道を諦めて故郷に帰るも、再起して上京を果たすのだが、わずかしか描かれていないこの若者は純真な輝きを印象的に放っているのだ。

冬乃に助け船を出すのは、所さんである。眼鏡を外して、もっと年配にした所ジョージさんに雰囲気が似ているので彼女はそう呼んでいるのだが、冬乃は所さんの持つ大らかさや人の心を鋭く察する力に惹かれ、やがて自分の胸の内にある悩みを打ち明けるまでの付き合いに発展していくのだった。

川崎や菫とも関わりのあるモリという放浪して暮らす「大型の爬虫類のよう」な、ちょっと得体の知れない人物も登場するが、冬乃も川崎もしだいに変化していく過程において、出会いが大事な鍵となり影響をもたらす。

冬乃にとっては、菫との再会が重要な機縁となって、すべてがうねりはじめるが、波風をもたらす人物もいれば、その激しい変化のなかで溺れそうになる状況で手を差し伸べてくれる出会いもあることを『なぎさ』は示唆してくれる。それは小説のなかだけではなく、実生活を見渡してみても思い当たるのではないだろうか。出会いが人の気持ちを変えてゆき、状況を少しずつ変えてもゆくのだ。

『なぎさ』を読み終えたあとは、あらためてゆっくりと自分の周りを見渡してみるのもいいかもしれない。そうすることで、冬乃や川崎が直面したような問題や思い悩んでいた事柄に、自分の状況を当てはめて見直す機会になるかもしれない。

『なぎさ』は間違いなく、現代社会における希望の一書である。

山本さんの純真な祈りのこもった渚に立てば、真っ青な沖の光が心身を包み込んでくれるだろう。信じ通すことで生まれる絆ほど、強く眩しい光はない。

歌詞引用

「ロックンロール・ナイト」
「サンチャイルドは僕の友達」
「ナポレオンフィッシュと泳ぐ日」
（作詞・佐野元春）

本書は二〇一三年十月、小社より刊行
された単行本に加筆修正したものです。

なぎさ

山本文緒（やまもとふみお）

平成28年 6月25日　初版発行

発行者●郡司 聡

発行●株式会社KADOKAWA
〒102-8177　東京都千代田区富士見2-13-3
電話 0570-002-301（カスタマーサポート・ナビダイヤル）
受付時間 9:00～17:00（土日 祝日 年末年始を除く）
http://www.kadokawa.co.jp/

角川文庫 19795

印刷所●株式会社暁印刷　製本所●株式会社ビルディング・ブックセンター

表紙画●和田三造

ISBN978-4-04-103989-2　C0193

JASRAC出　1604445-601

角川文庫発刊に際して

角川源義

第二次世界大戦の敗北は、軍事力の敗北であった以上に、私たちの若い文化力の敗退であった。私たちの文化が戦争に対して如何に無力であり、単なるあだ花に過ぎなかったかを、私たちは身を以て体験し痛感した。西洋近代文化の摂取にとって、明治以後八十年の歳月は決して短かすぎたとは言えない。にもかかわらず、近代文化の伝統を確立し、自由な批判と柔軟な良識に富む文化層として自らを形成することに私たちは失敗して来た。そしてこれは、各層への文化の普及滲透を任務とする出版人の責任でもあった。

一九四五年以来、私たちは再び振出しに戻り、第一歩から踏み出すことを余儀なくされた。これは大きな不幸ではあるが、反面、これまでの混沌・未熟・歪曲の中にあった我が国の文化に秩序と確たる基礎を齎らすためには絶好の機会でもある。角川書店は、このような祖国の文化的危機にあたり、微力をも顧みず再建の礎石たるべき抱負と決意とをもって出発したが、ここに創立以来の念願を果すべく角川文庫を発刊する。これまで刊行されたあらゆる全集叢書文庫類の長所と短所とを検討し、古今東西の不朽の典籍を、良心的編集のもとに、廉価に、そして書架にふさわしい美本として、多くのひとびとに提供しようとする。しかし私たちは徒らに百科全書的な知識のジレッタントを作ることを目的とせず、あくまで祖国の文化に秩序と再建への道を示し、この文庫を角川書店の栄ある事業として、今後永久に継続発展せしめ、学芸と教養との殿堂として大成せんことを期したい。多くの読書子の愛情ある忠言と支持とによって、この希望と抱負とを完遂せしめられんことを願う。

一九四九年五月三日

角川文庫ベストセラー

パイナップルの彼方　山本文緒

堅い会社勤めでひとり暮らし、居心地のいい生活を送っていた深文。凪いだ空気が、一人の新人女性の登場でゆっくりと波を立て始めた。深文の思いはハワイに暮らす月子のもとへと飛ぶが。心に染み通る長編小説。

ブルーもしくはブルー　山本文緒

派手で男性経験豊富な蒼子A、地味な蒼子B。互いにそっくりな二人はある日、入れ替わることを決意した。誰もが夢見る〈もうひとつの人生〉の苦悩と歓びを描いた切なくいとしいファンタジー。

きっと君は泣く　山本文緒

美しく生まれた女は怖いものなし、何でも思い通りのはずだった。しかし祖母はボケ、父は倒産、職場でも心の歯車が嚙み合わなくなっていく。美人も泣きをみることに気づいた椿。本当に美しい心は何かを問う。

ブラック・ティー　山本文緒

結婚して子どももいるはずだった。皆と同じように生きてきたつもりだった、なのにどこで歯車が狂ったのか。賢くもなく善良でもない、心に問題を抱えた寂しがりたちが、懸命に生きるさまを綴った短篇集。

絶対泣かない　山本文緒

あなたの夢はなんですか。仕事に満足してますか、誇りを持っていますか？　専業主婦から看護婦、秘書、エステティシャン。自立と夢を追い求める15の職業の女たちの心の闘いを描いた、元気の出る小説集。

角川文庫ベストセラー

みんないってしまう　山本文緒

恋人が出て行く、母が亡くなる。永久に続くかと思ったものは、みんな過去になった。物事はどんどん流れていく——数々の喪失を越え、人が本当の自分と出会う瞬間を鮮やかにすくいとった珠玉の短篇集。

紙婚式　山本文緒

一緒に暮らして十年、こぎれいなマンションに住み、互いの生活に干渉せず、家計も別々。傍目には羨ましがられる夫婦関係は、夫の何気ない一言で砕けた。結婚のなかで手探りしあう男女の機微を描いた短篇集。

恋愛中毒　山本文緒

世界の一部にすぎないはずの恋が私のすべてをしばりつけるのはどうしてなんだろう。もう他人を愛さないと決めた水無月の心に、小説家創路は強引に踏み込んで——吉川英治文学新人賞受賞、恋愛小説の最高傑作。

ファースト・プライオリティー　山本文緒

31歳、31通りの人生。変わりばえのない日々の中で、自分にとって一番大事なものを意識する一瞬。恋だけでも家庭だけでも、仕事だけでもない、はじめて気付くゆずれないことの大きさ。珠玉の掌編小説集。

眠れるラプンツェル　山本文緒

主婦というよろいをまとい、ラプンツェルのように塔に閉じこめられた私。28歳・汐美の平凡な主婦生活。子供はなく、夫は不在。ある日、ゲームセンターで助けた隣の12歳の少年と突然、恋に落ちた——。

角川文庫ベストセラー

あなたには帰る家がある　山本文緒

平凡な主婦が恋に落ちたのは、些細なことがきっかけだった。平凡な男が恋したのは、幸福そうな主婦の姿だった。妻と夫、それぞれの恋、その中で家庭の事情が浮き彫りにされ――。結婚の意味を問う長編小説！

群青の夜の羽毛布　山本文緒

ひっそり暮らす不思議な女性に惹かれる大学生の鉄男。しかし次第に、他人とうまくつきあえない不安定な彼女に、疑問を募らせていき――。家族、そして母娘の関係に潜む闇を描いた傑作長篇小説。

落花流水　山本文緒

早く大人になりたい。一人ぼっちでも平気な大人になって、自由を手に入れる。そして新しい家族をつくる、勝手な大人に翻弄されたりせずに。若い母を姉と思って育った手毬の、60年にわたる家族と愛を描く。

結婚願望　山本文緒

せっぱ詰まってはいない。今すぐ誰かと結婚したいとは思わない。でも、人は人を好きになると「結婚したい」と願う。心の奥底に巣くう「結婚」をまっすぐに見つめたビタースウィートなエッセイ集。

そして私は一人になった　山本文緒

「六月七日、一人で暮らすようになってからは、私は私の食べたいものしか作らなくなった。」夫と別れ、はじめて一人暮らしをはじめた著者が味わう解放感と不安。心の揺れをありのままに綴った日記文学。

角川文庫ベストセラー

いつも旅のなか　角田光代

ロシアの国境で居丈高な巨人職員に怒鳴られながら激しい尿意に耐え、キューバでは命そのもののように人々にしみこんだ音楽とリズムに驚く。五感と思考をフル活動させ、世界中を歩き回る旅の記録。

恋をしよう。夢をみよう。旅にでよう。　角田光代

「褒め男」にくらっときたことありますか？　褒め方に下心がなく、しかし自分は特別だと錯覚させる。ついに遭遇した褒め男の言葉に私は……ゆるゆると語り合っているうちに元気になれる、傑作エッセイ集。

薄闇シルエット　角田光代

「結婚してやる」と恋人に得意げに言われ、ハナは反発する。結婚を「幸せ」と信じにくいが、自分なりの何かも見つからず、もう37歳。そんな自分に苛立ち、戸惑うが……ひたむきに生きる女性の心情を描く。

西荻窪キネマ銀光座　角田光代　三好　銀

ちっぽけな町の古びた映画館。私は逃亡するみたいに座席のシートに潜り込んで、大きなスクリーンに映し出される物語に夢中になる――名作映画に寄せた想いを三好銀の漫画とともに綴る極上映画エッセイ！

幾千の夜、昨日の月　角田光代

初めて足を踏み入れた異国の日暮れ、終電後恋人にひと目逢おうと飛ばすタクシー、消灯後の母の病室……夜は私に思い出させる。自分が何も持っていなくて、ひとりぼっちであることを。追憶の名随筆。

角川文庫ベストセラー